DELILAH MARVELLE

El Escándalo perfecto

Editado por Harlequin Ibérica.
Una división de HarperCollins Ibérica, S.A.
Núñez de Balboa, 56
28001 Madrid

© 2011 Delilah Marvelle
© 2014 Harlequin Ibérica, S.A.
El escándalo perfecto, n.º 64 - 20.7.14
Título original: The Perfect Scandal
Publicada originalmente por HQN™ Books

Todos los derechos están reservados incluidos los de reproducción, total o parcial. Esta edición ha sido publicada con autorización de Harlequin Books S.A.
Esta es una obra de ficción. Nombres, caracteres, lugares, y situaciones son producto de la imaginación del autor o son utilizados ficticiamente, y cualquier parecido con personas, vivas o muertas, establecimientos de negocios (comerciales), hechos o situaciones son pura coincidencia.
® Harlequin, HQN y logotipo Harlequin son marcas registradas por Harlequin Enterprises Limited.
® y ™ son marcas registradas por Harlequin Enterprises Limited y sus filiales, utilizadas con licencia. Las marcas que lleven ® están registradas en la Oficina Española de Patentes y Marcas y en otros países.
Imagen de cubierta utilizada con permiso de Harlequin Enterprises Limited. Todos los derechos están reservados.

I.S.B.N.: 978-84-687-4470-4
Depósito legal: M-12915-2014

Queridas lectoras:

De niña llevé una doble vida. De día era una chica americana que iba a un colegio americano y hacía cosas completamente americanas. Pero en cuanto llegaba a casa, hablaba fluidamente en polaco y conocía las últimas películas y canciones polacas, todo ello sin haber pisado suelo polaco hasta que cumplí catorce años. Veréis, mis padres nacieron y se criaron en Polonia. No como yo. Fue difícil crecer en un ambiente cultural que difería del de mi entorno. Me identifico totalmente con *Mi gran boda griega*.

En aquel entonces, me fastidiaba tener que asistir a las reuniones de polacos con mi padre. Montones de personas de toda la zona metropolitana de Chicago se congregaban para ondear banderas polacas delante del consulado de Polonia. A mí aquel patriotismo me parecía de bichos raros. Hasta que estudié Historia. Aquellos polacos se reunían para apoyar al movimiento Solidaridad, que en aquel entonces estaba desarrollándose en su país, al otro lado del mundo, y que en 1989 condujo a Polonia a la libertad después de pasar un total de 173 años oprimida por los rusos. Mis orígenes familiares y la increíble historia de Polonia me han servido de inspiración para escribir *The Perfect Scandal*. Siempre había querido leer una novela histórica que tuviera una protagonista polaca. Confío en que disfrutéis leyendo esta historia tanto como he disfrutado yo escribiéndola.

Saludos y mucho amor,

Delilah Marvelle

Agradecimientos

Sé que voy a encontrarme una y otra vez dando las gracias a Harlequin Books y a HQN y a sus maravillosas editoras, y a todo su personal, pero tengo que hacerlo otra vez: GRACIAS por todas esas horas de trabajo invisible y por darme la oportunidad de compartir mis historias con el mundo. Quisiera dar las gracias en especial a mi nueva editora, la prodigiosa Tracy Martin. Gracias, Tracy, por tu entusiasmo, tus consejos y tu sabiduría, sin los que mis palabras, mis personajes y mis historias no habrían alcanzado todo su potencial. Esto es el principio de una bella amistad.

Gracias también a mi agente, Donald Maass, que es un genio alucinante en todo lo relacionado con la escritura (y también con el oficio de agente). Nunca te librarás de mí, Don. Nunca. Buajajaja.

Gracias a mi maravilloso marido, Marc, que siempre carga con todo para que yo pueda cumplir mis plazos de entrega. Si no estuviéramos ya casados, volvería a casarme contigo, amor mío. Y un gracias enorme a mis dos maravillosos pequeños, Clark y Zoe, por inspirarme y darme ánimos en lugar de refunfuñar por que me pase tantas horas escribiendo. ¿Disneylandia o París? Papá elige. (Sonrisa).

Y por último, gracias a mis increíbles compañeras

de Rose City Romance Writers, el grupo al que pertenezco desde hace casi catorce años. En serio, no sé cómo rayos habría sobrevivido al caos de escribir sin todas vosotras. ¡Muac!

A mi querida Polonia y a todos y cada uno de los polacos que dedicaron su aliento, su vida y su alma a su libertad.

Preludio de un escándalo

Una dama debería confiar únicamente en su familia. Hay demasiados ~~cerdos~~ egoístas dispuestos a aprovecharse de una mujer en exceso confiada.

Cómo evitar un escándalo
Manuscrito original de Moreland

28 de noviembre de 1828

A Su Majestad el Rey:

Sepa Su Majestad lo infinitamente agradecidos que le estamos por que se esté teniendo en consideración el acuerdo privado que establecieron hace tanto tiempo mi tío y el anterior soberano de Inglaterra. Como sin duda sabe Su Majestad, la condesa ha de hallarse en un entorno que asegure su bienestar. Ese entorno no se encuentra ya aquí, en Varsovia. La coronación inminente del emperador como rey de los polacos ha suscitado más agitación política de la que se esperaba. Es probable que los rumores acerca de la falta de liberta-

des civiles en la monarquía constitucional de nuestro reino dé como resultado un levantamiento. Me temo que hay demasiado descontento entre el pueblo para confiar en que sea de otra manera. Respondiendo a la pregunta de Su Majestad, mi prima posee, en efecto, notable belleza y una educación refinada. Habla fluidamente inglés, italiano, alemán, latín y francés. Aunque confío en que un matrimonio respetable impida que se convierta en un peón político, tal vez, dada su incapacidad para caminar, no sea posible encontrarle un marido digno. Si mis temores en ese sentido resultaran ciertos, se harán los preparativos necesarios para que se instale en Francia a finales del verano, a fin de no abusar en exceso de la generosidad de Su Alteza. Por respeto a su madre, que falleció hace tiempo, os pido que no se permita visitarla a ninguna persona de la corte rusa. Mi familia y yo le estamos sumamente agradecidos por su intercesión en este asunto tan delicado, y confiamos en que brinde a mi prima la oportunidad de disfrutar de un poco de merecida paz.

Siempre su humilde servidor,
Karol Józef Maurycy Poniatowski

Poco después de su recepción, esta carta fue destruida con objeto de preservar la seguridad de todos los implicados.

Escándalo 1

Tened cuidado con los coqueteos a los que os estregáis. Por respetable que pueda parecer un hombre, no se puede, ni se debe, confiar en él. ~~*Porque hasta el más honorable de los hombres solo quiere una cosa de una dama, y es lo mismo que busca un crápula redomado en una fulana de Drury Lane. La única diferencia es que a una fulana de Drury Lane la pagan por su deshonra, mientras que el único pago que recibe una dama es la ruina. Y verse rechazada por toda la sociedad no es tan emocionante, ni tan provechoso como recibir una guinea por tus esfuerzos amorosos.*~~

Cómo evitar un escándalo
Manuscrito original de Moreland

16 de abril de 1829, 11:31 de la noche
Grosvenor Square. Londres, Inglaterra

Después de que el carruaje se perdiera traqueteando entre el silencio de la noche, de vuelta a las cocheras, Tristan Adam Hargrove, cuarto marqués de Moreland, permaneció a la sombra del portal de su casa. Miró la puerta que tenía ante él, consciente de que, cuando la abriera y entrara, Quincy no correría a darle la bienvenida. No habría nada, salvo un vestíbulo grande y vacío y un silencio fantasmagórico al que no tenía ganas de entregarse.

Ajustándose la chistera de tela de crin con las puntas de los dedos enguantados, Tristan dio media vuelta y bajó los escalones por los que acababa de subir. De un par de zancadas cruzó la calle adoquinada y cambió de dirección bajo el dosel de árboles iluminado tenuemente por varias farolas de gas.

A pesar de que la hora invitaba a retirarse, la reciente muerte de Quincy, su amado perro, había dejado la casa demasiado silenciosa. Aquel silencio acentuaba la realidad de su propia existencia: el hecho de que seguía soltero, y de que ya ni siquiera tenía a su perro para hacerle compañía. Por fortuna, se mantenía ocupado de día en día y no se detenía demasiado a pensar en su falta de perspectivas, ni en la muerte de Quincy.

Los lunes, tras un largo paseo en coche por Hyde Park, se reunía con su secretario. Los martes visitaba a su abuela. Los miércoles iba de tertulia al Brooks's, evitando casi siempre las discusiones con otros miembros del club sobre los debates del Parlamento. Nadie le daba la lata al respecto, porque todos sabían que, de todos modos, sus ideas políticas diferían de las de la mayoría.

Los jueves pasaba todo el día en la Academia de Esgrima de Angelo, batiéndose con los mejores rivales, uno tras otro, en un esfuerzo por mantenerse en forma. Los viernes vagaba por el Museo Británico, la National Gallery o el Pabellón Egipcio, sin cansarse nunca de las mismas exposiciones, a pesar de que atosigaba a los conservadores más de lo necesario.

Los sábados respondía a la correspondencia, incluida cualquier carta que le remitiera su editor, y aunque reservaba la mayoría de las noches a bailes, veladas musicales y cenas con la esperanza de conocer a mujeres casaderas, las invitaciones solían mandarlas individuos a los que detestaba o con los que no le interesaba relacionarse. Ansiaba desesperadamente estar acompañado, pero no hasta ese punto. Los domingos se convertía en un ciudadano devoto e iba a la iglesia. Allí rezaba por lo que rezaba todo hijo de vecino: por una vida mejor.

Recorrió con la mirada las casas agrupadas a su alrededor, las hileras inacabables de ventanas en sombras, que le recordaban que debía irse a dormir. Cuando estaba a punto de dar media vuelta con esa intención, su mirada se posó en una ventana radiantemente iluminada, en lo alto de la casa, recién alquilada, que había frente a la suya. Levantó las cejas, se paró bruscamente y las suelas de sus botas arañaron el pavimento.

Allí, recostada en una silla, junto a una ventana con las cortinas descorridas, había una joven cepillándose el cabello suelto, negro como el ébano. Se lo cepillaba con pasadas firmes y parsimoniosas, y la ancha manga de su camisón blanco se movía y ondulaba, agitada por el movimiento de su brazo delgado. La curva elegante de su cuello marfileño aparecía y desaparecía con cada gesto, dejando entrever un escote demasiado bajo. La joven mantenía entre tanto la mirada fija en el nublado cielo nocturno.

En aquel instante, fugaz como un suspiro, a Tristan le dijo su intuición que aquella visión maravillosa era la intervención divina que había estado esperando desde que tenía edad suficiente para entender el valor de una mujer. Una luz dorada se derramaba desde lo alto, con tan gloriosa intensidad que hasta un ciego la habría visto. Lo único que faltaba era el son sutil de una flauta y las notas melancólicas de un violín. No podía ser más obvio lo que intentaba decirle Dios: ama a tu vecina.

A pesar de que la parte realista de su yo le exigía que se retirara a dormir e hiciera oídos sordos a su ridícula intuición, el romántico que de cuando en cuando asomaba la cara dentro de sí le susurró que se quedara. Acercándose a la casa, salió de debajo de la sombra de los árboles y fijó la mirada en las facciones de aquella cara ovalada. La luz de la alcoba iluminaba por entero a la joven, tiñendo un lado de su terso rostro de porcelana y los bordes de su cabello negro de un suave y subyugante tono dorado.

¿Quién era? ¿Y qué clase de mujer dejaba las cortinas abiertas de noche para que el mundo entero la viera medio desnuda?

Unas semanas antes, había notado que la casa, que llevaba meses vacías, tenía por fin nuevos inquilinos. Numerosos lacayos, vestidos con librea real, habían pasado días llevando muebles y baúles al interior de la casa. Hasta esa noche, sin embargo, no había visto a aquella mujer.

Al llegar a la acera que llevaba al portal de la casa, se detuvo y sintió que recordaría aquella noche en los años venideros.

La mujer se detuvo. Bajó su cepillo y se inclinó hacia la ventana. Una parte de su cara quedó oscurecida por la sombra tenue que proyectaban las farolas, y Tristan comprendió que se había percatado de su presencia.

No supo por qué se quedó allí como un mirón pervertido, pero lo hizo. Suponía que las escasas relaciones con mujeres que había tenido a lo largo de los años lo habían llevado a hacer cosas muy extrañas, tan extrañas que ni él mismo las entendía.

Ella dudó y un instante después lo saludó con la mano, como si no hubiera nada de malo en saludar a un desconocido que merodeaba frente a la ventana de su alcoba a aquellas horas de la noche.

A Tristan se le aceleró el pulso mientras la miraba. ¿Lo había confundido con otro? Tenía que ser eso. ¿Le importaba a él que así fuera? No, qué demonios.

Incapaz de resistirse, se llevó cortésmente la mano enguantada al ala curva de su sombrero y confío en que su marido no estuviera en la alcoba con ella, cargando quizá una pistola con balas de plomo mientras su esposa entretenía al blanco con un saludo.

La mujer levantó el dedo índice, pidiéndole en silencio que tuviera paciencia. Después desenganchó el cierre de la ventana y, para asombro de Tristan, la abrió de par en par. Se inclinó hacia la calle y se acodó en el alféizar, dejando caer su negra y ondulante melena más allá de la ventana, como una Rapunzel de carne y hueso. El escote con volantes de su camisón blanco se movió, dejando entrever el destello dorado de un guardapelo colgado de una cadena, así como los pechos más bellos que Tristan había tenido nunca el placer de contemplar.

Tristan cerró los puños y se obligó a conservar la calma.

Ella le sonrió con coquetería y dijo con un acento extranjero cargado de sensualidad que él no supo identificar:

—Es un placer conocerlo al fin, milord. Vive usted en la casa de enfrente, ¿no es así?

No pudo evitar sentirse halagado al saber que, en efecto, era a él a quien había saludado. Intentando no mirar aquellos pechos que parecían tentarlo bajo el escote del camisón, contestó:

—Así es, en efecto.

Un silencio embarazoso se extendió entre ellos.

¿Debía preguntarle su nombre? No. Sería una grosería. Así que, ¿qué podía decir? Por estúpido que pareciera, no se le ocurría nada.

Ella asintió a medias con la cabeza y miró el cielo nublado mientras se daba golpecitos con el cepillo en la palma de la otra mano.

—Una noche bastante agradable a pesar de todas esas nubes, ¿no le parece?

Hablar del tiempo equivalía a matar cualquier conversación. ¿Por qué no podía ser él más osado? ¿Por qué no era más... desenvuelto? ¿Por qué no...?

—Sí. Sí, así es.

—¿Y en Londres siempre está tan nublado?

—Por desgracia, sí —santo cielo, era patético.

El silencio volvió a quedar suspendido entre los dos.

Una risa juguetona y melodiosa se rizó en el aire nocturno.

—¿Eso es todo lo que merezco? ¿Dos o tres palabras seguidas, nada más? —lo señaló agitando su cepillo de plata—. Ustedes los ingleses son tan exasperantemente tímidos... ¿Por qué será?

Tristan carraspeó y recorrió con la mirada la quieta oscuridad de la plaza, confiando en que nadie lo viera comportándose como un patán.

—¿Tímidos? No. Tímidos, no. Secos, más bien.

Ella se rio otra vez.

—Sí, secos. Ciertamente, eso explica por qué todos parecen tener tan poca conversación. ¿Tendría la amabilidad de explicarme cómo una mujer, yo, sin ir más lejos, puede llegar a trabar amistad con un hombre, con usted, por ejemplo, cuando aquí en Londres todas las conversaciones parecen ser tan... estiradas?

Aunque lo último que deseaba era exponer a aquella atractiva extranjera a cualquier tipo de habladurías continuando aquella conversación, no pudo resistirse. Había en su actitud una inteligencia juguetona y atrevida que resultaba sumamente estimulante. Aún más interesante era aquel suave y delicioso acento extranjero. A diferencia de muchos extranjeros, que luchaban por encontrar palabras y cuyo inglés era irregular, bronco y difícil de entender, el de ella era preciso, perfecto y cultivado.

Tristan se acercó, agarró el pomo de la barandilla de hierro de la casa y apoyando el pie en el travesaño, entre los barrotes, se encaramó a ella, lamentando que estuvieran separados por tres pisos.

La observó con fervor, admirando el modo en que su larga melena negra rodeaba su cara pálida y se agitaba más allá de la ventana, empujada por la brisa suave. La nariz afilada y los labios anchos y carnosos le daban un aspecto sutilmente exótico, aunque Tristan no alcanzó a distinguir el color de sus ojos entre las sombras del exterior y la luz que se colaba por detrás de ella.

Dios santo, era irresistible. Un poco demasiado irresistible.

—Me temo, señora, que aunque mi conversación superara todas sus expectativas, no podríamos ser amigos.

Ella entreabrió los labios.

–¿Y eso por qué?

«Porque no quiero ser tu amigo, sino otra cosa», quiso decirle. Pero sonrió provocativamente y ladeó la cabeza. Deseó poder estirar el brazo y pasar las yemas de los dedos por su cuello desnudo.

–Creo que será mejor que no me explaye sobre lo que estoy pensando.

Ella enarcó una ceja.

–¿Está flirteando conmigo?

–Estoy intentándolo –«y estoy fracasando estrepitosamente...».

–¿Quiere que lo ayude en su intento?

–No, por favor, no lo haga.

A diferencia de la mayoría de los hombres, que perseguían ansiosamente a las mujeres bellas, Tristan evitaba caer en esa estupidez a cada paso, porque sabía que solo podía conducirlo al desastre. En lo tocante a las mujeres, debía ser precavido y hacer las cosas conforme al decoro para asegurarse de que nada escapaba a su control. Aquello era indecoroso, y además tenía la sensación de haber perdido el control. Debía retirarse y reflexionar acerca de cómo proceder de una manera más civilizada.

Se inclinó contra la barandilla, manteniéndose en equilibrio sobre ella.

–Antes de decirle buenas noches, señora, y me temo que he de hacerlo puesto que soy un caballero, me siento impelido a decirle algo que confío no le ofenda.

Ella sonrió.

–Me ofendo rara vez.

–Bien –bajó la voz–. A pesar de mi patético intento de aprovecharme de su candidez, por lo que solo puedo disculparme, no debería usted exhibirse así. Es inde-

cente. Mañana por la mañana, con independencia de lo que haya pasado o no entre nosotros, todo el mundo en esta plaza dará por sentado que somos amantes y su reputación quedará arruinada. ¿Es eso lo que quiere?
Ella se encogió de hombros.
—Lo que digan los demás sobre mi carácter no me preocupa. A fin de cuentas, soy extranjera y católica y, por tanto, pensarán mal de mí haga lo que haga. Aunque supongo que si un hombre de su talla se acobarda al pensar en el qué dirán, tal vez deberíamos poner fin a esta conversación. No deseo, desde luego, poner en peligro su reputación.
Tristan agarró con más fuerza la barandilla y sofocó el impulso de escalar la pared, agarrarla y llevarla a rastras a su casa a pasar la noche.
—Le sugiero que deje de ser tan frívola. Londres es extremadamente cruel en lo que se refiere a la reputación de una mujer.
Ella puso los ojos en blanco.
—Si tanto le preocupa mi reputación, ¿por qué ha iniciado esta conversación?
—¿Yo? —se rio—. Le ruego me disculpe, pero yo no he iniciado esta conversación. Ha sido usted.
—En teoría, sí, así es. Pero de hecho, no, en absoluto. Ha sido usted.
—¿Qué? —repitió él, frunciendo el entrecejo.
—Ha sido usted quien se ha acercado a mi ventana, no yo a la suya. Estuvieran descorridas o no mis cortinas, el hecho es que usted ha decidido quedarse y mirarme medio desnuda. Al comprender que no tenía usted intención de marcharse, ni siquiera al darse cuenta de que lo había visto, me he sentido impelida a abrir la ventana y darle conversación porque no quería que

nuestros vecinos pensaran mal de usted. Desgraciadamente, eso lo hace a usted responsable de mancillar la reputación de ambos. ¿No le parece?

Maldición. Tenía razón.

Tristan agarró aún con más fuerza el barrote de la barandilla.

—Le aseguro que no suelo vagar por las calles de noche buscando...

—No es necesario que se disculpe —sonrió y sus mejillas se redondearon—. Soy muy consciente de su respetabilidad, milord. ¿Cree acaso que habría abierto la ventana si tuviera alguna duda de quién es o no conociera su reputación irreprochable? Puede que este sea nuestro primer encuentro oficial, pero lo sé todo sobre usted y sobre su célebre caballerosidad.

Él sonrió, encantado por su adorable ingenuidad, y se echó hacia atrás, apartando una de sus manos de la barandilla a la que seguía encaramado.

—Le recomiendo que no conceda demasiado crédito a los rumores que oiga. Tengo mis razones para fingir ser un caballero, y le aseguro que no tienen nada que ver con la respetabilidad.

Ella ladeó la cabeza y lo observó atentamente.

—Es usted absolutamente fascinante.

—¿Yo?

—Sí. Confío de todo corazón en que podamos llegar hasta el fondo de este asunto, usted y yo.

Tristan estuvo a punto de caerse de la barandilla. Se agarró rápidamente al barrote con la otra mano para no perder el equilibrio y volvió a mirarla. ¿Estaba...?

—¿Hasta el fondo? ¿Hasta el fondo de qué?

Ella se meció juguetonamente sobre el alféizar, agitando su pelo.

—¿Debo decirlo? Puede que nuestros vecinos estén escuchando.

Ya no había duda: aquello se le estaba escapando de las manos. Y la culpa era de él y de nadie más.

—No, no lo diga. Ni lo piense siquiera.

Ella cambió de postura, haciendo oscilar el guardapelo que colgaba de su cuello, y lo miró a los ojos.

—Está claro que piensa usted mal de mí —suspiró—. Aunque no puedo reprochárselo. Permítame confesarle cuáles son mis esperanzas respecto a nosotros.

—Hágalo, por favor.

—Necesito encontrar marido antes de que acabe el verano y usted, milord, cumple todos los requisitos que busco.

—¿De veras? —dejó escapar una risa exasperada, soltó la barandilla y bajó de un salto a la acera. Era hora de marcharse. O por Dios que acabaría casado con una extranjera católica antes de que acabara la noche, y a su abuela, ferviente protestante, le daría un ataque.

Dio un paso atrás y, mirándola a los ojos en sombras, dijo en tono áspero, sin levantar la voz:

—Aquí en Londres hay normas acerca de cómo han de ser las cosas entre hombres y mujeres, y confieso que, en estos momentos, está usted infringiéndolas todas.

Ella suspiró.

—Ustedes los ingleses tienen normas para todo. ¿Cómo es posible que este país se haya poblado? —hizo una mueca, cambiando de nuevo de postura contra el alféizar—. Aconséjeme usted cómo deberíamos proceder para que esto progrese, y prometo cumplir todas las normas que haya, y hasta las que no haya.

Tenía que pasarle algo raro. Las mujeres bellas e inteligentes no aparecían como por milagro en el vecindario de uno y le ofrecían relaciones a través de una ventana, en plena noche. Por lo menos, relaciones respetables.

Más valía que se fingiera indiferente hasta saber más sobre ella.

−Señora, lamento informarle de que no me interesa seguir con esto −«todavía».

−No estoy de acuerdo −lo señaló con la punta del cepillo−. Parece usted muy interesado. Si no, no se habría quedado tanto.

Tristan soltó un bufido, comprendiendo que le había desenmascarado.

−Permítame despedirme antes de que se ahogue usted en su propia vanidad. Buenas noches −inclinó secamente la cabeza, dio media vuelta y se alejó, diciéndose que debía seguir caminando. Tenía que llegar a casa, o acabaría haciendo alguna estupidez. Como darse la vuelta, regresar y pedirle que pasara la noche con él.

−¡Yo no soy vanidosa! −gritó ella−. Me he limitado a hacer una observación basándome en su conducta.

Tristan apretó el paso antes de que ella hiciera alguna deducción más basada en su conducta.

−¿Podríamos al menos despedirnos amistosamente? −su voz resonó en toda la plaza−. Somos vecinos, lord Moreland. ¿O puedo llamarlo Tristan? ¿O Adam? ¿O prefiere Hargrove?

Él se paró en seco. ¿Cómo diablos sabía aquella mujer toda su lista de nombres? ¿Con quién había hablado?

Dio media vuelta y regresó hacia ella, decidido a instilar un poco de sentido común y decoro en aquella cabecita.

–Baje la voz. Y por el bien de su reputación, sea cual sea, no llame jamás a un hombre por su nombre de pila, ni a mí ni a ninguno. Da demasiadas cosas a entender. Ahora le sugiero que se retire y que nos evitemos el uno al otro hasta que yo diga lo contrario.

Ella se puso un mechón de pelo detrás de la oreja.

–¿Evitarnos? ¿Por qué?

–No queremos que la gente piense que hay algo entre nosotros.

Ella bajó la voz.

–Pero yo quiero que lo haya.

Se quedó mirándola y deseó poder indagar en aquella mente y comprender qué era realmente lo que quería. ¿Su dinero? ¿Su título? ¿Qué? Porque tan atractivo no era.

–Usted, querida mía, parece empeñada en buscarse la ruina.

Ella lo miró con descaro.

–Usted no sabe nada de mí, ni de mis empeños.

–Bueno, sé más que suficiente. Es muy decidida, se tiene mucho cariño a sí misma, quizá demasiado, y, por desgracia, es tan hermosa que no sabe qué hacer con tanta belleza.

Lo miró fijamente.

–Es usted muy extraño.

Tristan metió la barbilla y señaló el pecho.

–¿Yo le parezco extraño?

–La mayoría de los hombres no ve la belleza como un vicio.

–Sí, bueno, yo no soy como la mayoría de los hombres.

–Ya lo he notado. ¿Le importaría explicarme por qué?

Tristan la señaló.

—No me obligue a trepar por esa pared y a tapiar para siempre esa ventana. Esta conversación se ha terminado. Vamos a evitarnos hasta que yo decida lo contrario. Buenas noches —exhaló un suspiro y se alejó.

Ella dio unos golpecitos en el alféizar con su cepillo, como un juez pidiendo orden.

—Tengo una última cosa que decirle. ¿Puedo?

Tristan se volvió, enojado consigo mismo por querer quedarse.

—Naturalmente. ¿De qué se trata?

Ella vaciló y se miró los finos dedos, que pasaba por las púas del cepillo.

—¿Cree usted en la intuición y el destino?

Él arrugó el entrecejo, sorprendido por la repentina gravedad de su pregunta y por el tono mucho más suave de su voz.

—Sí, mucho. ¿Por qué?

Sus dedos se detuvieron sobre el cepillo.

—Porque la intuición me dice que, pese a su aire de indiferencia, en el fondo es usted todo menos un apático. Confieso que yo antes me parecía mucho a usted, hasta que aprendí a disfrutar de lo que más importa. Está usted contemplando a una mujer que busca cambiar el mundo a través de un plan que consiste, entre otras cosas, en encontrar mediante el matrimonio una plataforma política perfecta. Usted es esa plataforma política perfecta. Ha sido el destino el que me ha traído a su vecindario. Y el que lo ha traído a usted esta noche a mi ventana, después de que durante semanas haya buscado el modo de que nos presentaran. Concédame la oportunidad de demostrarle mi valía y mis aspiraciones, milord, y le doy mi palabra de que no se arrepentirá.

Tristan soltó una carcajada. Aquella mujer haría un buen papel en el Parlamento. Era infatigable. La señaló con el dedo.

–Quiero una esposa, no una política.

Ella se quedó callada. Mirando hacia atrás, se apartó del alféizar y retrocedió hacia la habitación.

–Nuestra conversación debe acabar –susurró, echándose el pelo hacia atrás–. Venga a verme mañana a las cuatro. Insisto.

Tristan sintió una opresión en el pecho.

–Me temo que mis compromisos no me lo permitirán. Preferiría...

–¡Shhhh! Mañana a las cuatro. Sea puntual –arrojó el cepillo por encima de su hombro, cerró la ventana de golpe, echó el pestillo y se retiró, enredándose entre las cortinas. Tiró de la más cercana, intentando cerrarla, pero pareció incapaz de hacerlo. Una mujer mayor, con bata, acudió presurosa a ayudarla.

Tristan se giró, sobresaltado, y regresó a toda prisa a su casa. ¿Al día siguiente, a las cuatro? Ni pensarlo. Odiaba tener que cambiar su rutina, no lo hacía por nada, ni por nadie. Solo conducía al caos y a la insensatez. Razón por la cual, al día siguiente a las cuatro de la tarde, en lugar de presentarse él, mandaría a su lacayo con un ejemplar de su libro de etiqueta, *Cómo evitar un escándalo*. Con suerte el mensaje quedaría bastante claro, y su nueva vecina comprendería que, pese a su conversación nocturna, seguía siendo un hombre respetable.

Escándalo 2

Una dama puede sentir la tentación de codearse con individuos poco recomendables, no porque sea ingenua o carezca de juicio, sino porque las vidas de dichos individuos se le antojan mucho más fascinantes que la suya propia. Ha de resistirse a esa tentación a cada paso. Los rutilantes modales de esos hombres son como una red invisible destinada a atrapar a sus presas. En realidad, los depredadores no tienen más remedio que atraer a sus víctimas mostrándose deslumbrantes, ingeniosos y encantadores. Si no, jamás podrían atraparlas en sus redes y devorarlas. ~~Confieso que a menudo me fascinan los depredadores, aunque desde luego no lo suficiente como para convertirme en uno de ellos.~~

Cómo evitar un escándalo
Manuscrito original de Moreland

28 de abril, última hora de la mañana

Sin saber por qué, la *London Gazette*, que Tristan

disfrutaba leyendo cada mañana con su café, parecía emborronársele en una pirámide de letras que no conseguía descifrar. Tras pasar un buen rato mirándolo vacuamente, dobló el periódico y lo dejó sobre la mesa de nogal lacada que tenía ante sí.

Por lo visto de repente se había vuelto analfabeto, y sabía muy bien que la culpa era de su vecina. Aunque hacía doce días que su lacayo le había entregado el libro, y a pesar de que no había sabido nada de ella desde entonces, seguía sin poder quitársela de la cabeza. Soltando un soplido de cansancio, se enderezó el cinturón de su bata oriental bordada, se inclinó hacia delante en la silla y tomó su taza.

El café siempre le sentaba bien por las mañanas. Y esa mañana lo necesitaba más que nunca, porque hacía varias noches que no dormía bien. O que, sencillamente, no dormía. Sufría insomnio desde que se había percatado de que la ventana de su alcoba daba directamente a la ventana de la alcoba de ella, al otro lado de la plaza.

Decidido a no salirse de la senda recta, desde hacía diez días echaba las cortinas tan pronto se retiraba a su dormitorio y se negaba a mirar en aquella dirección. Y sin embargo había seguido pensando en aquella voz sensual, en aquella cara pálida y atractiva, en el movimiento del camisón sobre aquellos pechos tersos y erguidos, y en aquella boca deliciosa que ansiaba conocer a un nivel mucho más íntimo.

Y luego... la noche pasada, la undécima noche, justo antes de la hora undécima, su determinación caballeresca se había resquebrajado por fin. Había sacado su mejor fusta de montar y buscado un catalejo, y se había llevado ambas cosas a su alcoba.

Tras apagar todas las velas del cuarto con la yema de los dedos, había apoyado el hombro contra el quicio de la ventana y, tras desplegar el catalejo de latón, había apuntado con él hacia el otro lado de la plaza. Por suerte para ella, aunque no tanto para él, su vecina había aprendido a mantener las cortinas echadas, y después de pasar más de veinte minutos vigilando diligentemente su ventana, Tristan solo había podido distinguir un par de sombras que pasaban.

Incapaz de descansar, de dormir e incluso de pensar, se había desnudado, había recogido la fusta de la repisa de la ventana y se había recostado contra la pared más cercana. Después, tras darse suficientes golpecitos con la fusta en el muslo como para cobrar conciencia de su cuerpo, había tirado la fusta y se había dado placer a sí mismo hasta olvidarse de todo.

Mientras tanto, se había imaginado a sí mismo vestido únicamente con pantalones y arrodillado ante ella. Ella le rendía pleitesía y, mientras le decía que era todo cuanto quería y deseaba, caminaba a su alrededor seductoramente, descalza y enfundada en aquel vaporoso camisón que se deslizaba por su hombro derecho. Sin apartar los ojos de los suyos, empuñaba el grueso mango de una fusta que él le había dado para que jugara con ella. Entonces sonreía levemente, con aire encantador, y azotaba con delicadeza su muslo o su espalda con la punta trenzada de la fusta. Él contenía la respiración, expectante. Ella seguía provocándolo, chupando y mordiendo la fusta para demostrarle cuánto disfrutaba jugando con él.

Cuando su cuerpo palpitaba ya ansiosamente, Tristan se había imaginado levantándole el camisón por encima de la cintura y ordenándole soltar la fusta y apoyar las dos manos sobre el cristal de la ventana. Se había imaginado penetrándola desde atrás, una y otra vez, mientras sus manos pálidas resbalaban por el cristal.

Había sido el mejor orgasmo que había tenido en mucho, en muchísimo tiempo. Lo cual era, naturalmente, patético. Claro que así era su vida: patética. A sus veintiocho años, aparte de una veintena de noches tolerables con mujeres por las que no debería haberse molestado, nunca había experimentado la verdadera pasión, ni había tenido una relación significativa. Y eso era lo que quería. Lo que siempre había querido. El sexo por el sexo le hacía sentirse tan... vulgar. Sobre todo, el tipo de sexo que le hacía disfrutar.

Llevándose la taza de porcelana a los labios, bebió un sorbo de café caliente y áspero y se detuvo, frunciendo las cejas. Chasqueó los dedos al sentir la amargura acre del café y sus gránulos raspándole la lengua, y se refrenó para no escupir en la taza. ¿Por qué le sabía a fango aquel café?

Dejó la taza sobre el platillo con un brusco tintineo y suspiró, irritado. En lugar de quejarse a los criados, se levantó y subió a su vestidor, en el piso de arriba. Ya llegaba una hora tarde.

Después de que el ayuda de cámara lo ayudara a vestirse, se miró una última vez en el espejo de cuerpo entero y se detuvo al notar que había algo que no estaba bien.

Sus botas.

Bajó la mirada, levantó el pie derecho para inspeccionar el cuero negro y volvió a bajarlo. No sabía por qué, pero tenía las botas arañadas.

Parpadeó al darse cuenta de que eran las mismas que había llevado la noche en que la había conocido a ella. Debía de habérselas arañado con la barandilla. Odiaba llevar las botas arañadas. Lo odiaba casi tanto como llegar tarde. Era evidente que estaba perdiendo concentración.

Antes de salir de casa, llamó una última vez a su ayuda de cámara y le pidió que volviera a sacar brillo a sus botas. Luego cerró de un portazo y, exasperado por su propio despiste, se dirigió al carruaje que lo esperaba. Se acomodó en el asiento tapizado, tocó en el techo para ordenar a su cochero que se pusiera en marcha y sacó su reloj de bolsillo.

Maldición, era casi mediodía. Tendría que rehacer por completo sus horarios. Miró hacia la casa del otro lado de la plaza y movió la mandíbula. Ya llegaba una hora tarde. Supuso que no importaría gran cosa que pasara por delante de su casa. Tal vez pudiera atisbarla de pasada y, a plena luz del día, se convencería de que no era tan atractiva ni tan interesante como se había hecho creer a sí mismo. Así podría seguir adelante con su vida y dejar de preocuparse por aquel asunto.

Volvió a guardarse el reloj en el bolsillo del chaleco, abrió la ventanilla del carruaje y le gritó al cochero:

—Dé la vuelta a toda la plaza antes de marcharnos —titubeó—. Despacio —titubeó otra vez—. Aunque no demasiado —no quería que se notaran demasiado sus intenciones.

—Sí, señor —contestó el cochero.

Tristan se acercó a la ventanilla y esperó mientras las casas vecinas pasaban lentamente ante sus ojos, una tras otra. Levantó los ojos al cielo y se contuvo para no ponerse a maldecir. Aunque el carruaje iba muy despacio, tan despacio que de hecho podía echar un vistazo al interior de cada ventana frente a la que pasaban y ver todos los muebles y a los criados de todas las familias del vecindario, no se molestó en volver a gritar al cochero, por no llamar más la atención.

Finalmente, el carruaje rodeó el extremo de la plaza. El sol, que había estado medio escondido detrás de un nubarrón, se derramó sobre la amplia casa georgiana pintada de blanco. Tristan se inclinó hacia delante y miró como si tal cosa la larga hilera de relucientes ventanas, fingiendo que se limitaba a admirar su arquitectura.

Se llevó un chasco al no ver movimiento detrás de las ventanas, ni aquel rostro que ansiaba ver. Cuando el coche pasó delante de las últimas cuatro ventanas, se quedó paralizado al ver a una mujer de cabello oscuro, sentada en una silla, junto a una de ellas. Tenía los ojos bajos y sus manos desnudas aparecían y desaparecían, ocupadas en una complicada labor de costura.

Era ella.

Y a diferencia de la última vez que la había visto, llevaba la espesa melena negra esmeradamente recogida en un moño sencillo. Un chal de cachemira de color alabastro cubría sus delgados hombros, tapando la curva de sus pechos y parte de su vestido azul.

Levantó la vista de su labor y sus ojos se encontraron un instante a través de los cristales que los separaban. Sus manos se detuvieron en el mismo instante en que se paraba el corazón de Tristan.

Unos ojos de color azul grisáceo, que el sol que le daba en la cara hacían brillar, sostuvieron la mirada de Tristan mientras pasaba el carruaje. No sabía que los ojos de una mujer pudieran obligar a un hombre a replantearse toda su vida.

Ella cambió de postura en la silla de mimbre y lo siguió con la mirada, descaradamente. Tristan se inclinó hacia delante, intentando retener su mirada, y la saludó con una escueta inclinación de cabeza, deseando informarle de que, pese a que no había ido a visitarla, estaba prendado de ella.

Los labios carnosos de ella se estiraron en una sonrisa luminosa que redondeó sus elegantes pómulos. Lo saludó con la mano, invitándolo en silencio a entrar.

Santo cielo, tenía que aprender que las mujeres respetables no hacían señas a los hombres. Él negó con la cabeza, dándole a entender que aún no estaba listo para visitarla. Necesitaba más tiempo.

La sonrisa de ella se desvaneció. Se encogió de hombros, bajó los ojos y siguió con su labor de aguja.

Cuando el carruaje dobló la esquina y salió de la plaza, Tristan se recostó en el asiento y suspiró. A veces deseaba con toda su alma ser más espontáneo. Solo a veces.

En las afueras de Londres

Tristan subió corriendo la escalinata que llevaba a la extensa casa de su abuela y tiró de la campanilla de hierro que había junto a la entrada. Pasaron unos instantes mientras se oían, de tanto en tanto, el traqueteo de las ruedas de los carruajes y el golpeteo de los cascos de los caballos en la calle adoquinada de detrás. Esperó y esperó, pero por alguna razón nadie acudió a abrir.

Echándose hacia atrás, miró los ventanales y vio que todas las cortinas estaban descorridas. Se le encogió el corazón al tirar de nuevo de la campanilla, rezando por que no hubiera pasado nada. Por fin la gran puerta se estremeció, sacudida por el movimiento de ocho cerrojos, y se abrió.

–¡Ay, gracias al cielo! –la señorita Henderson salió precipitadamente, lo agarró del brazo y tiró de él.

Tristan se detuvo, tropezando, y su sombrero de copa se deslizó hacia delante cuando la doncella lo soltó. Sorprendido, miró más allá del ala del sombrero y observó el vestíbulo adornado con macetas de helechos.

–Señorita Henderson –se colocó la chistera–, ¿esto era necesario? Podría haber entrado por mi propio pie.

–Le pido disculpas, milord –la doncella se apresuró a cerrar la puerta–. Pero como siempre insiste usted en saberlo todo, me ha parecido que aquí, en plena calle... Lady Moreland lleva toda la semana de un humor de perros. Nunca la había visto así, se lo aseguro. Y como además ha llegado usted tarde, le ha entrado una especie de pánico.

–Entiendo –Tristan miró la bandeja de plata cargada con comida que reposaba, intacta, en el descansillo de la escalera curva. Se giró hacia la señorita Henderson–. ¿A qué se debe que haya abierto usted la puerta? No me diga que lady Moreland ha vuelto a despedir al mayordomo.

La doncella suspiró.

–Así es. Echó al pobre hombre hace dos días, porque le hizo un cumplido sobre su aspecto. No les tiene ninguna simpatía a los hombres, ¿verdad que no?

Eso era quedarse corto.

–No. Me temo que hay que achacarlo a lo mucho que ha sufrido.

En sus años de debutante, todo el mundo, incluido

su querido primo, Su Alteza Real, había considerado a su abuela una belleza extraordinaria. Gracias a su hermosura se había casado con un marqués extremadamente rico, que era mucho más del agrado de su padre que del suyo propio. Por desgracia para ella, aquel enlace había dado como resultado muchos años de terribles palizas a manos de un marido libertino que sufría accesos irracionales de celos, ocasionados por las crueles habladurías según las cuales ella y su primo, Su Majestad, con el que siempre había tenido una relación muy estrecha, eran amantes. Lo cual no era cierto. Como consecuencia de ello, ahora era su pobre abuela la que se comportaba de manera irracional.

La señorita Henderson acabó de echar los ocho cerrojos de la puerta principal.

–El mayordomo no ha sido el único en recibir la patada. Ha despedido a otros cuatro criados –juntó las manos y sonrió, dejando ver los hoyuelos de sus mejillas–. Siempre es un placer recibir su visita, milord. Cambia mucho las cosas. Creo que le endulza un poco el carácter.

–¿Sí? –su abuela nunca le había parecido ni remotamente dulce. Ni tampoco dócil.

Pestañeó al notar que la señorita Henderson tenía torcida la cofia blanca encima del cabello rubio y recogido con horquillas, y que llevaba el delantal blanco y bordado arrebujado casi por completo en el lado izquierdo de la cadera. Saltaba a la vista que trabajaba demasiado.

Se metió la mano en el bolsillo y sacó un billete de diez libras del pequeño fajo que siempre llevaba consigo. Se lo tendió a la mujer.

–Tenga. Esto la ayudará a mantener a flote ese espíritu encantador que tiene. Le agradezco todo lo que hace por ella.

Los ojos de la señorita Henderson se agrandaron cuando miró el billete.

—¿De veras?

Tristan se inclinó hacia ella y agitó el billete.

—Nunca ofrezco nada de lo que no esté dispuesto a desprenderme, señorita Henderson. Es una de mis normas.

La doncella vaciló. Luego tomó el billete, esbozó una torpe reverencia y se lo guardó en el bolsillo del delantal.

—Es usted muy amable, milord.

Tristan inclinó la cabeza escuetamente.

—Al menos hay alguien que lo piensa. Informe a lady Moreland de mi llegada.

—Enseguida —la señorita Henderson se colocó el delantal, se lo alisó sobre el vestido gris de sirvienta y esbozó otra reverencia—. Disculpe que esté tan desaliñada, pero como se han ido el mayordomo, el ama de llaves y otros dos criados, no doy abasto. Seguro que usted lo entiende.

—Más de lo que se imagina —contestó él. Si se había independizado a los veinte años, tras pasar solo cinco al cuidado de su abuela, era por un buen motivo. Lady Moreland no tenía mala intención, pero siempre había sido muy celosa de su intimidad, obsesiva y sumamente exigente.

La señorita Henderson le señaló el salón que había a un lado, se enderezó la cofia y se alejó a toda prisa. Recogió la pesada bandeja de plata del escalón de abajo y subió por la escalera. Cuando llegó arriba miró a Tristan, sonrió y dobló la esquina.

El tictac del reloj francés del vestíbulo era lo único que rompía el silencio ensordecedor. Tristan se volvió y miró la puerta cerrada que había a su espalda. Tenía más cerraduras y cerrojos que el Banco de Inglaterra.

Santo cielo, ¿por qué siempre se sometía a aquel suplicio? Por mala conciencia, supuso, y por el profundo afecto que, pese a todo, sentía por ella. Porque, a pesar de sus muchos defectos y de ser una ermitaña de la peor especie, su abuela había sido la única que había cuidado de él durante las horas más tristes de su juventud.

Consciente de que ningún criado acudiría a recoger su sombrero, se lo quitó y lo lanzó hacia la puerta antes de entrar en el salón. Se detuvo en medio de la estancia y contempló el espacio vacío, decorado en tonos amarillos y crema. Frunció el entrecejo mientras giraba lentamente a izquierda y luego a derecha. ¿Dónde diablos estaban todos los retratos y los muebles?

Dio media vuelta y rodeó la habitación. Aparte de un velador colocado al borde de una alfombra persa, el resto de los muebles que había visto la semana anterior habían desaparecido. La única mesa que quedaba, una lacada, estaba cubierta de cartas sin abrir. Frente a la mesa, sobre la repisa de mármol de la gran chimenea, había una pluma y un adornado tintero de plata y ónice.

Meneó la cabeza. Nunca sabía a qué atenerse cuando iba a visitar a su abuela.

En el piso de arriba se oyó un fuerte estrépito que resonó en los pasillos y las paredes. Tristan se lanzó hacia la puerta.

Tras un largo silencio, oyó un frufrú de faldas y pasos presurosos en la escalera principal. La señorita Henderson se detuvo bruscamente en la entrada del salón e hizo una genuflexión. Tenía las mejillas coloradas y estaba llorando.

–Su Excelencia insiste en que vaya usted a verla a su alcoba privada, milord.

Tristan la miró atentamente.

–¿Se encuentra usted bien, señorita Henderson?

Ella apretó los finos labios, pero no dijo nada.

Pobrecilla. Pero al menos a ella la pagaban por vérselas con su abuela. A él, no.

–Haré todo lo posible por refrenarla.

La doncella asintió con un gesto y se marchó apresuradamente.

Tristan salió del salón, subió los peldaños de la escalera de dos en dos y, al llegar al descansillo, torció a la derecha. Pasó puerta tras puerta, hasta llegar a la antepenúltima, que daba a la alcoba de su abuela.

Antes de llamar, respiró hondo.

–Soy yo –gritó–. Moreland.

No obtuvo respuesta. Agarró el pomo redondo de la puerta, lo giró y la abrió lentamente. Un fuerte olor a agua de rosas impregnaba el aire viciado de la habitación. Sus botas resonaron cuando entró en la amplia estancia. Pasó por encima de la bandeja de plata volcada, de la comida aplastada y de la porcelana rota y miró más allá del papel de pared de seda a rayas azul y oro y de la gran cama de cuatro postes.

Se detuvo al ver junto a la ventana a una figura alta y curva, ataviada con un vestido bordado de color cobalto. Su abuela estaba mirando hacia la calle, ladeada lo suficiente para que Tristan alcanzara a ver el regio perfil de su cara empolvada y su tumulto de rizos blancos como la nieve.

Lady Moreland no se volvió, ni pareció advertir su

presencia, sin duda porque estaba enojada con él por haber llegado tarde.

Tristan suspiró y se acercó a ella.

—¿Es necesario que seas tan dura con la señorita Henderson? La pobre mujer estaba llorando.

—No he sido dura con ella en absoluto —contestó su abuela en tono seco—. Me he limitado a decirle que me desagrada que la porcelana que heredé de mis antepasados quede reducida a incontables pedacitos inservibles.

Tristan puso los ojos en blanco.

—Da gracias, si eso es lo peor que hace. A mí una vez me robaron toda la plata.

—Bueno, eso será lo siguiente, estoy segura. Quizá tenga que despedirla. Es demasiado emotiva para mi gusto. No puedo decirle nada sin que se eche a llorar.

—Si despides a la señorita Henderson, no quedará nadie para atenderte, y menos aún para abrir la puerta. Te aconsejo que te muestres un poco más comprensiva con ella. Trabaja demasiado y, conociéndote, seguramente por un sueldo muy escaso.

—Y yo te aconsejo que no cometas la estupidez de defender delante de mí a uno de mis criados. La pago muy bien. De hecho, la pago más de lo que debería.

Tristan suspiró.

—Sugiero que hagamos mejor uso de nuestro tiempo. Hoy tengo que marcharme antes de lo normal.

Su abuela vaciló, pero siguió sin volverse.

—¿Por qué? Siempre me dedicas los martes.

Sí, y a veces hasta eso le parecía demasiada dedicación por su parte.

—Hoy toman posesión de su escaño en la Cámara de los Lores el duque de Norfolk, lord Clifford y lord Dormer. Quiero demostrarles mi apoyo haciendo acto de presencia.

Una risa áspera escapó de los labios de su abuela.

–Sí, muestra tu apoyo a los católicos, esos botarates. No puede salir nada bueno de dar escaños a esa gente.

–Hablas como una fanática. Reducir la discriminación religiosa refleja el progreso moral de una nación.

–Ah, sí. Siempre has sido un idealista, Moreland. Igual que tu padre –sacó la barbilla y siguió mirando por la ventana–. Bueno, ¿por qué has llegado tarde? Tú siempre eres puntual.

Él carraspeó. No tenía ganas de recordar por qué esa mañana se le habían pegado las sábanas.

–Perdóname. Hoy voy con retraso.

Su abuela lo miró por encima del hombro y levantó las cejas canosas.

–Tú nunca te apartas de tu horario. Sería como si un pájaro se dislocara las alas –su voz sonó paciente, cálida y firme, como siempre que se dirigía a él–. ¿Quién es ella?

Tristan respiró hondo, sabedor de que, si reconocía que le interesaba una mujer, solo conseguiría que su abuela hiciera indagaciones exhaustivas sobre la vida de su vecina, hasta el punto de enterarse de qué cremas usaba.

–Das demasiadas cosas por supuestas. Es simplemente que me he levantado tarde.

–No te has levantado tarde en trece años, Moreland –sonrió sagazmente–. Pero confío en que el motivo de tu... desasosiego deje de preocuparte.

Para que dejara de preocuparle, tendría que mudarse de casa o casarse con su vecina.

Su abuela se volvió hacia él y las largas mangas de

encaje de su vestido de muselina se deslizaron por sus muñecas. Sus ojos oscuros y burlones se clavaron en los de Tristan. Recorriéndolo por entero con la mirada, suspiró.

–¿Por qué pones tan poco esmero en tu atuendo, Moreland? Te vistes demasiado de gris. Y si no es gris, es negro. ¿No puedes invertir en un poco de... color?

Él colocó las manos enguantadas a la espalda y separó estratégicamente los pies para mostrar mejor todo su gris.

–Me visto para estar cómodo, no por diversión o entretenimiento. Si el buen Dios hubiera querido que fuera un pavo real, me habría hecho pavo real, ¿no crees?

–Pasemos a asuntos de más importancia, ¿quieres?

Él sonrió.

–Desde luego.

Lady Moreland cruzó las manos como si intentara decidir por dónde empezar su reprimenda.

–Mientras me informaba, como suelo hacerlo cada semana, de las cosas que han ocurrido entre la alta sociedad, me he quedado atónita al saber que mi querido y respetable nieto había estado pretendiendo en secreto y de la manera menos convencional posible a cierta mujer. Una mujer que, por cierto, ha pasado varias temporadas intacta por motivos relacionados con cierto petimetre veneciano venido a menos. ¿Por qué no me has informado de tu interés por lady Victoria? ¿Acaso porque sabías que iba a desaprobarlo?

Tristan apretó los dientes y se recordó que su abuela era la única familia que le quedaba y que la quería. O, al menos, intentaba quererla.

–Reconozco que lady Victoria siempre me ha fascinado y, cuando se me presentó la oportunidad de cortejarla, decidí aprovecharla. Nunca he tenido intención de vivir solo, ya lo sabes. A diferencia de ti, prefiero compartir conversaciones y comidas con otra persona, y no solo conmigo mismo.

–No me regañes. No se trata de que me oponga a que tomes esposa. Lo que te reprocho es tu elección.

–Es lo mismo.

–No quiero que entres a formar parte de esa familia. Necesitas un buen matrimonio, un matrimonio estable.

Tristan la miró con enojo.

–Lord Linford era el mejor amigo de mi padre y me ofreció su apoyo cuando todos los demás prefirieron dedicarse a los chismorreos. No lo olvides. Por lo que tengo entendido, el pobre hombre está muy enfermo. No le queda mucho tiempo de vida.

Su abuela bajó la barbilla, pero siguió mirándolo fijamente.

–¿Tienes idea de por qué?

Tristan apartó la mirada, intuyendo que su abuela ya lo sabía. Lord Linford se estaba muriendo de sífilis.

–He oído rumores.

–No son rumores. Se está consumiendo. ¿De veras pretendes convencerme de que, teniendo en cuenta tu sensibilidad, te apetece ver morir sifilítico a tu suegro, Moreland?

Era realmente asombroso cuántos chismorreos era capaz de descubrir su abuela, a pesar de que nunca salía de casa. Naturalmente, tras la muerte de su marido, era mucho más rica que él. Y siendo además prima del rey, y su prima favorita, además, su influencia dentro de la alta sociedad de Londres seguía siendo tan firme como siempre. Con una sola palabra y un par de billetes entregados a la persona adecuada, era capaz de jugar a ser Dios con la vida de cualquiera. Incluida la de su nieto.

—Me asombra que, a pesar de tus averiguaciones, no hayas descubierto que lady Victoria ya está casada mediante licencia especial con ese «petimetre veneciano venido a menos» del que hablabas hace un momento. Así pues, no tienes por qué preocuparte.

Las severas facciones de su abuela se suavizaron y una sonrisa se dibujó en sus delgados labios.

—Mejor así. Los Linford, aunque bastante agradables, solo te habrían traído quebraderos de cabeza.

Tristan temía lo que le esperaba a su futura esposa. Entre su abuela y él, tendría que ser poco menos que indestructible.

—Empiezo a pensar que te asusta que, una vez casado, dejes de ser lo prioritario para mí. Pero descuida, queridísima abuela: dejaste de ser lo prioritario para mí cuando cumplí veinte años.

Su sonrisa se desvaneció.

—Hoy estás muy desagradable. ¿Por qué? ¿Qué es lo que te preocupa?

Tristan soltó un soplido. Su nueva vecina. Durante aquellos últimos doce días y once noches, aquella mujer le había hecho darse cuenta de que, a pesar de las barreras que se empeñaba en levantar para fingir que dominaba su vida, lo único que de verdad quería era una relación estable con una mujer respetable pero apasionada que no le hiciera sentirse como un bicho raro.

Miró a su abuela con severidad.

—Quizá sea que me molesta que sigas entrometiéndote de ese modo en mi vida. Tus averiguaciones sobre los Linford no son más que otro ejemplo patético de lo que tengo que soportar. Ya me resulta bastante difícil relacionarme con mujeres sin que tú te pongas a indagar en sus vidas. Prefiero ir conociendo a una mujer de la manera corriente, y permitirle a ella el privilegio de hacer lo mismo conmigo. En las sociedades civilizadas, eso se denomina «cortejo». ¿Te suena de algo?

Su abuela negó con la cabeza, muy seria.

–El cortejo no es más que una farsa ejecutada por actores. Tu abuelo me cortejó durante siete meses enteros, y fue la única época de nuestra relación en la que ese bruto no me levantó la mano. Puede que no aprecies mis esfuerzos, Moreland, pero tras tu desastroso devaneo con la viuda Stockton el año pasado, de resultas del cual volviste a cortarte el brazo a pesar de haberme jurado que no volverías a hacerlo, tengo el deber de asegurarme de que encuentres una mujer que te ofrezca la estabilidad que necesitas. La clase de estabilidad que, evidentemente, no puedes procurarte por tus propios medios.

Tristan dejó escapar un suspiro de agotamiento. A pesar de lo que opinara su abuela, la bella lady Elizabeth Stockton lo había ayudado a comprender que ni siquiera las mujeres más excéntricas de su clase social sentían el menor respeto por él o por sus deseos. Su inclinación por la navaja y el látigo la había divertido tanto que se había convencido de que eso era lo único que le interesaba a él, y que a eso se reducía su persona.

–Te preocupas innecesariamente.

–Tú haces que me preocupe innecesariamente.

La miró con enfado.

–¿Te das cuenta de que el número de invitaciones que recibo va disminuyendo de año en año?

–¿Y me culpas a mí? –preguntó ella.

—Evidentemente, a la gente le aterra que sus hijas se relacionen con un excéntrico cuya abuela aspira a airear con la peor intención cada detalle de sus vidas. Qué demonios, a este paso no me casaré nunca. ¡Y eso que tengo una renta de casi nueve mil libras al año!

—Estás demasiado alterado para mi gusto. Vete. Te veré el martes que viene —levantó su mano pálida y se la tendió—. No temas: seguiré desenterrando secretos y allanándote el camino. Siempre lo he hecho.

Cuanto mayor se hacía, más consciente era de que no tenía fuerza suficiente para resistirse al implacable afán de protegerlo que sentía su abuela. No quería ni necesitaba su protección. Lo único que quería era ser un hombre corriente, con una vida corriente que incluyera una bella esposa, una casa llena de niños, un perro de caza y quizás incluso un gato. Pero ¿cómo iba a intentar siquiera conseguirlo cuando su abuela se empeñaba en recordarle que jamás sería un hombre normal?

Tristan se acercó con paso mesurado. Se detuvo delante de ella, pero se negó a aceptar su mano tendida.

—Fui dueño de mi vida en el instante en que salí por esa puerta. Recuérdalo. He tardado años en llegar a comprenderme. No necesito que vigiles cada decisión que tomo. Controlo perfectamente todo lo que hago —«menos en lo tocante a los pechos de mi vecina».

—Me preocupa lo que tú entiendes por «control» —bajó la mano y lo observó con mordacidad—. Alguien ha tenido la amabilidad de informarme de una cita a medianoche que tuviste con una joven de tu plaza. Debe de ser toda una beldad si estuviste dispuesto a departir con ella en público casi una hora mientras estaba medio desnuda. ¿Qué sabes de esa mujer, aparte de la atracción que sientas por ella? ¿Estás cortejándola? ¿Piensas hacerlo?

Santo cielo, ya se había enterado.

—¿No tienes otra cosa en la que ocuparte? —gruñó, intentando en vano mantener un tono respetuoso—. Para mí es sumamente incómodo. Necesitas algo con lo que ocupar tu vida. Te sugiero que vuelvas a casarte, o que salgas de esta casa de vez en cuando.

Su abuela lo miró fijamente.

—Solo hago lo que creo mejor para ti, Moreland. Aunque asegures que has dejado la navaja...

—La he dejado.

—¿Sí?

—Sí.

Se quedó mirándolo un momento, fijando los ojos un instante en el bolsillo de su levita.

—¿Todavía llevas encima el estuche de la navaja de afeitar? Sé sincero.

Tristan apartó la mirada y apretó los dientes. Llevaba, en efecto, el estuche de la navaja en el bolsillo de la levita, no porque la utilizara; hacía casi un año que no se servía de ella, sino porque en cierto modo le... reconfortaba.

—No la utilizo.

Lady Moreland suspiró.

—Siempre te harás daño. Es así de triste, pero tengo que aceptarlo. ¿Quién sabe si no irá a más, si te casas con la mujer equivocada? Te sugiero que evites a esa vecina tuya hasta que averigüe algo más sobre ella. Dame una semana. Mi lacayo te llevará una carta detallada informándote de todas mis pesquisas. Entonces podrás tomar una decisión.

El problema era que su abuela no solo tenía tendencia a airear los trapos sucios de los demás ante él, sino ante todo Londres. Se inclinó hacia ella y la señaló con el dedo, casi tocando su nariz.

—Ni se te ocurra. Déjalo estar. Déjala en paz. Si te entrometes, lo único que harás será exponerla a las malas lenguas. Iré a visitarla cuando esté preparado.

Su abuela entornó los párpados.

—Aparta ese dedo mi cara, Moreland, y quítate de mi vista. He soportado muchas amenazas a lo largo de mi vida, y desde luego no pienso soportarlas de ti.

Tristan bajó la mano, dio media vuelta y se acercó a la puerta abierta.

—Me marcho —dijo—, no sea que empiece a pensar que no me gustas.

Agarró el pomo y cerró de un portazo a su espalda. La tensión fue apoderándose progresivamente de su cuerpo y mientras avanzaba por el pasillo sintió la necesidad repentina de escapar no solo de aquella casa, sino de su vida entera.

Por más distancia que intentara poner entre su presente y el pasado, por más que se esforzara por llevar una vida respetable de la que enorgullecerse, su abuela siempre se las ingeniaba para entrometerse y poner en evidencia cuánto camino le quedaba aún por recorrer. Era muy consciente de que le quedaban muchas cosas por hacer. Por de pronto, tenía que dejar de llevar encima el estuche de la navaja.

Miró hacia la larga hilera de cuadros y se detuvo de pronto al ver un nuevo retrato colgado en la pared. Se volvió y fijó la mirada en un campo verde más allá del cual se ponía el sol. Tragó saliva, incapaz de deshacer el nudo que de pronto se había hecho en su estómago.

Hacía casi trece años que no veía aquel cuadro. Dentro de su cabeza relumbraron de pronto unas paredes cubiertas de paneles de caoba y, pese a que no quería verlo, lo vio. Siempre lo veía. El cuerpo sin vida de su padre permanecía para siempre derrumbado sobre su escritorio, su sangre oscura manchaba la madera bruñida y se extendía sobre los libros de cuentas. Una navaja de afeitar ensangrentada yacía abierta en el suelo, junto a los pies de su padre, de cuya mano se había caído. Nunca había creído que su padre fuera capaz de quitarse la vida. Sobre todo, después de que pasaran meses luchando por impedir que su madre hiciera eso mismo.

Notando que el cuadro estaba torcido, se acercó a él y lo enderezó. Dio un paso atrás y exhaló un suspiro. Habría deseado tener valor suficiente par arrancarlo de la pared y lanzarlo por la ventana. Pero, naturalmente, eso no cambiaría nada, y solo conseguiría sentirse como un jovenzuelo petulante.

–Lo he encontrado en el desván –comentó su abuela alegremente desde el fondo del pasillo–. Es precioso, ¿verdad? Era de tu padre.

Tristan se volvió hacia ella.

–Sí, lo sé. Estaba colgado a dos metros del escritorio en el que se cortó el cuello. ¿Te importaría quitarlo de la pared antes de mi próxima visita? No soporto verlo.

Su abuela vaciló.

–Perdóname, no sabía que...

–No te disculpes. Limítate a descolgarlo.

–Sí, claro.

Tristan la señaló con el dedo.

–Y nada de pesquisas. ¿Entendido? Nada.

–Te ruego me disculpes, pero por más que intentes intimidarme no conseguirás que deje de esforzarme. No quiero que acabes como tu padre. Y aunque no puedo protegerte de ti mismo, sí puedo protegerte de la vileza de los demás. Y eso pienso hacer. Pienso investigar a fondo a esa mujer y tranquilizar no solo tu conciencia, sino también la mía propia.

Tristan bajó la mano y la miró con fijeza, asegurándose de que percibía su intenso desagrado.

–Si la expones a las habladurías, a cualquier habladuría, me casaré con ella sin molestarme siquiera en saber su nombre, solo para demostrarte quién lleva aquí las riendas.

Ella apretó la mandíbula. Su semblante tenso y pálido parecía de pronto poseído por una fría dignidad.

–No te atrevas a desafiarme ni a contradecir lo que estimo mejor para ti.

Tristan dio un paso hacia ella y se tocó el pecho con la mano.

–No te atrevas tú a desafiarme a mí. Soy yo quien decide qué es lo que más me conviene, no tú. No puedes controlar ni decidir si tengo algo que ver con esa mujer o no. Quizás a tus ojos, y a los ojos de todas las mujeres con las que he cometido la estupidez de relacionarme íntimamente, sea un excéntrico, pero no olvidéis, ni tú ni ellas, que ante todo soy un caballero. ¡Un caballero! Y no voy a consentir que se me trate de otro modo.

–Moreland... –se acercó a él apresuradamente con el rostro crispado por la angustia–. Tú no eres un excéntrico. Nunca he pensado eso de ti, pero no puedes esperar que...

–Buenos días, abuela. Me marcho.

«Antes de que empiece a arrancar cuadros de las paredes y maldecirte por tratarme siempre como a un niño».

Sin dignarse dirigirle otra mirada, se alejó por el pasillo, bajó las escaleras y se dirigió a la puerta, deseando que su abuela le ahorrara el tener que soportar de nuevo sus absurdas maquinaciones a costa de su propia cordura. Era como si lady Moreland creyera verdaderamente que estaba al borde del suicidio. Si ella no le creía, ¿quién demonios iba a creerle?

Tras acomodarse en el asiento del carruaje, esperó pacientemente a que el lacayo cerrara la portezuela. La necesidad de deshacerse de casi un año de frustración contenida fue creciendo con cada bocanada de aire que respiraba. No podía seguir soportándolo. No podía seguir huyendo constantemente de lo que era y de lo que sabía que sería siempre.

Cuando el carruaje se puso en marcha, cerró las cortinas de la ventanilla. ¿Qué importaba ya? Era un excéntrico y lo sería siempre.

Cambiando de postura en el asiento, se quitó los guantes con manos temblorosas y se sacó del bolsillo el estuche de la navaja. Lo dejó en el asiento, a su lado, y se subió la manga de la levita gris y la de la camisa de hilo hasta dejar al descubierto su antebrazo.

Con un movimiento del pulgar, abrió la tapa del fino estuche, dentro del cual había un pañuelo blanco doblado, una navaja de afeitar con las cachas de marfil y aquel maldito trozo de pergamino descolorido que nunca había tenido el valor de quemar pese a haberlo intentado muchas veces.

Apoyó el brazo desnudo sobre su muslo, agarró la navaja y desdobló la hoja recta, colocando estratégicamente su filo sobre un trozo de piel intacta, entre las abultadas cicatrices que marcaban todo su antebrazo. Se detuvo y tensó la mandíbula.

Se había prometido a sí mismo que no volvería a hacerlo. Había dado su palabra. ¿Cómo iba a ser un buen marido, el esposo de una mujer respetable, cuando ni siquiera podía controlar aquella demencial necesidad de...?

Tragó saliva notando un nudo en la garganta y volvió a doblar rápidamente la hoja. Por amor de Dios, iba a presentarse en la Cámara de los Lores. No podía aparecer vendado y sangrando.

Lo colocó todo de nuevo en el estuche, cerró la tapa y volvió a guardarse el estuche en el bolsillo de la levita. Se bajó la manga y, pasándose la mano trémula por la cara, rezó por llegar al Parlamento sin ceder a su necesidad de liberarse.

Escándalo 3

Una conducta descarriada nunca beneficia a nadie. ~~*Aunque a veces...*~~

Cómo evitar un escándalo
Manuscrito original de Moreland

12 de mayo, por la noche

Tiempos oscuros habían caído sobre el reino de Polonia. Otra vez. Porque aquel día, el emperador y autócrata de Todas las Rusias se había coronado oficialmente zar de Polonia y de su pueblo. Y allí estaba ella, en un país extranjero, desterrada y amargándose en una casa de Londres, incapaz de escupirle en las botas o de salir siquiera de casa.

Pero eso pronto cambiaría.

Aunque la condesa Zosia Urszula Kwiatkowska iba a verse forzada a contraer matrimonio con un inglés antes de que acabara lo que los británicos llamaban «la temporada», no pensaba casarse con cualquier inglés, pensara lo que pensase Su Majestad. Todo era cuestión de mover el peón adecuado en el tablero en el momento justo, cuando sus oponentes no estuvieran mirando. Si había alguien capaz de ganar en cualquier juego, ya fuera el ajedrez, el *whist*, el tute, el séptimo o las adivinanzas, era sin duda ella.

A pesar de la creciente inquietud de Su Majestad, se negaba a casarse con cualquiera de los extraños individuos que el rey se empeñaba en enviar a su casa. Aparte de que ninguno de ellos tenía personalidad ni verdadera influencia entre la alta sociedad londinense, la trataban como si fuera una especie de animal salvaje al que había que domar.

Había pocas cosas que estuviera dispuesta a sacrificar para evitar el monasterio, y la dignidad no era una de ellas, desde luego. Tenía que casarse con un hombre inteligente, progresista e influyente que estuviera dispuesto a aceptarla tal y como era, no como esperaba que llegara a ser.

Naturalmente, encontrar a un hombre semejante era un asunto peliagudo, y Su Majestad estaba empezando a pensar que era en exceso ambiciosa y completamente idiota. Aunque en realidad le traía sin cuidado lo que pensara Su Majestad. A fin de cuentas, siempre podía atribuir su insensatez al láudano que tomaba.

Zosia cerró la puerta de su alcoba girando la llave para que su enfermera no la interrumpiera y, rodeando la cama, dirigió su silla de mimbre hacia la ventana del otro lado de la habitación. Colocó la silla delante de las cortinas echadas, las recogió y se envolvió en ellas, dejando que cayeran a su alrededor y sobre el suelo de madera.

Acercó las grandes ruedas de la silla a la ventana, hasta que la punta de su pie, que descansaba sobre el escabel almohadillado, chocó con la pared, bajo el alféizar. Recolocó las cortinas a su alrededor y se aseguró de que la luz de las velas no salía al exterior, a fin de permanecer escondida del mundo exterior.

Satisfecha, recogió su catalejo de la repisa de la ventana y lo desplegó, decidida a espiar todos los movimientos de su vecino británico, el imponente marqués de Moreland, el de los ojos misteriosos y el semblante adusto.

Aunque tenía pensado hacer que se lo presentaran mediante la intercesión de Su Majestad, una noche la había sorprendido encontrárselo bajo su ventana, ya de madrugada, observándola como ella lo había estado observando a él a través del catalejo desde el principio. Esa noche había aprovechado la ocasión de conocerlo, y había descubierto que era mucho más impresionante a tamaño real que visto a través de una lente.

Todo en él era perfecto, desde su apariencia a sus perspectivas de futuro, pasando por su respetabilidad, su escaño en el Parlamento, su ingenio, su inteligencia, sus modales y hasta su dicción. Demasiado perfecto. Algo tenía que estar ocultando bajo aquella fachada culta y majestuosa. Pero ¿qué?

Por desgracia, en lugar de ir a visitarla, como ella lo había invitado a hacer, se había limitado a mandar a su lacayo con un libro sobre etiqueta encuadernado en cuero rojo. Aquello la había llevado a preguntarse si aquel hombre había descubierto sus intenciones, por poco probable que fuera. Un hombre solo consideraba peligrosa a una mujer para su bolsillo o para su corazón. Ella, sin embargo, no necesitaba ni una cosa ni otra, ni tenía interés alguno en ellas. Poseía riqueza y en cuanto a sus sentimientos... Su corazón ya estaba ocupado por algo mucho más importante que un hombre.

Tras el envío de aquel libro de etiqueta, que había dejado abandonado tras echarle solo un vistazo, Zosia había empezado a pensar que Moreland era demasiado respetable para dejarse engatusar. Lo había pensado hasta que una tarde lo había visto pasar en coche por delante de su casa, mirando todas las ventanas. Había sabido entonces que no era tan recatado como quería hacerla creer, a ella y al resto del mundo.

Advirtió movimiento en la calle adoquinada y miró hacia abajo. Sus dedos se crisparon sobre el catalejo al ver a un personaje de anchas espaldas montado sobre un corcel blanco como la nieve y ataviado de pies a cabeza con uniforme militar. Se hallaba junto a la farola, estratégicamente situado bajo su ventana.

Le dio un vuelco el corazón al darse cuenta de que había estado espiándola mientras se acomodaba en su puesto de observación. Un gran sombrero militar dejaba en sombras su nariz y sus ojos, revelando únicamente la línea oscura de una mandíbula fuerte y afeitada. El desconocido pareció dudar, como si quisiera apearse del caballo.

Finalmente, sin embargo, se quitó el sombrero, dejó al descubierto su cabello oscuro, que le llegaba a la altura del hombro, e inclinó la cabeza galantemente, apretando el sombrero adornado con plumas contra su pecho con la mano enguantada.

Zosia parpadeó, intentando distinguir su cara en sombras a la luz tenue de la farola, pero el desconocido volvió a calarse el sombrero y, haciendo volver grupas a su montura, se alejó de su ventana. La miró una última vez, clavó las botas de montar en los flancos del caballo y echó a galopar por la calle adoquinada, ondeando al viento su manto negro. Salió al galope de la plaza, enfiló una calle y se perdió de vista.

Atónita, Zosia se inclinó hacia delante y pegó las yemas de los dedos al fresco cristal. ¿Quién era? ¿Y por qué la saludaba con tanto respeto? Era muy extraño.

En lugar de preocuparse por si su casa se hallaba ahora bajo vigilancia militar por orden de la monarquía, intuyó que la aparición de aquel hombre encerraba un misterio. Era como si hubiera estado allí aguardando con la esperanza de vislumbrarla. Igual que había hecho lord Moreland.

Zosia vaciló. Después se recostó en su silla de mimbre y levantó los ojos al cielo. Vislumbrarla... Sí, ya. Sería una presuntuosa si creyera que todos los hombres de Londres ardían en deseos de apostarse bajo la ventana de una católica con una sola pierna para «vislumbrarla». A no ser que fuera para divertirse.

Se quedó en suspenso un momento. Hablando de divertirse...

Volvió a inclinarse hacia la ventana y aplicó el catalejo a su ojo derecho. Entornó los párpados y apuntó el catalejo hacia la ventana de lord Moreland hasta ver su alcoba iluminada por la luz de las velas. Por suerte, las cortinas no estaban cerradas del todo y podía ver parte de su habitación. Una parte en la que aparecía una cama de cuatro postes.

Era una cama muy bonita, a decir verdad. Mucho más bonita que la suya, desde luego. Tenía una colcha mullida y plateada y un montón de cojines de color burdeos y gris, amontonados junto al cabecero labrado. Aquella cama le daba ganas de casarse con Moreland, aunque solo fuera para tener oportunidad de rodar por ella.

Se sonrió al pensarlo. Su prima Basia, que llevaba casi doce años casada, le había contado con entusiasmo todo lo que sucedía de verdad entre un hombre y una mujer. Y si iba a hacer «eso» con un hombre, prefería que fuera tan apuesto como lord Moreland.

Una sombra pasó por delante de su lente, y aunque intentó seguir su desplazamiento, fue demasiado fugaz. El lado de la cortina ocultaba el resto del panorama. Apartó el catalejo y clavó la mirada en la ventana de Moreland, intentando descubrir hacia dónde debía dirigir el catalejo.

Lo intentó de nuevo, cambiando de dirección. Un pecho desnudo y escultural apareció ante su vista. Movió el catalejo con nerviosismo y lo perdió de vista un instante. Se le aceleró el corazón al volver a aplicar el ojo a la lente. Enderezó el catalejo y procuró que no le temblara el pulso.

Había visto a muchos hombres con el pecho desnudo trabajando en los campos durante la cosecha, cuando su prima y ella salían a caballo de Varsovia para dar un paseo por el campo, y había aprendido a apreciar un buen torso. Y el de lord Moreland lo era, sin duda.

Él se volvió y arrojó una bata sobre la cama, levantando los hombros anchos y musculosos. Con unos pocos movimientos, se bajó los pantalones y los calzoncillos y quedó gloriosamente desnudo.

Zosia contuvo una exclamación de sorpresa. Aunque pensó un momento en respetar la intimidad de Moreland, al final decidió seguir mirando. A fin de cuentas, si iba a casarse con él, tenía todo el derecho a saber cómo era su cuerpo.

Los músculos de sus piernas largas y fibrosas y de su espalda firme se flexionaron y ondularon como satén cuando se inclinó para recoger su camisa de noche. Pero, para decepción de Zosia, no se volvió ni una sola vez, de modo que no pudo ver aquello por lo que sentía más curiosidad.

Su cuerpo desapareció de golpe bajo la larga camisa de dormir de hilo blanco. Moreland agarró una bata que había también sobre la cama, se la puso y se la ajustó alrededor de su cuerpo.

Nunca había imaginado que los británicos pudieran ser tan atractivos como los polacos. Sus primas le contaban constantemente lo estirados y sosos que eran los ingleses. Pero, naturalmente, ninguna de ellas había estado nunca en Inglaterra.

Bajó el catalejo, lo guardó en su estuche y volvió a dejarlo sobre la repisa de la ventana al tiempo que exhalaba un profundo suspiro. Sacó la cadena trenzada que llevaba oculta bajo el camisón y tocó su guardapelo incrustado de rubíes, preguntándose cómo podía conseguir que fuera a verla. Sin molestarlo.

Al distinguir otro movimiento soltó el guardapelo. Las cortinas parcialmente cerradas que había estado observando, se abrieron de pronto de par en par. El resplandor de un sinfín de velas se vertió hacia la calle, y lord Moreland se apoyó tranquilamente en el marco de la ventana y miró hacia ella.

Madre de Dios... Iba a pensar que estaba obsesionada. Le dio un vuelco el corazón al agarrar las ruedas de la silla y echarse hacia atrás. Pero, sin saber por qué, la silla se negó a moverse. Sintió una opresión en el pecho al mirar hacia abajo y darse cuenta de que no eran las grandes ruedas de madera de los lados las que se habían enganchado, sino la ruedecita de detrás. Se había enredado entre los pliegues de la cortina, dejándola encerrada junto a la ventana.

«*Jezus i Maria*. Precisamente ahora».

Se echó violentamente adelante y atrás, adelante y atrás, intentando mover la silla. La barra de la cortina tembló. Rechinó los dientes y dio otro tirón hacia atrás. La barra de la cortina se desprendió de los ganchos de la pared y cayó con enorme estrépito detrás de ella. Levantó las manos para cubrirse la cabeza, pero por suerte la barra no la tocó.

Dejó escapar un gruñido al comprender que no solo había destrozado la cortina, sino que de pronto se hallaba completamente iluminada ante lord Moreland. Le ardieron las mejillas cuando posó las manos sobre el regazo con aire recatado. Consciente de que no tenía modo de alejarse, fijó la mirada en él desde el otro lado de la plaza.

Él deslizó las manos por el marco de la ventana. Aunque Zosia no consiguió distinguir su expresión, saltaba a la vista que sentía curiosidad por saber por qué había arrancado la cortina y se estaba exhibiendo ante él.

Zosia levantó una mano y la agitó con la esperanza de parecer más ingenua si se mostraba cordial. Él dudó y luego levantó la mano y la saludó con un solo movimiento de muñeca, seco y cortante.

Zosia respiró hondo y exhaló. Tal vez aquella fuera la oportunidad que había estado esperando. No siempre hacían falta las palabras para despertar interés. Volvió a saludarlo con la mano, esta vez con más entusiasmo.

Él puso los brazos en jarras con aire tranquilo y movió la cabeza de un lado a otro, intentando hacerle entender que su falta de madurez le parecía decepcionante.

Pero no se movió de la ventana.

Zosia soltó una risilla. Echándose hacia atrás la negra trenza, se inclinó hacia la repisa de la ventana. Saltaba a la vista, por su postura y por el hecho de que no se hubiera marchado, que lord Moreland quería jugar.

Zosia se inclinó más hacia delante y se apoyó en la repisa. Pegó los labios al cristal y dio beso tras beso a la ventana. Después se echó hacia atrás y contempló las marcas húmedas que había dejado sobre el cristal.

Lord Moreland se ajustó la bata y volvió a apoyarse en el marco de la ventana, solo que esta vez parecía estar conteniéndose para no cruzar de un salto la plaza e ir a recoger aquellos besos en persona.

—Así que te gusto —dijo Zosia en voz baja. Qué curioso. ¿Por qué un soltero que supuestamente andaba buscando esposa esquivaba a una mujer que, al parecer, era de su agrado? ¿Sabía ya lo de su amputación?

Sonó la puerta y Zosia se giró, sobresaltada.

—¿Condesa? —se oyeron golpes en la puerta y el traqueteo del pomo—. ¡No debería cerrar la puerta con llave!

Zosia puso los ojos en blanco y posó la mano en su regazo. La señora Wade, siempre atenta a sus necesidades.

—Estoy perfectamente, señora Wade —dijo alzando la voz—. No hace falta que entre.

—He oído un ruido espantoso y venía de aquí, de su cuarto. Por favor, dígame que va todo bien.

—Sí, sí —meneó la mano—. Se ha caído la barra de la cortina. Con lo vieja que es esta casa, yo diría que acabará por caerse todo dentro de poco. Pero no hay por qué preocuparse, se lo aseguro. Va todo bien. Puede retirarse.

–No esperará que me retire sin saber siquiera qué...

–Señora Wade –replicó Zosia con aspereza, volviendo la silla y mirando la puerta con enojo. Deseaba que aquella mujer dejara de tratarla como a una inválida. Que le faltara una pierna no significaba que no tuviera cerebro–. Tengo derecho a mi intimidad, ¿no le parece?

–Sí, condesa, desde luego, pero...

–Buenas noches. O, como decimos los polacos, *dobra noc*.

–¿Y qué hay de su láudano?

Zosia se alisó el camisón de hilo y encaje sobre sus muslos doloridos e hizo una mueca de dolor. Tenía que usar más las muletas, o estaría cada vez más agarrotada. Odiaba depender de aquel líquido rancio que la hacía sentirse como si se ahogara en medio de una neblina. Prefería el dolor, antes que sentirse en aquel mundo irreal.

–Voy a dormir así, gracias. Mañana pienso usar las muletas y dar un par de vueltas por la plaza. Así que se me pasará el malestar.

–Sabe perfectamente que no se le permite abandonar la casa sin permiso de Su Majestad. Si quiere dar una vuelta por la plaza, condesa, tendrá que enviarle una carta.

Estaba rodeada de guardianes, no de sirvientes. Ya había enviado incontables cartas a Su Majestad pidiéndole permiso para salir de la casa, y siempre recibía la misma respuesta: que no era aconsejable.

–Su Majestad parece creer erróneamente que no tengo ningún derecho. Estoy cansada de sus juegos y me niego a permanecer recluida en una silla y en una casa. Pienso salir, le guste a Su Majestad o no. Sugiero que le envíe usted una misiva informándole de ello. Ahora, le deseo buenas noches, señora Wade.

La puerta volvió a sacudirse.

–Por favor, abra la puerta. ¿Y si necesita ayuda durante la noche?

Zosia suspiró.

–No quiero parecer desagradecida, señora Wade, pero cada vez me resulta más molesta la preocupación mal entendida que demuestran todos ustedes por mi bienestar. Ahora le exijo que se retire. No volveré a repetirlo.

La señora Wade vaciló.

–Como desee, condesa –sus pasos se alejaron por el pasillo hasta disiparse por completo.

Zosia volvió la silla de nuevo hacia la ventana, dispuesta a retomar el juego, pero descubrió que Moreland ya había cerrado las cortinas.

Resopló, decepcionada.

Podía culpar a la señora Wade por interrumpir sus coqueteos estratégicos, pero tenía la impresión de que era ella quien había intimidado al pobre hombre, haciéndole retirarse. Karol le había advertido de que los británicos y, especialmente los aristócratas, eran tan reservados como monjas en plena plegaria, y que debía recordarlo. Supuso que era hora de hacer de Dios, mientras todas las monjas rezaban.

Tristan se paseaba por delante de las cortinas que había corrido, deseando tener valor para cruzar la plaza y comportarse como un libertino. Un rato antes, al acercarse a la ventana con la esperanza de vislumbrarla, le había sorprendido encontrársela agitando la mano con entusiasmo y dando besos al cristal. Besos que él ansiaba sentir sobre cada palmo de su piel. Besos que sin duda habían visto todos los vecinos del vecindario, incluido aquel que estuviera haciendo labores de espionaje por encargo de su abuela.

Suponía que lady Moreland tenía ya una larga lista en la que habría consignado todos y cada uno de los defectos de su vecina. Aparte de ser protectora en exceso, su abuela siempre había creído neciamente que quienes infringían las normas de la sociedad elegante carecían por completo de valor y se merecían ser humillados. No se daba cuenta de que precisamente esa «sociedad elegante» y su férreo control sobre la vida cotidiana habían creado la terrible situación que se había visto forzada a aceptar por el hecho de ser mujer.

La lucha de lady Moreland por conservar la dignidad pese a haberse visto despojada de su capacidad de decisión por la sociedad, por sus padres y por un hombre que debería haber sido su protector, habían impulsado a Tristan a escribir *Cómo evitar un escándalo* a la edad de veintitrés años.

Había querido ofrecerles un arma a las mujeres. Un arma que nunca habían tenido ni su abuela, ni su madre. Un arma que les permitiera a las mujeres, ver un atisbo de las verdaderas expectativas que una sociedad implacable, y los hombres que la gobernaban, tenían puestas en ellas. Debido a que se había criado entre algodones y a que había carecido por completo de experiencia de la vida fuera de las clases de danza, canto y piano, su pobre abuela no había estado mentalmente preparada para convertirse en la esposa de uno de los hombres más poderosos de Londres.

Naturalmente, había sido un fastidio intentar escribir

algo de mérito o de valor teniendo que censurar la mayoría de sus comentarios, o el libro en sí se habría considerado un escándalo. Dada su popularidad sin precedentes entre la aristocracia, Tristan suponía que había conseguido una especie de equilibrio entre el decoro y el realismo que había querido imprimir a su obra.

Se volvió de nuevo hacia la ventana. Dudó y, sintiéndose como un chico de quince años, abrió las cortinas con la mano un par de centímetros. Se asomó para ver si ella seguía allí, esperándolo, pero se llevó un chasco al encontrarse únicamente una ventana a oscuras.

¿Habría seguido ella entreteniéndolo si la hubiera dejado? Soltó la cortina y, poniéndose las manos a la espalda, comenzó a dar vueltas por la habitación, lentamente.

Era la primera vez que lo perseguía una mujer. Casi todas se daban por vencidas enseguida, creyéndolo frío, arrogante e inaccesible. No le costaba ningún esfuerzo asumir ese papel, que en cierto modo lo protegía de quienes jamás lo aceptarían tal y como era.

Pero aquello... aquello era distinto. Intuía que ella era distinta, aunque aún no comprendía cómo ni por qué. Supuso que había llegado la hora de dejar de posponerlo y ver si había alguna posibilidad de que aquel delicioso coqueteo condujera a algo más.

Escándalo 4

Las habladurías no son más que un arma que permite a muchos miembros de la sociedad bienpensante ejercer poder sobre quienes amenazan su modo de pensar y su forma de vida. Si queréis conservar vuestro poder, no debéis darles nada de lo que puedan hablar. La vida será aburrida, sí, pero es preferible eso a vérselas con un embrollo ~~de mil demonios~~*.*

Cómo evitar un escándalo
Manuscrito original de Moreland

Al día siguiente, 11:45 de la mañana

Adiós a su idea de dar una vuelta por la plaza.
O hasta de salir siquiera.
Sin razón aparente, en el curso de una hora le habían llegado una infinidad de tarjetas de visita. Pero lo que resultaba aún más asombroso era que delante de su puerta había una fila increíblemente larga de caballeros, así como de sirvientes y de lacayos de librea enviados por sus señores, esperando pacientemente para en-

tregar todavía más tarjetas. ¡La cola daba la vuelta a toda la plaza!

Incluso después de que el mayordomo saliera para anunciar educadamente que no se aceptaban más tarjetas por ese día, se quedaron todos allí, como esperando a que el mayordomo cambiara de parecer. Sin duda aquel comportamiento, y a tal escala, no era normal. Ni siquiera para los británicos.

Como ninguno de los lacayos acertaba a explicarle a qué se debía todo aquello, Zosia comprendió que era hora de salir y hacerles un par de preguntas a algunos de aquellos caballeros.

Deslizó hacia delante su pie enfundado en un escarpín y, apoyada en las muletas, comenzó a cruzar el vestíbulo en dirección al recio mayordomo y al larguirucho lacayo. Los dos hombres se interponían entre ella y la puerta como lo que eran: enojosos guardianes.

Zosia suspiró y se detuvo en medio del vestíbulo.

–Tengo derecho a saber por qué medio Londres está delante de mi puerta, ¿verdad?

El señor Lawrence, el mayordomo, inclinó la cabeza, compungido.

–Desde luego, condesa, pero no tiene por qué preocuparse. Estábamos esperándolos.

Ella pestañeó.

–¿Sí? ¿A todos?

–Sí. Han venido a entregar sus tarjetas –señaló la caja de plata forrada de terciopelo repleta de tarjetas que había sobre una mesita francesa, al lado de la puerta–. He recibido órdenes de no aceptar más tarjetas una vez estuviera la caja llena. Y, como verá, condesa, ya lo está.

Zosia miró la caja y luego volvió a clavar los ojos en ellos, entornando los párpados.

–¿Y se puede saber por qué nos han traído ese montón de tarjetas de visita?
–Porque Su Majestad piensa echarles un vistazo en persona.
–Ah. E imagino que habrá un motivo para ello.
–Sí, condesa. Lo hay.
Ella titubeó, esperando una explicación. Al ver que el señor Lawrence no se la daba, volvió a suspirar.
–¿Y cuál es esa razón, señor Lawrence?
–Su Majestad va a decidir a cuál de esos hombres conceder entrevistas.
–¿Entrevistas? –insistió ella.
–Sí.
¿Por qué los británicos no hablaban nunca claramente? Era tan exasperante... Suspiró de nuevo.
–¿Entrevistas para qué, señor Lawrence?
El mayordomo carraspeó.
–Para encontrarle un esposo. Nos lo notificaron anoche por correo real y me pareció preferible no alarmarla.
Zosia no supo si sentirse halagada o enfadarse. Apoyándose en las muletas, observó a sus criados mientras intentaba comprender por qué parecían saber mucho más de su vida que ella misma. A fin de cuentas, era de ella de quien se esperaba que eligiera marido.
–¿Por qué Su Majestad dirime mis asuntos tan públicamente? No es ni respetable ni decoroso que haya tantos hombres rondando mi casa.
El señor Lawrence juntó las manos enfundadas en guantes blancos y respondió:
–Aquí somos todos súbditos leales. Jamás cuestionamos las intenciones de Su Majestad.
–Pues alguien debería hacerlo –el anciano y rijoso

soberano, aunque amable, estaba resultando más un estorbo que una tabla de salvación. Cuando solo llevaba una semana en Londres le había exigido que se presentara en sus apartamentos privados. De noche. Y sola.

En vista de que Su Majestad no desistía y hasta había intentado colarse en su alcoba privada, Zosia le había informado educadamente de que iba a necesitar alojamiento fuera de palacio, o prendería fuego al salón del trono. El rey había dispuesto que se instalara en aquella casa, sin demora y sin presentar resistencia. Solo que ahora, Zosia tenía que enfrentarse a aquello.

Volvió a sonar el timbre, cuyo sonido retumbó en el vasto pasillo, y se acordaron los tres del gentío que esperaba fuera. Pero esta vez alguien empezó a aporrear la puerta con la aldaba, y los tres miraron con sorpresa la puerta cerrada con cerrojo.

El mayordomo se volvió y le hizo una seña al lacayo.

–Será mejor que tomemos precauciones. Watkins, acompaña a la condesa a su habitación y asegúrate de que se queda allí hasta que lleguen los guardias reales y dispersen a la multitud.

–Sí, señor Lawrence –Watkins se acercó y le indicó amablemente la dirección por la que tenían que ir.

Zosia cambió de postura, apoyada en las muletas almohadilladas que se clavaban en sus axilas. No pensaba esconderse en su habitación solo porque alguien había decidido llamar con la aldaba.

–Discúlpenme, caballeros, pero no tengo ningún deseo de que esto se convierta en un tumulto. Es evidente que necesitan ustedes un liderazgo inteligente, y pienso ofrecérselo. Señor Lawrence, abra la puerta y siga aceptando tarjetas hasta que lleguen los guardias. Señor

Watkins, usted controlará la fila para asegurarse de que guarden un orden. De ese modo evitaremos que cunda el pánico entre las masas.

El mayordomo resopló.

–Llévesela del vestíbulo, Watkins.

El lacayo se inclinó hacia ella y le tocó ligeramente el brazo, intentando que se moviera.

–Condesa, si hace el favor...

–No, no hago el favor –se apartó y los miró con furia–. ¿Debo recordarles, señores, que no soy yo a quien pagan para servirles, sino al contrario? Ahora, por el bien de todos, y por la seguridad de esas almas infortunadas que se ven obligadas a esperar en la calle, abran la puerta y hagan lo que les he dicho. Es una simple cuestión de cortesía que mantendrá el orden hasta que lleguen los guardias.

El mayordomo apretó la mandíbula y se acercó a ellos apresuradamente.

–Creo que será mejor que nos llevemos las muletas, Watkins.

Zosia sofocó un grito de indignación y se agarró con fuerza a las muletas de roble que la sostenían.

–¡Ni pensarlo!

Watkins dio un respingo, acercándose al mayordomo.

–Señor Lawrence, ¿no esperará de veras que...?

–Haga lo que le digo, hijo –ordenó el mayordomo con aspereza–, o se encontrará usted sin empleo y sin referencias. Ya conoce las órdenes. Oponerse a ellas es oponerse al rey.

Zosia bajó la barbilla, llena de incredulidad, cuando Watkins suspiró, se inclinó ante ella e intentó agarrar su muleta derecha. Se apartó bruscamente y, asiendo con fuerza las muletas, retrocedió saltando sobre un solo pie.

–¡Esto es indignante! ¿Cómo se atreven? ¡Exijo saber qué órdenes ha dado el rey y por qué!

Watkins agarró de nuevo su muleta y tiró de ella cada vez con más insistencia.

–Yo la llevaré en brazos arriba, condesa.

Ella entornó los párpados.

–A mí nadie me lleva en brazos. Yo me llevo sola. Les exijo que me digan qué órdenes son esas.

–Son secretas –contestó el mayordomo con aplomo–. Ahora, por favor...

–¡No! –rechinó los dientes y se aferró con furia a las muletas, a pesar de que se tambaleaba a cada tirón de Watkins. ¿Desde cuándo podían los sirvientes asaltar a su señora en nombre del rey, que se suponía que era su protector?

Sus dedos desnudos resbalaron por la madera suave y poco a poco fue perdiendo agarre. Aunque no necesitaba las muletas para sostenerse sobre una sola pierna, le estaban robando su dignidad. Y aunque no podía vencerles físicamente, a no ser que se liara a golpes con las muletas, dedujo que solo había una solución: echar mano de un arma que ningún hombre esperaría que usara una dama de la nobleza. Un arma que no había utilizado desde que tenía diez años y que confiaba atrajera la atención de todos los hombres de fuera.

Respiró hondo y soltó un chillido largo y penetrante que resonó en el respetable silencio que los rodeaba.

Watkins se apartó de un salto y soltó las muletas. Los ojos se le salieron de las órbitas cuando juntó las manos.

—¡Condesa! —exclamó—. ¡Pare, por favor! Señor Lawrence, ¿qué...?

Unos golpes repetidos en la puerta hicieron temblar la lámpara de cristal del techo al tiempo que una voz de hombre resonaba fuera:

—¡Abran la puerta! ¡Abran la maldita puerta inmediatamente!

Zosia se calló de repente y miró con aire regio al mayordomo, satisfecha con el resultado de su estratagema.

—Parece que aquí llega el primer ciudadano alarmado. Le sugiero que abra la puerta, señor Lawrence, o seguiré gritando hasta que todos los hombres de fuera piensen que necesito que me socorran urgentemente. Y entonces será la seguridad de usted la que correrá peligro, no la mía.

El señor Lawrence la miró con los ojos como platos. Retrocedió despacio, exhaló un suspiro y masculló algo en voz baja, curvando los finos labios. Se acercó a la puerta, descorrió el cerrojo y abrió lo justo para que Zosia pudiera mirar por el hueco, más allá de su hombro.

Se oyeron gritos en la calle mientras los hombres se empujaban frenéticamente y subían los peldaños enarbolando sus tarjetas de visita. Zosia contuvo la respiración, perpleja no solo por aquel caos, sino al reconocer al hombre que se cernía en la entrada, frente al mayordomo.

Lord Moreland.

Escándalo 5

Si una dama desciende de una familia ilustre, jamás ha de jactarse de su linaje. Si por el contrario es de origen humilde, no debe darse aires con el fin de elevar su estatus. Una verdadera señora ha de ser capaz de impresionar a los demás por cómo es y no por el nombre que ostenta. ~~Yo mismo valoro la compasión, la inteligencia y la integridad por encima de todo, pero por desgracia entre la alta sociedad solo hacen furor el dinero, el abolengo y una cara bonita que sea capaz de hablar de música y de costura.~~

Cómo evitar un escándalo
Manuscrito original de Moreland

Al ver a su apuesto vecino, Zosia se agarró a las muletas tan fuerte que sintió palpitar su pulso contra la tersa madera.

Lord Moreland se inclinó hacia el estrecho hueco de la puerta y su chistera ensombreció un momento su semblante.

—Solicito audiencia con su señora. Es evidente que necesita ayuda con urgencia y estoy aquí para ofrecérsela.

El mayordomo se puso rígido.

—Me temo que está indispuesta, pero si tiene la amabilidad de dejarme su tarjeta, señor, le aseguro que...

—No tengo tarjeta, pero tengo esto —dio un empujón a la puerta con el hombro y el mayordomo retrocedió trastabillando cuando la puerta se abrió de golpe. Varios hombres que agitaban sus tarjetas en la mano enguantada intentaron pasar junto a lord Moreland.

—¡Mi tarjeta! —gritó uno de ellos, estirando el brazo.

—¡Eh, que yo estaba primero! —exclamó otro empujando al primero y a lord Moreland.

Zosia se quedó paralizada, temiendo que entraran en tromba en la casa, pero lord Moreland se giró bruscamente hacia ellos y los hizo retroceder abriendo sus largos brazos.

—¡Atrás! —ordenó, sirviéndose de todo el cuerpo para empujarlos—. Deténganse un momento, caballeros, y retrocedan.

—Le sugiero que se aparte usted —replicó a gritos un hombre recio y de cara redonda, acercándose a lord Moreland—. Nosotros llegamos primero, amiguito, y si cree que...

Lord Moreland lo agarró por las solapas de la levita y de un violento empujón lo lanzó hacia el grupo de hombres que se agolpaba en los peldaños de la entrada. El gentío retrocedió entre gritos y maldiciones, encogiéndose bajo el peso del hombretón.

Zosia hizo una mueca, contenta de no formar parte de sus filas. Lord Moreland entró, cerró la puerta de golpe y echó el cerrojo.

—«Amiguito» —refunfuñó como si fuera el mayor insulto que había oído nunca. Se volvió y preguntó con enojo—: ¿Qué rayos está pasando aquí?

El señor Lawrence y el lacayo corrieron a la puerta para asegurarse de que estaba bien cerrada. Lord Moreland se quedó parado al ver a Zosia en medio del espacioso vestíbulo. Sus cejas oscuras se arquearon bajo el ala del sombrero y sus ojos enigmáticos la recorrieron de arriba abajo. La miró a los ojos e inclinó la cabeza con fría caballerosidad.

A Zosia se le aceleró el corazón de golpe y comenzó a sentir un cosquilleo en todo el cuerpo. Él se quitó la chistera, dejando que su cabello castaño, liso y sedoso le cayera sobre la frente, y recorrió el vestíbulo con la mirada.

–He oído gritos. Entre el gentío congregado fuera y que nadie abría la puerta... ¿Va todo bien?

Su preocupación sincera y su despliegue de fuerza bruta hicieron sonreír a Zosia para sus adentros. Pero lo más impresionante era que no miraba sus muletas.

–Sí, gracias. Me han informado de que pronto llegarán los guardias –lo miró con atención–. ¿Puedo preguntarle qué hace aquí, milord? ¿Usted también ha venido a entregar su tarjeta para ofrecerse como candidato a mi mano? Si es así, tal vez tenga que obligarlo a salir, amiguito, y a hacer cola con el resto de mis admiradores como castigo por llevar dos semanas evitándome.

Él señaló la puerta con un dedo enguantado.

–¿Todos esos hombres quieren conocerla? –preguntó en tono exasperado–. ¿Con intenciones matrimoniales?

Ella sonrió y se inclinó hacia delante sobre las muletas, preguntándose si estaba celoso.

–Sí. Y aunque ignoro por qué han venido todos a la vez, me alegra que haya tantos caballeros en Londres capaces de reconocer a una mujer de valía –le lanzó una mirada provocativa–. No como usted.

Él bajó la barbilla afeitada sobre la corbata de seda anudada.

–¿Quién es usted?

Zosia chasqueó la lengua.

–Eso es una grosería. Sugiero que nos retiremos al salón para hacer las presentaciones.

Lord Moreland titubeó y señaló las muletas con su sombrero de copa.

–¿Está herida? ¿Se ha torcido un tobillo?

El mayordomo carraspeó y se volvió.

Zosia lo miró con enfado y lamentó no poder darle una bofetada o despedirlo. ¡Qué desfachatez la suya, burlarse abiertamente de lo que no podía verse bajo las faldas de su vestido!

Zosia recorrió con la mirada el físico impresionante de lord Moreland, consciente de que, aunque no pudiera despedir a los criados contratados por Su Majestad, podía intimidarlos.

–Lord Moreland...

Él la miró.

–¿Sí?

–Si le pidiera que arrojara a mi mayordomo a la multitud, ¿lo haría usted? No solo se niega a cumplir mis órdenes, sino que además tiene la audacia de alentar al lacayo a agredirme. Ese grito que oyó antes era mío. Estaba intentando defenderme de él.

El semblante de lord Moreland se crispó. Se volvió hacia el mayordomo, que se encogió, acobardado.

–¿Qué le parece si le doy un buen motivo para usar muletas, señor mío?

Ella disimuló una sonrisa.

–No es necesario, milord. Pero si el lacayo y él no se han retirado en un par de minutos, tiene usted mi permiso para romper todas las piernas que quiera.

Watkins se aclaró la garganta y retrocedió.

–Por favor, toquen la campanilla si puedo servirles en algo –hizo una rápida reverencia y se escabulló por el pasillo.

El señor Lawrence dijo en tono cordial:

–Puesto que parece que ya conoce al caballero, condesa, les concederé una hora pese a que su visita no estaba anunciada. Confío en que considere usted generosa mi oferta, puesto que estoy incumpliendo las órdenes.

Ella tensó la mandíbula.

–Eso es muy generoso por su parte, señor Lawrence. Ahora, ocúpese del sombrero de lord Moreland.

–Naturalmente –el mayordomo le tendió la mano enguantada.

Lord Moreland se apartó.

–No voy a quedarme mucho tiempo, gracias.

El mayordomo vaciló. Luego pasó a su lado y se perdió de vista.

Con un poco de suerte, Su Majestad se enteraría de lo ocurrido. Tal vez incluso aquel gordinflón se alarmara hasta el punto de salir de Windsor. Zosia pensaba decirle un par de cosas acerca del modo en que le estaba buscando un pretendiente. Solo necesitaba un marido. No cuatrocientos.

Lord Moreland se volvió hacia ella y la miró con la frialdad cargada de ironía que Zosia había percibido la noche en que se habían conocido.

Se le aceleró el corazón al darse cuenta de que solo estaba a unos pasos de distancia. Se habían acabado las señas desde la ventana, las miradas desde el carruaje en marcha. La hora siguiente decidiría si era posible una alianza entre ellos. La atracción y las conversaciones galantes eran una cosa. Y que llegara a entender su causa y a apoyarla sinceramente, otra muy distinta.

Respiró hondo, trémula, y procuró mostrarse segura de sí misma.

–¿Ha venido a hablar? ¿O solo a mirar?

–Las dos cosas, en realidad –su tersa mandíbula se tensó cuando se acercó a ella. Se detuvo, cerniéndose sobre Zosia, y ella sintió el aroma delicioso a cardamomo que exhalaba su cuerpo.

Levantó la mirada más allá de los botones de su chaleco plateado, hacia su cara, y clavó los ojos en los suyos.

–Confío en que no le decepcione en exceso verme apoyada sobre un par de muletas.

–Solo aumenta mi curiosidad, se lo aseguro –se acercó aún más a ella y sus botas de cuero casi tocaron el bajo del vestido de Zosia–. ¿Quién es usted? ¿Y cómo es que conoce mi nombre si nunca nos han presentado? ¿Con quién ha estado hablando?

Estaba demasiado cerca, y el peso de la extremidad amputada de Zosia debilitaba la única pierna y el tobillo sobre los que se apoyaba. Tuvo que hacer un esfuerzo para aparentar indiferencia.

–Una dama no debe revelar sus fuentes. Eso son habladurías. Lo único que necesita saber es que me precio de saberlo todo sobre cualquier persona con la que decido relacionarme.

Lord Moreland se inclinó hacia ella.

–Ya tengo a una mujer así en mi vida. No necesito otra.

–¿Ah, sí? –le espetó ella mientras intentaba darse ánimos–. ¿Se refiere a su querida?

Las comisuras de su viril boca se arrugaron. No era una sonrisa, pero tampoco una mueca salvaje.

—Me refería a mi abuela, que al igual que usted disfruta violando el derecho de los demás a su intimidad.

Zosia dio un respingo.

—Nunca ha sido mi intención faltarle al respeto ni violar su intimidad, lord Moreland. Mi única intención era saber más sobre usted.

—¿De veras? —titubeó y fijó la mirada en su boca sin molestarse en ocultar su interés—. ¿Cómo se llama?

Ella se humedeció los labios, consciente de que le estaba mirando la boca, y apoyó con más firmeza los hombros sobre las muletas, intentando adoptar una postura más regia.

—Soy la condesa Kwiatkowska, pero puede llamarme Zosia.

—Zosia —arrugó el entrecejo, apartando la mirada de sus labios—. ¿Es rusa?

Ella soltó un bufido y puso los ojos en blanco.

—Antes muerta. No, soy polaca. Y en cuanto a quién soy, soy nieta del rey Estanislao Augusto Poniatowski. Por desgracia, mi pobre abuelo se vio obligado a abdicar después de que Rusia dividiera nuestro país.

Los ojos oscuros de lord Moreland se iluminaron, llenos de interés, mientras observaba su cara.

—¿Puedo preguntar por qué la nieta de un rey extranjero viaja hasta Londres en busca de marido? ¿Acaso no hay hombres en su país?

Zosia sintió un nudo en la garganta. Seguía sin saber por qué la habían desterrado, aunque tenía la sensación de que todo se remontaba a la muerte de su madre, acaecida cuatro años antes. A fin de cuentas, había sido entonces cuando había cambiado todo. Su primo, que había pasado a ser su tutor, se había vuelto hermético y vigilaba constantemente su correspondencia al tiempo que le advertía de que no hablara con ningún hombre al que no conociera. Lo cual era risible, teniendo en cuenta que, después de perder la pierna, ni siquiera los hombres a los que conocía de antes querían relacionarse con ella.

Después de pasar cuatro años así, Karol se había empeñado de pronto en que un levantamiento inminente iba a poner en peligro su vida por ser nieta del último rey, y había insistido en que se marchara al extranjero. Teniendo en cuenta que el propio Karol y el resto de sus primos también eran de sangre real y que todos ellos se habían quedado en Varsovia como si no temieran en absoluto por su vida, Zosia sospechaba que allí había gato encerrado. Porque, si de veras lo que preocupaba a Karol era su seguridad, le habría asignado una escolta y sin embargo... Ni siquiera Su Majestad le había ofrecido un solo guardia.

Suspiró.

—A decir verdad, todavía no sé por qué estoy aquí ni qué se espera de mí.

Lord Moreland se inclinó hacia ella.

—Eso me suena muy extraño y muy poco convincente. Lo poco que sé de su abuelo es que no tenía muy buena fama, sobre todo entre su pueblo. Imagino que alguien emparentado con un hombre responsable del hundimiento de todo un país tendrá unos cuantos enemigos.

Ella levantó una ceja.

—Me sorprende que sepa usted algo de mi abuelo. Siempre he creído que ustedes los británicos llevaban la nariz tan pegada al propio ombligo que no reparaban en las penurias ajenas.

—Da la casualidad de que soy especialista en historia y en política mundial —bajó la voz y se puso muy serio—. ¿Por qué está aquí? ¿Corre algún peligro? Conteste. Quiero saberlo.

En persona, era realmente impresionante.

—¿Algún peligro? No. No creo. Si no me habrían asignado una escolta, en vez de un hatajo de criados molestos. En cuanto a por qué estoy aquí... —se encogió de hombros sobre las muletas—. Eso solo lo saben los santos del cielo. Desde que falleció mi madre, hace cuatro años, solo me alimento de las medias verdades que me hace tragar mi primo, todo un patriota. Al principio, me dijeron que tenía que escapar de un levantamiento inminente, y cuando llegué a Londres descubrí que en realidad iban a obligarme a casarme. Aunque he intentado resistirme, mi primo ha amenazado por correo con trasladarme a Francia a finales de verano si no coopero. Así que heme aquí, cooperando.

Lord Moreland vaciló.

—¿Y qué tiene Francia que tanto le repugna?

Ella suspiró.

—Hay un convento en Amiens. Karol quiere ponerme el hábito.

—¿El hábito? —la miró fijamente—. Eso es ridículo. Sería intolerable que a una mujer tan bella como usted solo pudiera admirarla Dios.

Zosia se rio, divertida por la vehemencia de su halago.

—Eso ha sonado a blasfemia. ¿Se suponía que era un cumplido?

Él le sostuvo la mirada y bajó la voz:

—Tómeselo como quiera.

A Zosia le dio un vuelco el estómago. ¿Por qué sería

que, cada vez que lo tenía cerca, le daban ganas de meterse dentro de su cabeza y llegar a comprenderlo como nunca había deseado comprender a un hombre?

Él arrojó a un lado el sombrero de copa, que rodó hacia una de las paredes.

—No puedo tenerla aquí de pie. Venga —rodeó con un brazo su cintura encorsetada, la atrajo hacia sí, le quitó las muletas de los dedos y las dejó caer al suelo de mármol, a sus pies.

Zosia se asió a las solapas de su levita, sosteniéndose sobre su única pierna, y se quedó paralizada al darse cuenta de que sus pechos se aplastaban contra el cuerpo sólido y duro de lord Moreland. Él pasó la otra mano por su talle y la sujetó con firmeza.

—Así. ¿Mejor?

Zosia no se atrevió a moverse, ni a mirarlo a los ojos por si se le olvidaba lo que tenía que decirle. Odiaba que la hiciera sentirse tan vulnerable.

—Mejor para usted, supongo. Soy yo la que está en desventaja. Le pido que me devuelva mis muletas de inmediato, si hace el favor.

—No las necesita estando en mi presencia —dijo él con calma, inclinándose más aún hacia ella como si intentara ver mejor su rostro—. Aunque jamás le aconsejaría que se fiara de mí, se lo pido ahora. ¿Se fía de mí? ¿Se fía de lo que estoy a punto de hacer?

Ella contuvo la respiración.

—Depende. ¿Qué va a hacer?

Él la agarró con más fuerza, y los botones de su chaleco se clavaron en su vestido y en su piel.

—No irá a gritar como antes, ¿verdad?

Zosia miró azorada su ancho pecho, pegado al suyo.

—¿Acaso... acaso tengo motivos para gritar?

–No se fía de mí, ¿verdad? –sonrió–. Es lo más sensato. Agárrese a mí –deslizó el otro brazo hacia abajo, desde su cintura, y lo pasó por debajo de sus muslos.

Zosia abrió los ojos como platos cuando la levantó en brazos con un solo movimiento, sin esfuerzo alguno. Se puso rígida cuando el ángulo de su brazo musculoso se hundió en el lugar donde le faltaba la pierna, por debajo de la rodilla. Él movió la mano hacia arriba, hacia su muslo, para impedir que se cayera. Se quedó parado un momento y arrugó el entrecejo al mirar su propia mano enguantada, hundida entre sus faldas.

Evidentemente, había creído que tenía solo una torcedura de tobillo.

No que le faltaba una pierna.

–El tres de junio hará seis años –comentó ella.

Lord Moreland desarrugó el ceño al posar la mirada en su cuello desnudo.

–Lo lamento mucho.

Zosia lo miró, confiando en que no creyera que de pronto debía sentir lástima por ella.

–No hay por qué. Estoy viva y muy contenta de estarlo. Muy pocos sobreviven a una amputación como la que yo sufrí.

–Eso es algo de lo que debe sentirse orgullosa –dio media vuelta y la llevó por la puerta abierta del extenso salón en penumbra.

Las ventanas estaban cubiertas por espesos cortinajes que los criados habían echado para impedir que el gentío se asomara al interior de la casa. El calor del cuerpo de lord Moreland, apretado contra el de ella, era abrumador, y su respiración se agitó. Sintió que sus grandes manos se clavaban entre las ballenas de su corsé y en la suave muselina de su vestido de mañana.

El murmullo continuo de las voces de fuera era lo único que traspasaba el silencio. Zosia admiró sin disimulos el perfil de su rostro cincelado. Qué hombre tan maravillosamente guapo era lord Moreland.

A pesar de que no solía gustarle que la llevaran en brazos, se sintió a gusto envuelta en sus tensos brazos.

–¿Le gustaría ser mi palanquín privado? Le pagaré veinte chelines la hora si promete llevarme en brazos el resto de mi vida. ¿Qué me dice?

Él la miró.

–¿Siempre es tan bromista?

–¿Y usted es siempre tan serio?

–Hay muy pocas cosas que me hagan gracia. ¿Responde eso a su pregunta? –esquivando su mirada, cruzó sin esfuerzo el amplio salón y la depositó sobre el largo cojín de terciopelo del diván. Apartó las manos enguantadas de sus muslos y su cintura y la miró a los ojos. Se incorporó rápidamente y dio un paso atrás.

Zosia se removió, dejó de contener la respiración y se ordenó las faldas alrededor de la pierna, intentando no fijarse en cómo se aplastaba el lado izquierdo del vestido sobre el diván, de una manera muy poco favorecedora.

Lord Moreland permaneció a su lado.

–¿No debería caminar con una prótesis? ¿Tiene una?

Ella levantó la vista, sintiendo una extraña punzada de resentimiento. Sabía que nunca volvería a caminar de un modo elegante y refinado, capaz de suscitar el deseo de cualquier hombre. Aunque fuera un síntoma de vanidad, echaba de menos las atenciones que siempre le habían prodigado los hombres. Pero daba gracias por lo que tenía. Por su vida.

–Prefiero mantener el equilibrio con adminículos

más sencillos. Con la prótesis que tenía, me sentía como si caminara con un eje incrustado en el muñón. Era muy doloroso y muy incómodo.

Lord Moreland se sentó en el diván, a su lado. Por el rabillo del ojo, Zosia lo vio mirar su pelo recogido, sus ropas y su perfil.

Lo miró de frente y preguntó:

—¿Ha venido a averiguar si cabe la posibilidad de un noviazgo, milord?

«Por favor, di que sí. La impaciencia de Su Majestad va en aumento».

Él carraspeó.

—Yo, eh... No. La verdad es que he venido para cerciorarme de que estaba usted bien. Cuando se reúne una multitud, suele ser por algo desagradable.

Zosia se desanimó. Hacía ya seis años que los hombres solían esquivar su presencia, llenos de embarazo, pero seguía confiando en que hubiera alguno capaz de obviar que tenía una pierna amputada.

—Es lo que esperaba —esbozó una sonrisa tensa y apretó los dientes, intentando fingir que no le importaba—. No es el primero al que intimida el hecho de que me falte una pierna.

Lord Moreland vaciló. Luego alargó la mano y tocó su brazo, apretando la manga con botones de perla de su vestido.

—A mí no me intimida, se lo aseguro.

Ella miró su mano grande y se le aceleró el corazón. Lord Moreland dejó allí la mano, posada sobre su brazo. Tocó suavemente la manga, y el corazón de Zosia redobló sus latidos. Aquella caricia suave y ondulante distaba mucho de la mera compasión. Era muy... íntima.

Dejó escapar un suspiro trémulo y procuró no moverse. Temía que, si lo hacía, aquel instante de intimidad se disipara. Desde su amputación, los hombres ni siquiera intentaban acercarse a ella.

—Solo tengo hasta fines del verano. Después, me mandarán a Francia —dijo—. Y aunque soy muy religiosa y respeto enormemente a quienes ingresan en un convento, estoy destinada a cosas mayores y creo que nuestro enlace me permitiría llevarlas a cabo.

Los dedos de lord Moreland se crisparon, y los botones de la manga se clavaron en la piel de Zosia.

—¿Y qué es lo que cree que le permitiría hacer nuestro enlace exactamente?

Zosia tragó saliva. Dudaba que a él fuera a agradarle lo que tenía en mente. Denunciar la situación de su pueblo y llamar a una revolución contra el zar eran cosas que no todo el mundo estaría dispuesto a apoyar. Por eso precisamente, antes de contarle nada, necesitaba apelar a su sensibilidad y cerciorarse de cómo era y de en qué creía.

—¿Tiene usted aspiraciones, lord Moreland? ¿Aspiraciones que lo impulsen a ser algo más de lo que esperan los demás? ¿Aspiraciones que...? —se quedó paralizada cuando se inclinó hacia ella.

Su ancho hombro rozó el suyo al tiempo que apretaba su brazo.

—Huele usted a canela —acercó la cara a su mejilla y su cercanía acarició la piel de Zosia, haciéndola arder.

Ella se derritió por dentro y tuvo que hacer un esfuerzo para no apretar la mejilla contra sus labios. Su presencia la aturdía como si hubiera tomado demasiado láudano. De pronto se sentía flotando fuera de su propio cuerpo.

–Sí. Mezclo... mis cremas con canela molida.

–Ah –soltó su brazo, pero el calor y la presión de su hombro permanecieron en su piel. Levantó la mano y la punta de uno de sus dedos tocó su barbilla. Trazó el perfil de su mejilla y su cuello y deslizó el dedo hacia abajo, hacia su clavícula, oculta bajo el vestido.

Zosia sintió que se desmayaba.

Él tocó con el dedo la cadena que rodeaba su garganta, luego lo deslizó bajo el cuello del vestido y acarició la camisa y la piel de debajo.

–¿Significa eso que, si acercara mi lengua a su piel, me sabría a canela?

Zosia sofocó una risa de asombro y se apartó para impedir que su dedo siguiera vagando.

–Es usted sumamente osado teniendo en cuenta que no ha venido a ofrecerme matrimonio.

Él dudó un momento. Luego apartó la mano y se echó hacia atrás. Recorrió con la mirada su rostro.

–Solo puedo disculparme por encontrarla irresistiblemente atractiva.

¿La encontraba atractiva? ¿A pesar de su pierna? Era increíble. Qué... extraño. Zosia refrenó una sonrisa.

–Confieso que lo que busco es casarme, milord. No que me halaguen.

Lord Moreland se inclinó de nuevo hacia ella, acercando los labios a su oído.

–No soportaría usted estar casada conmigo. Ni una hora, ni una noche y menos aún el resto de su vida.

Ella cerró los ojos y deseó que su pulso se aquietara.

–Si puedo soportar una amputación, puedo soportar cualquier cosa. Le reto a demostrar lo contrario.

Él se apartó.

–No me provoque.
Zosia abrió los ojos y se acercó a él.
–¿Insinúa usted que puedo hacerlo?
–No tiene usted idea de en qué se estaría metiendo.
Ella levantó una ceja.
–¿En qué me estaría metiendo?
La miró fijamente a los ojos.
–Soy un hombre incapaz de controlarse.
Zosia dejó escapar una risa divertida.
–¿Y no lo son todos los hombres?
Él sonrió.
–Sí, supongo que sí.

Ella también sonrió. Posó la mano sobre el cojín del diván, entre ellos, y frotó la tela suave. Se preguntó qué más podía decirle a aquel hombre que parecía dotado con algo más que un ingenio corriente. Le gustaba lord Moreland.

Él cambió de postura y posó con firmeza su muslo encima de la mano de Zosia, atrapándola bajo la tersa lana de sus pantalones y el calor de su pierna.

–Ya basta.

A Zosia le dio un vuelco el corazón. Levantó la mirada.

–Me estaba molestando –añadió él con naturalidad.

Ella miró su mano, que seguía atrapada bajo su muslo y decidió no moverla.

–Así que, en lugar de decírmelo, le ha parecido preferible inmovilizarme la mano.

Lord Moreland esbozó una sonrisa provocativa y, sin apartar la pierna, apoyó el brazo sobre el respaldo del diván y acarició con los dedos su hombro.

–¿Le molestan mis métodos, condesa? ¿O mi contacto?

Ella sacó la mano de un tirón de debajo de su muslo y se apartó.

–Ambas cosas.

El brazo que él apoyaba sobre el diván rozó de nuevo su hombro.

–Así que ¿la pongo nerviosa?

Zosia fingió reír al tiempo que se ponía colorada. Sí. Sí, la ponía muy nerviosa.

–No. En absoluto.

–Embustera –agarró su manga, y a ella se le aceleró el corazón cuando la atrajo hacia sí bruscamente y apretó su cintura y su muslo contra los suyos.

Agarrando su mano, la levantó y la apretó entre la suya, y Zosia sofocó un gemido de sorpresa al sentir aquella agresión inesperada. Él oprimió aún más sus dedos entre el calor de su mano, hasta que las uñas de ella se clavaron profundamente en el cuero negro del guante, dejando sus marcas.

Se acercó la mano a los labios como si se resistiera al impulso de devorarla, junto con el resto de su cuerpo.

–Debo advertírselo: el diablo adopta a menudo la forma de un caballero.

A pesar de cómo la sujetaba, Zosia no se asustó. A decir verdad, hacía mucho tiempo que había dejado de experimentar miedo.

Estaba curada de espanto desde que el cirujano *monsieur* Lisfranc, que la víspera de la operación se había jactado ante ella de ser capaz de amputar un pie en menos de un minuto, le había amputado la pierna a sierra y cuchillo. Ya no le temía a nada.

–Lord Moreland, he conocido al diablo encarnado en la persona de un cirujano francés que me amputó la pierna con enorme brío, y usted y él no se parecen lo más mínimo.

Él la apretó con más fuerza.

—¿Qué es lo que quiere de verdad de mí? Sea sincera.

Le palpitaban los dedos y la muñeca por la presión de su mano, pero se negó a darle la satisfacción de saber que podía intimidarla. En cierto modo, tenía la impresión de no estar siendo leal con Moreland. Tal vez fuera un revolucionario de corazón. Ciertamente, tenía fuerza para serlo.

—Tengo planes —confesó con calma, sosteniéndole aún la mirada.

—Cuéntemelos —susurró él.

Zosia sintió el calor que desprendía no solo el cuerpo de Moreland, sino también el suyo propio. Intentó concentrarse, pero cada vez le costaba más ignorar lo cerca que estaban su cara, su cuerpo y sus labios.

—Tengo la esperanza —comenzó a decir en voz baja— de que usted...

Moreland fijó la mirada en sus labios.

—De que yo...

Ella tragó saliva.

—De que me permita servirme de su escaño en la Cámara de los Lores, así como de sus contactos, para recabar apoyos con el fin de que Polonia vuelva a la situación que le corresponde por derecho. A la de una nación libre e independiente de Rusia.

Los ojos de Moreland se dilataron cuando contuvo el aliento. Soltó su hombro y su mano y se levantó bruscamente, apartándose de ella y del diván.

—Eso es algo que yo no... —se detuvo y, dando media vuelta, intentó abrocharse la levita en un esfuerzo por impedir que ella viera lo que ya había visto: un bulto bien marcado que se apretaba contra la braqueta de sus pantalones.

Zosia se mordió el labio y fingió que no lo había visto, pero al mismo tiempo se sintió halagada. Aquello significaba que, a pesar de que le faltaba una pierna, Moreland la encontraba atractiva.

Él se volvió y se aclaró la garganta.

—Aunque esto llegara a un punto en que le propusiera matrimonio, jamás podría apoyar semejante empresa.

—¿Por qué no?

—Porque Inglaterra se mantiene neutral respecto a Rusia desde hace años.

—Entre Inglaterra y Francia también había antes neutralidad.

—No, no, eso es completamente distinto.

—¿Ah, sí? ¿En qué sentido?

—Dejando a un lado el hecho de que ustedes los polacos son católicos romanos, se granjearon la hostilidad de los británicos cuando apoyaron a Napoleón. Y, por si no se ha enterado, Napoleón masacró casi hasta al último de nuestros soldados. Al populacho de Londres no le gustaría nada que apoyáramos a Polonia, se lo aseguro. Como mujer y como polaca, no se hace usted una idea de en qué intenta meterse. Ni remotamente.

Zosia entornó los párpados, intuyendo que se avecinaba una batalla.

—No soy estúpida. Como mujer y como polaca, sé perfectamente en qué me estoy metiendo.

—Lo dudo.

—Lord Moreland, hace seis años vi a un grupo de soldados rusos quemar la casa de mis vecinos hasta los cimientos. Era una casa preciosa y albergaba las posesiones de tres generaciones de una familia. Quedó arrasada en cuestión de horas, simplemente porque el conde Bilowski, su dueño, formaba parte de una organización patriótica que desagradaba al emperador. Perdí la pierna mientras intentaba ayudar a su familia, todo un símbolo de lo que está sucediendo en mi país –se dio una palmada en el muslo izquierdo, justo por encima del muñón–. Nos están amputando a todos, uno por uno, nobles pomposos que se dedican más a complacer al zar que a defender los derechos elementales de su propio pueblo. Incluso nuestra asamblea, nuestra *sejm*, se reúne en secreto por miedo a que la desmantele el emperador. Es cierto que los británicos pusieron el grito en el cielo cuando apoyamos a Napoleón, pero también lo es que él fue el único que nos apoyó contra los rusos. ¿En qué nos han apoyado los británicos? Se limitaron a aplaudir vilmente cuando Austria, Prusia y Rusia invadieron nuestro país y se repartieron hasta el último pedazo de lo que era nuestro por derecho. Mi madre dedicó sus últimas fuerzas a luchar por la libertad de Polonia, y yo pienso honrar su memoria convirtiéndome en la voz de su causa y cumpliendo mi parte.

Lord Moreland se quedó mirándola un momento. Luego sacudió lentamente la cabeza.

–Es usted una cría si cree que nuestro enlace puede devolver a Polonia su independencia.

Zosia lo miró con enfado.

–¿Se supone que compararme con una niña es un insulto? Los niños creen en cosas que nosotros los adultos perdemos de vista, cosas como la esperanza contra toda probabilidad. Puede que no consiga ser más que una voz, pero hasta eso es mucho más de lo que se le ofrece a mi pueblo, que lo ha perdido todo, incluido el derecho de expresarse. El zar no está respetando ninguna de las resoluciones del Congreso de Viena, y es mi intención informar al mundo de ello y recabar apoyos para nuestra causa.

Moreland se pasó una mano por la cara y resopló.

—Va a conseguir que la maten.

Ella se encogió de hombros.

—Si mi muerte consigue que el mundo repare en la lucha de mi pueblo, bienvenida sea. La verdadera cuestión es, ¿es usted lo bastante valeroso para apoyarme en dicha causa?

Moreland frunció la frente al tiempo que bajaba la mano.

—¿Y por qué iba yo a apoyar su causa? Soy inglés, no polaco.

—¿Y en qué cree un inglés? —replicó ella—. En Dios. En la libertad. En el Parlamento. En la justicia. Las mismas cosas en las que creemos los polacos, solo que hablamos un idioma distinto y tenemos otra iglesia.

Él volvió a resoplar.

—Estoy buscando una esposa, no una causa.

Zosia puso los ojos en blanco.

—Una esposa es una causa. Y si cree lo contrario, es que no conoce a las mujeres. Reconózcalo, lord Moreland, es usted igual al resto de esos engolados aristócratas ingleses. Busca un ornamento, no una esposa de valía, y vive volcado únicamente en sí mismo.

Él se encogió de hombros con burlona resignación.

—Ni siquiera puedo afirmar tal cosa. No vivo volcado en nadie. Ni siquiera en mí mismo.

—¿Espera que me lo crea? ¿Usted? ¿Un hombre rico, un hombre privilegiado que siempre ha disfrutado de una libertad que ni siquiera es capaz de apreciar? ¿Un hombre que no conoce el verdadero sufrimiento?

Él se volvió hacia ella y gruñó:

–¿Eso cree? ¿Que porque nací rico y privilegiado no conozco el sufrimiento? Le sugiero que se calle, o corre el riesgo de ahogarse en su propia presunción.

Comprendiendo que por fin había logrado hacerle mella, Zosia lo miró fijamente a los ojos con aire desafiante.

–Si es usted más de lo que aparenta, milord, le reto a que me demuestre que me equivoco. No me hacen falta cobardes pagados de sí mismos, ni palabras mezquinas. Busco un hombre valiente y capaz de sernos leal a mí y a mi causa, y de hacer temblar al mundo en sus esfuerzos por apoyarnos, a mí y a esa causa. Evidentemente, no es usted ese hombre.

Las aletas nasales de Moreland se hincharon.

–Usted no sabe nada de mí, ni de lo que me define como hombre.

–Sé lo que me ha contado una fuente sumamente fiable.

–Lo que significa que no sabe absolutamente nada –replicó con una frialdad rebosante de impaciencia y reproche–. Las habladurías son la raíz del prejuicio, condesa.

Ella chasqueó la lengua.

–También pueden ser la raíz de verdades sesgadas que hay que saber expurgar. Por lo que me han dicho, lleva usted una vida muy ordenada y reservada y, pese a su cordialidad y a contar con el respeto y la admiración de muchos, no tiene amigos más allá de unos cuantos conocidos vinculados al Parlamento y a su club de esgrima. Según Su Majestad, y me atrevería a decir que es una fuente muy fiable, dado que es primo de su abuela, se esfuerza usted por ser el perfecto caballero llevando una vida perfecta. Lo que significa que es usted, milord, un perfecto farsante.

Los ojos de Moreland se ensombrecieron. Se acercó a ella lentamente.

–¿Yo, un farsante?

–Usted mismo me dijo la noche en que nos conocimos que, si desempeña el papel del perfecto caballero, es por una razón, y que esa razón nada tiene que ver con la respetabilidad. Lo que me induce a pensar que se esconde usted detrás de un espejismo de perfección que ha creado con el único fin de engañar a los demás. Porque no hay vida perfecta, milord. Igual que no hay caballero perfecto. Miéntase a usted y a aquellos que se dejan embelesar por su espejismo, pero no me mienta a mí.

Un músculo vibró en su mandíbula.

–Se cree muy lista.

–A veces.

Se sostuvieron la mirada unos instantes, en medio de un silencio feroz. Zosia sintió palpitar el aire entre los dos.

–¿Me equivoco en mi apreciación?

–No –su voz fue apagándose –. En eso no se equivoca.

Ella suavizó su tono al advertir su vulnerabilidad.

–Conmigo no tiene que representar ningún papel, lord Moreland.

Él puso las manos a la espalda y respondió con frialdad:

–Hay momentos en que uno ha de representar un papel para evitar complicaciones. Ese es el único papel que represento. Me importa muy poco lo que los demás piensen o no piensen de mí. Soy lo que soy.

–Creo que le importa mucho más de lo que aparenta, o ya habría desvelado el papel que representa y por qué.

Moreland bajó la barbilla.

–Supongo que solo hay un modo de proceder en este asunto, condesa –se quitó la levita, la arrojó sobre el diván, a su lado, y se acercó a ella–. Es evidente que no va usted a desistir a menos que la obligue.

Zosia se quedó mirándolo con las palmas húmedas y se hundió en el diván. ¿Por qué se estaba desvistiendo? ¿Por qué...?

Escándalo 6

Por más temerarios que nos creamos, siempre habrá algo capaz de encogernos el corazón. Reconocer nuestros miedos y afrontarlos no erradica necesariamente esos miedos, pero brinda al espíritu nuevos bríos que le permiten sobrevivir. ~~Mi mayor temor es encontrar a una mujer bella y de valía, de espíritu afín al mío, y descubrir que mi morbosa fascinación por la navaja le impide no solo comprenderme, sino aceptarme tal y como soy y como he sido siempre.~~

Cómo evitar un escándalo
Manuscrito original de Moreland

Zosia se quedó paralizada.
Lord Moreland se subió bruscamente la manga de la camisa de hilo blanco, se inclinó hacia ella y le puso el brazo desnudo bajo la barbilla.
–Adelante, mírelo.
Ella parpadeó y fijó la mirada en su musculoso antebrazo, cubierto por infinidad de cicatrices blancas y abultadas. Algunas eran gruesas y desiguales. Otras, finas y angulosas, casi se arracimaban. Saltaba a la vista por su forma y su número que no eran accidentales.

Zosia agrandó los ojos al levantar la mirada. Al ver la cara de Moreland tan cerca de la suya, contuvo la respiración y se echó hacia atrás.

–¿Quién le ha hecho esto? –musitó, casi incapaz de articular palabra.

Él se incorporó y se bajó la manga de un tirón.

–Es obra mía. Es mi vicio. Es el sufrimiento que según usted no conozco debido a mi vida privilegiada. Soy, en efecto, un farsante, condesa. La felicito.

Lo miró parpadeando y sintió una opresión en el pecho.

–¿Se... se lo ha hecho usted mismo?

Moreland la miró fijamente.

–Con una navaja de afeitar.

Ella sofocó un gemido.

–¿Con una navaja de afeitar? Pero ¿por qué? ¿Por qué se hiere así?

–Como si a usted le importara –se acercó al diván y agarró su levita. Volvió a ponérsela y se la abrochó. Sin mirarla a los ojos, dio media vuelta–. Ahora que se ha entretenido un rato, me marcho.

Zosia se inclinó hacia delante. Su tono desdeñoso la impulsaba a intentar comprenderlo. Algo muy triste tenía que torturar a aquel hombre para que se infligiera aquel dolor a sí mismo. Sintió el impulso de tocarlo, de reconfortarlo y acunarlo entre sus brazos.

–Quédese, por favor, lord Moreland. Se lo ruego, deje de pensar que solo quiero burlarme de usted. No es cierto.

Él se detuvo, pero no se volvió.

–Quédese –repitió ella–. No quiero que se marche.

Moreland se giró y sus ojos marrones, oscurecidos por una emoción descarnada, reflejaron un intenso anhelo.

–¿Quiere que me quede?
–Sí.
–¿Incluso después de lo que acabo de mostrarle?
–Sí.
Se acercó a ella.
–¿Por qué?
«Porque veo en ti una parte de mi alma herida», quiso decirle. Pero contestó en voz baja:
–Me fascina usted.
–La fascino –repitió él inexpresivamente.
–Sí.
–¿Como un insecto fascina a un niño antes de que lo aplaste, movido por la curiosidad y el asco?
Zosia percibió su creciente vulnerabilidad y el tono cortante de su voz.
–No –respondió–. En absoluto. Mi fascinación se parece más a la que siente una mujer por un hombre al que ansía besar.
Moreland levantó una ceja oscura.
–¿Ansía besarme?
Ella enrojeció al darse cuenta de que había hablado más de la cuenta.
–Le pido disculpas.
–¿Por querer besarme?
Zosia soltó una risa avergonzada.
–No. Sencillamente, tengo tendencia a no morderme la lengua, lo cual resulta a veces muy molesto. Reconozco que eso acobarda a la mayoría. A hombres y a mujeres por igual.
Él no dijo nada. Zosia decidió ir al grano.
–Teniendo en cuenta esas cicatrices, ¿es usted capaz de ofrecer una relación de pareja a una mujer?
Moreland resopló.

–Qué pregunta. Naturalmente que soy capaz. Pero dudo mucho que quiera relaciones con un hombre que...
–vaciló.

Ella esperó a que se definiera. Al ver que no lo hacía, comentó:

–Por lo visto ha decidido ya lo que soy o no soy capaz de aceptar en un hombre. Si da por sentado que soy incapaz de ofrecerle comprensión, entre nosotros no puede haber nada que merezca la pena, lord Moreland.

La miró con fijeza.

–Tiene usted mucha razón.

Zosia respiró hondo.

–¿Puedo preguntarle algo sobre...?

–¿Sobre mis cicatrices? –dijo tranquilamente.

Ella levantó la mirada.

–Sí.

Tras un momento de tenso silencio, Moreland metió la mano en el bolsillo de su levita y sacó un fino estuche de latón. Lo tocó un momento y luego lo levantó, sacudiéndolo suavemente.

–La mayoría me las hice con esto.

Zosia frunció las cejas.

–¿Qué es?

Moreland guardó el estuche entre las palmas de sus manos, como si intentara ocultarlo a su vista.

–El estuche de mi navaja.

Ella sintió una opresión en la garganta.

–¿Lleva encima una navaja de afeitar?

–Constantemente.

–¿Tan a menudo se corta?

–Hace casi un año que no lo hago.

–Pero ¿por qué lo...?

Él se encogió de hombros.

—Es una especie de consuelo que descubrí en mi juventud. Un consuelo que, lo confieso, siempre formará parte de mí, con independencia de que lo ponga en práctica o no —se guardó el estuche en el bolsillo y una calma mortífera se apoderó de sus rasgos—. ¿Todavía ansía besarme, condesa? ¿O prefiere que me marche?

Se quedó mirándolo.

—Le pido disculpas si indago demasiado en sus pensamientos íntimos, pero ¿cómo es que encuentra consuelo en el hecho de cortarse con una navaja? No hay consuelo en el dolor.

Moreland suspiró y cruzó lentamente los brazos. Su levita, bien ajustada, se tensó sobre sus brazos y sus hombros.

—Permítame preguntarle una cosa: ¿encuentra usted algún consuelo en el sostén que le brindan sus muletas?

Los ojos de Zosia se dilataron.

—No es una comparación aceptable. Mis muletas me permiten caminar.

—Exacto. Y por morboso que pueda parecerle a usted o a cualquier otra persona, mi navaja me permite caminar —bajó los brazos y clavó la mirada en ella—. También siento debilidad por los látigos, aunque eso es más bien un capricho que una necesidad.

Ella se encogió por dentro.

—No suena muy agradable.

Él se encogió de hombros.

—El champán no puede ser del gusto de todos.

—¿El champán? ¿Qué tiene que ver el champán con el dolor? —Zosia pestañeó.

Él esbozó una sonrisa.

—Es una metáfora que utilizo para comprenderme a

mí mismo. Verá, el champán tiene ese gusto chispeante, ese cosquilleo tan parecido a la sensación que me produce la hoja de la navaja. Esa quemazón inicial es refrescante, afilada, casi insoportable de tragar, pero pronto le sigue una euforia dulce y sedante que hace que uno sienta el deseo de tragar más y más. Siempre me ha resultado chocante que el champán sepa siempre igual, sea uno quien sea en este vasto mundo, y que sin embargo haya quienes no aprecien en absoluto su sabor, del mismo modo que nadie aprecia valor alguno en lo que me hace sentir la navaja. ¿Por qué cree usted que es? ¿Por qué es mi paladar tan distinto al suyo? ¿O, para el caso, al de los demás?

Zosia lo miró completamente fascinada.

–Hay una inteligencia asombrosa en el fondo de su argumentación. Una inteligencia que no puedo menos que admirar.

Los labios de Moreland se entreabrieron. Bajó los brazos y dio un paso atrás.

–¿Está... halagándome?

Ella se encogió de hombros.

–¿Preferiría que lo condenara por algo de lo que claramente se avergüenza y que lucha por asumir? No sería muy justo por mi parte, ¿no le parece?

Moreland se pasó una mano por la cara.

–Santo Dios, no es usted de este mundo. Todo en usted es tan... –hizo una mueca y, pasado un momento, balbució–: Creo que es mejor que no nos relacionemos.

Zosia arrugó el entrecejo, intentando comprenderlo. Parecía bascular entre un modo de pensar y otro demasiado deprisa para que alcanzara a entenderlo.

–¿Y eso por qué? ¿Es que no le gusto?

Él se rio sin ganas.

–Me gusta, sí. Me gusta quizá demasiado. Y ahí radica el problema.

Ella se contuvo para no levantar los brazos, exasperada.

–¿Acaso tiene algo de malo que le guste una mujer?

Moreland se pasó una mano por el pelo y soltó un soplido.

–Soy... ¿Cómo lo diría? Excesivamente apasionado.

–¿Excesivamente apasionado?

–Sí.

–¿Y eso es...?

–Malo.

–¿Malo?

–Sí, malo.

–¿En qué sentido?

Él carraspeó.

–Tengo tendencia a ofuscarme hasta convertirme en la clase de hombre que intento evitar. La clase de hombre al que no conviene conocer. Y... entre su sufrimiento y el mío, ¿qué podemos ofrecernos el uno al otro? Aparte de esta atracción. Nada. Absolutamente nada. Dado su estado, necesita usted un hombre de fiar. Y yo no soy de fiar. Soy un excéntrico que, si le provocan, puede cortarse con una navaja en cualquier momento. Esa es la realidad.

Su convicción conmovió a Zosia. Entendía mejor a Moreland de lo que él creía. Y, al darse cuenta de ello, un peso abrumador oprimió su alma. Era un peso que no había sentido desde aquella mañana en que descubrió un muñón vendado y ensangrentado donde antes tenía la rodilla. Aquella pierna bonita y bien torneada, con su tobillo, su pie y sus dedos, cuya existencia había dado por descontada, había desaparecido y por más que llorara no conseguiría recuperarla. A veces, de noche, incluso pasados seis años, todavía le parecía sentirla. Y entonces caía al suelo y comprendía que solo tenía una pierna, no dos.

Con la ayuda de su madre, a quien añoraba terriblemente, había aprendido que no necesitaba una pierna para sobrevivir. Lo que necesitaba era tener la cabeza en su sitio. Era evidente que Moreland todavía no había llegado a esa conclusión.

—No se engañe pensando que no podemos ofrecernos nada. Es probable que una mujer con una sola pierna sea capaz de entender a un hombre que se hiere a sí mismo mucho mejor que una mujer con dos piernas. En mi opinión somos dos bichos raros, cada uno a su manera. Y nosotros los bichos raros, lord Moreland, debemos permanecer unidos. Nos juzgaremos menos el uno al otro.

Se volvió hacia ella y la miró a los ojos.

—Me está poniendo muy difícil que me marche.

Una sonrisa curvó los labios de Zosia.

—Me alegro. Porque lo necesito para un noble propósito que jamás podría llevar a efecto yo sola. No me intimida usted, ni sus cicatrices, ni lo que acaba de confesarme. A pesar de esa navaja, lo encuentro sorprendentemente razonable. ¿Por qué será?

—No tengo ni idea. Hace años que dejé de intentar comprenderme a mí mismo.

—Nunca debe uno dejar de intentar entenderse a sí mismo, lord Moreland. Uno vale tanto como se valora a sí mismo.

—Es usted una mujer de lucidez asombrosa. ¿Se da cuenta de ello?

Zosia refrenó una sonrisa.

–Usted también parece ser un hombre de lucidez asombrosa.

Moreland se encogió de hombros, pero no dijo nada.

Ella exhaló un suave suspiro.

–¿Me permite darle un pequeño consejo?

–¿Un consejo? ¿Sobre qué?

–Sobre sí mismo.

–Soy muy consciente de mis defectos, condesa.

–Tengo buena intención.

–¿Sí?

–Sí. Le sugiero que deje de llevar esa navaja encima y que la sustituya por algo más significativo. Algo que le dote de poder, en lugar de tentarlo a hacer aquello que aborrece.

–Entiendo –tiró de sus guantes ceñidos para quitárselos y se los guardó en el bolsillo de la levita. Se acercó al diván y se quedó frente a ella, rozando con las piernas su vestido–. ¿Está sugiriendo que cambie mi necesidad intrínseca de esa navaja por la necesidad de estar con usted? –preguntó en voz baja y desafiante.

Ella levantó la mirada y soltó un suspiro trémulo.

–No soy tan osada como para creer que puedo suplir todas sus necesidades. Pero puedo intentarlo.

Sus ojos oscuros se enseñorearon de los de Zosia.

–Puedo controlar fácilmente una navaja y lo profundamente que quiero que corte, dónde quiero que corte y cuándo. Pero no podré controlarla a usted si decide arrancarme el poco corazón que me queda. ¿No es así?

Zosia sintió un nudo en la garganta.

–Yo jamás le haría daño. No soy así, ni es lo que busco.

Moreland se inclinó hacia ella e, inesperadamente, posó la mano derecha en su cara.

–¿Y qué es lo que busca? –musitó.
Ella tragó saliva.
–Yo...
Sus dedos cálidos y encallecidos tocaron su piel, trazando delicadamente la curva de su mentón. Zosia contuvo el aliento. Él le hizo levantar la barbilla y la obligó a mirarlo. Se inclinó hacia ella, y el ardor de su mirada la hizo estremecerse. Se detuvo con los labios a escasos centímetros de los suyos.
–Cierre los ojos.
Zosia obedeció sin vacilar, esperando sentir el contacto de su boca.
–¿Voy a ser el primero en besarla? –preguntó él en voz baja mientras seguía acariciando con los dedos los lados de su cara.
Ella tragó saliva, sabedora de que no era el primero. El primero había sido el ruso. Pero tal vez algún día podría olvidar cómo había sido y por qué. Tal vez él le hiciera olvidar.
Con los ojos todavía cerrados, se echó hacia delante e intentó pegar su boca a la de él en un esfuerzo desesperado por borrar un pasado al que se aferraba puerilmente.
Pero solo sintió el aire fresco. Abrió los ojos y descubrió que lord Moreland ya se había apartado. Exhaló un suspiro cargado de desilusión.
Él se ajustó los guantes sin mirarla a los ojos.
–No ha respondido a mi pregunta acerca de su experiencia amorosa. ¿Por qué?
Zosia se puso colorada.
–Reconocer haber besado a un hombre mientras intentas besar a otro es bastante violento, ¿no le parece?
Moreland levantó la vista. Su mirada se había endurecido claramente.

–¿Quién era? ¿Y cuál fue su relación?
Preguntas aparentemente sencillas, y sin embargo su voz sonó cargada de reproche. Quería algo más que un nombre. Quería detalles.
–No sé nada de él, salvo que era ruso.
Se acercó a ella, envarado por la tensión.
–¿La agredió?
Zosia suspiró, negando con la cabeza.
–No. Nada de eso. ¿Desea saber más?
Moreland hizo un gesto negativo y desvió la mirada.
–No. Ya he abusado bastante de su tiempo.
–Usted ha tenido la bondad de confiar en mí, lord Moreland. Permítame devolverle el favor. Mi relación con ese hombre se remonta a la época en que perdí la pierna.
La miró con vibrante intensidad.
–Continúe.
Zosia se aclaró la garganta, azorada.
–Estaba... ayudando a la familia Bilowski a recuperar las pocas pertenencias de valor que se salvaron del incendio de su casa. Era una tarea penosa y triste, hurgar entre los escombros con gruesos guantes de cuero. Recuerdo que estaba poniéndose el sol y que, allá arriba, el cielo era de un rojo sangre intenso, con tonos de azul y de negro. A menudo me pregunto si fue un aviso de Dios al que no hice caso. Apareció mi madre. Uno de nuestros sirvientes le había dicho que me había escabullido de casa para ayudar a recuperar las pertenencias de los Bilowski. Me exigió que volviera a casa, argumentando que era demasiado respetable para andar rebuscando entre escombros como una campesina. Su razonamiento me pareció superficial e infundado, así que no le hice caso y entré en una parte de la casa que

aún no había inspeccionado. Vi un joyero de plata debajo de una viga y alargué el brazo para sacarlo. En ese instante se oyó un crujido y al instante quedé enterrada bajo una pared.

Cerró los ojos, entregándose al doloroso recuerdo de los sonidos, de los olores acres y el espantoso dolor que la atormentaría eternamente.

–Oí gritar a mi madre pidiendo ayuda y oí mis propios sollozos y mi respiración llena de pánico. Fue entonces cuando apareció él.

Esbozó una sonrisa cuando volvió a abrir los ojos y gozó de nuevo de aquella adoración que sabía que sentiría por siempre jamás, hasta su último aliento, como una maldición.

–Su carruaje pasaba por allí en el instante en que se derrumbó la pared. Corrió a prestar ayuda sin vacilar, trepó entre los montones de escombros abrasados y fue apartándolo todo de su camino para llegar hasta mí. Tras varios intentos, levantó la viga que había roto todos los huesos de mi pierna izquierda. A pesar de ser ruso, me habló cariñosamente en polaco, insistiendo en que mirara solo su cara. No dejó que nadie, ni siquiera mi madre, me tocara mientras se quitaba la corbata y me hacía un torniquete. Después me llevó a su carruaje y dio orden a su cochero de que me llevara al médico más cercano.

Tragó saliva al recordar las manos y la cara del extranjero, manchadas con su propia sangre. Una cara de rasgos afilados y llamativos ojos verdes. Su traje había quedado arruinado y su cabello negro y ondulado estaba lleno de ceniza y carbonilla.

–Mi madre y él –continuó en voz baja– me sujetaron mientras gritaba, hasta que llegamos a casa de un médico conocido por tratar heridas severas. Al instante recibieron orden de salir de la habitación para que me quitaran la ropa. Fue entonces cuando aquel ruso me agarró, me apretó contra su pecho y me besó. No fue un beso casto y compasivo, sino un beso lleno de pasión, pensado para excitar el espíritu. Siguió besándome y besándome hasta que el doctor se vio obligado a apartarlo de mí. Mi madre estaba lívida, dijo que no era más que un ruso desvergonzado al que obviamente no le importaba si yo vivía o moría, pero yo sentí que... que había intentado insuflarme el deseo de vivir.

Respiró hondo, temblorosa, y exhaló un suspiro.

–Aunque nunca lo sabré. Desapareció y fue como si nunca hubiera existido. Me obsesioné con él. No podía pensar en otra cosa, ni siquiera cuando hicieron venir al mejor cirujano de Europa desde Francia para que me amputara la pierna, que se había gangrenado. Mi madre accedió por fin a mi deseo de ofrecer una recompensa a quien pudiera darnos noticias suyas, pero nunca supimos nada. No sé quién era, y a pesar de ser ruso, me enamoré de él y de todo lo que representaba, para espanto de mi madre.

Se encogió de hombros, sintiendo que tal vez estaba revelando demasiado.

–Vivo por él –apretó los labios y se obligó a dominar su emoción, consciente de que ni siquiera había tenido la oportunidad de darle las gracias.

Lord Moreland seguía mirándola fijamente, pero su semblante se había suavizado hacía rato. Escrutó su cara.

–No es lo que esperaba. En absoluto –titubeó–. ¿Es el único hombre que la ha tocado?

–Sigo siendo virgen, si es eso lo que le preocupa.

Moreland bajó la barbilla.

—Más le vale serlo, porque para mí es un requisito imprescindible en una esposa.

Zosia puso los ojos en blanco.

—Los hombres dan demasiada importancia a ser los primeros en todo. ¿Y si las mujeres les exigiéramos lo mismo a ellos? Me atrevo a decir que se hundiría nuestra civilización y que Dios tendría que enviar a otro Adán y otra Eva. Dígame, ¿a cuántas mujeres ha besado usted a lo largo de su vida? ¿Y con cuántas se ha acostado?

Moreland desvió la mirada y se encogió de hombros. Zosia esperó su respuesta, pero él siguió sin decir nada.

—¿Sigue contando? —preguntó—. ¿Es eso?

—Claro que no —contestó él—. Pero esta conversación me parece absurda.

—¿Absurda? Nos estamos limitando a ser sinceros el uno con el otro. ¿Desde cuándo se considera absurda la sinceridad?

Moreland la miró con enojo.

—¿Quiere saberlo?

—Sí, quiero saberlo. ¿Con cuántas mujeres se ha acostado y a cuántas ha besado?

Él carraspeó y se alisó el chaleco sobre el pecho.

—A unas pocas. Y me arrepiento de haberme relacionado con todas ellas. He tenido la mala suerte de atraer a mujeres mayores que yo y algo excéntricas, mujeres de mi círculo que nunca han logrado entender lo que de verdad deseo.

Zosia titubeó.

—¿Y qué es lo que desea?

—Una relación de pareja.

Ella pestañeó, asombrada, y se acercó al borde del diván.

–Me parece usted verdaderamente respetable.

Él apartó la mirada y un músculo vibró en su mandíbula.

–No hace falta que se burle de mí.

–No me estaba burlando de usted. En mi opinión, hay demasiados libertinos dispuestos a aprovecharse de vírgenes desprevenidas por simple diversión. Me emociona conocer a un caballero que persigue una... relación de pareja.

Moreland sonrió.

–No me habría importado perseguir a una virgen, pero sabía que, teniendo en cuenta mis inclinaciones, seguramente habría acabado entre rejas.

Zosia rompió a reír y luego se tapó la boca.

–Discúlpeme. Soy una maleducada.

–No carezco de sentido del humor –una sonrisa suavizó sus labios–. Era mi intención hacerla reír. Y tiene usted una risa preciosa, por cierto.

Ella se mordió el labio y asintió, jugueteando con la tela de su vestido. Le gustaba mucho Moreland. A pesar de su inclinación por el dolor, era ingenioso, inteligente, juicioso, guapo, nada antipático y, sobre todo, era marqués y tenía un escaño en la Cámara de los Lores.

Teniendo en cuenta su situación, no podía pedir más. Era Moreland, o los hombres que le escogía Su Majestad.

–Me gusta usted, lord Moreland.

Él sonrió.

–¿Sí?

–Sí. Me gusta lo suficiente para seguir adelante con esto. Es decir... si usted está interesado.

Su sonrisa se desvaneció. Se acercó a ella levantando un poco las cejas.
–¿Usted quiere seguir adelante?
–Sí.
–¿Como una especie de noviazgo?
–Sí. Con vistas al matrimonio.
–¿Incluso después de todo lo que le he dicho?

Sí, era hasta cierto punto una locura, pero de todos modos su salvador anónimo no iba a aparecer para llevársela en volandas. Todas las causas nobles exigían nobles sacrificios, y comparado con los demás ingleses que había conocido hasta el momento, lord Moreland era sin duda el más atractivo, aunque tuviera la costumbre de cortarse con una navaja. Lo cual no decía gran cosa de los británicos, suponía.

Se encogió de hombros.

–Intuyo que hay en usted más bondad que maldad, y eso es lo único que puedo esperar de un marido. Si promete usted ayudarme a defender públicamente los derechos de mi pueblo, aceptaré una oferta de matrimonio.

Él dejó escapar un suave silbido.
–¿Habla en serio?
–Sí.

Sus ojos brillaron, divertidos, cuando la miró de arriba abajo con renovado interés. Puso las manos a la espalda y abrió las piernas.

–Entonces ¿no la asustan mis cicatrices, ni mi gusto por los látigos y las navajas?

–A mí no me asustan ni siquiera los rusos, lord Moreland.

–Ah, pero no se acostará usted con los rusos, ¿verdad?

Ella se rio.

—Dios no lo quiera.

Moreland vaciló.

—Aún no he expresado mi opinión sobre su causa. Si me permite decirlo, admiro lo que se propone hacer por su país. Más de lo que imagina.

Ella se sorprendió tanto que no pudo decir nada.

—Cuando uno piensa en un patriota —prosiguió él—, nunca piensa en una mujer. Lo cual, de hecho, puede que juegue en su favor. Hay formas de llevar a cabo su propósito sin causar un tumulto, y estaría dispuesto a ofrecerle el apoyo que necesita si usted está dispuesta a ofrecerse a mí.

A ella se le aceleró el pulso.

—¿Me está proponiendo matrimonio?

Moreland se aclaró la garganta.

—No. Todavía no. Primero necesito pruebas más sustanciales de su carácter. A pesar de que parece usted deslumbrante, no puede esperar que me comprometa a pasar el resto de mi vida con una mujer a la que acabo de conocer. Y a través de una ventana, además.

Zosia se rio.

—No. Claro que no.

—Me alegra que esté de acuerdo.

—Entonces ¿qué clase de prueba necesita?

—Algo de índole un poco más... íntima.

Ella agrandó los ojos.

—¿Insinúa que...?

Moreland chasqueó la lengua.

—Preservemos el decoro, ¿quiere? Por su bien. No por el mío.

Zosia pestañeó, con las mejillas encendidas.

—Discúlpeme.

–Me siento más halagado que ofendido, se lo aseguro –sonrió. Se acercó a ella, tomó su mano y se inclinó para besarla. Luego levantó la vista y frotó sus dedos–. Le estoy pidiendo que me envíe una carta esta noche, antes de retirarse.

Zosia intentó no pensar en cómo acariciaba su mano.
–¿Una carta?
–Sí.
–¿Y qué espera que escriba en esa carta?
Él le apretó los dedos.
–Tiene que ser una carta muy íntima describiendo lo que piensa de mí.

Ella tragó saliva.
–¿Cómo de íntima?
Moreland se inclinó más aún y miró sus labios antes de incorporarse y volver a mirarla a los ojos.
–Tan íntima que pudiera considerarse indecente si alguien la descubriera. También le pido que deje las cortinas de su alcoba abiertas esta noche para que pueda verla mientras leo la carta.

Zosia sofocó una exclamación de sorpresa y retiró la mano bruscamente.
–Y supongo que lo próximo que me pedirá es que lo mire fustigarse con un látigo a través de la ventana.

Él soltó una carcajada y se irguió.
–No me dé ideas.
–Le sugiero que se marche, lord Moreland, antes de que me crezca otra pierna y lo mande de una patada a Rusia.
–Entonces ¿rechaza la oportunidad que le ofrezco?
–Lo que me pide me parece ridículo y sin sentido. Podría usted utilizar contra mí mis propias palabras.

Él sonrió.

—No pretendo representar el papel de villano. La carta solo me permitirá hacerme una idea de qué clase de mujer es usted en realidad. ¿Qué le parece indecente? ¿Hmm? Es lo único que quiero saber.

Ella frunció los labios, molesta. Imaginaba que un hombre que tenía debilidad por los látigos y las navajas exigiría algo más que la pasión al uso y que quería poner a prueba su ardor.

—¿Y qué pasará si decido no escribir esa carta?

Moreland levantó las manos como si admitiera su derrota y retrocedió lentamente.

—Que los dos saldremos perdiendo. Porque si no es capaz de escribir una carta indecente, dudo que sea capaz de satisfacerme —inclinó la cabeza educadamente—. Ya he abusado bastante de su tiempo —dio media vuelta y salió del salón.

Zosia dejó escapar un suspiro exasperado. Sería mucho más fácil acostarse con Moreland y demostrarle así su valía que escribir sobre ello en un idioma que no era el suyo.

Él se detuvo en el pasillo. Zosia lo miró, esperando que dijera algo más, pero vio con sorpresa que recogía sus muletas, que seguían tiradas en el suelo del vestíbulo. Dio media vuelta y volvió a entrar con una muleta en cada mano.

—Sigo oyendo al gentío fuera. Saldré por la puerta de servicio. Si no hay ningún guardia conteniendo a la muchedumbre, haré que mis lacayos vayan a buscar a las autoridades y se queden fuera hasta que lleguen. Hasta entonces, prométame que no saldrá de casa.

Zosia apenas encontró palabras para expresar lo conmovida y perpleja que estaba, teniendo en cuenta la conversación que acababan de zanjar.

–*Obiecam* –hizo una mueca y añadió–: Se lo prometo.

Había hablado en polaco sin darse cuenta. ¿Qué le había ocurrido? Nunca se equivocaba cuando hablaba uno de los cinco idiomas que conocía.

–No saldré de casa. Gracias.

Moreland asintió con un gesto. Sin mirarla a los ojos, apoyó las muletas en el diván, a su alcance.

–Si no recibo su carta antes de retirarme, cosa que hago siempre a las doce menos cuarto de la noche, daré por sentado que esto ha terminado. Decida lo que decida, no le guardaré ningún rencor. Ha sido un placer, condesa. Lo digo sinceramente.

Dio media vuelta y salió. Recogió su chistera y desapareció con paso firme que resonó en los pasillos de la casa.

Zosia miró las muletas que él le había llevado tan galantemente y se acercó a los labios la mano que había besado Moreland. Siempre había creído que, si había sobrevivido a una amputación, había sido por una razón. Estaba destinada a cosas más importantes. A cosas que cambiarían el mundo. Y para cambiar el mundo, iba a necesitar un aliado poderoso. Un aliado como Moreland.

Cualquier mujer sensata se daría cuenta de que un hombre que gozaba con el dolor no podía ser un buen marido, ni un buen amante, ni un compañero fiable para ayudarla en su campaña contra los rusos. Pero, pese a todo, había algo enternecedor en un hombre que se acordaba de llevarle las muletas antes de marcharse.

Escándalo 7

Hay muchos desaires que no requieren ni una sola palabra. Con cierta mirada o cierta actitud se puede infligir a otra persona un castigo emocional cuyo dolor se prolongue durante días. Cuidado con esos desaires feroces. Aunque la sociedad pueda tolerar a una ~~zorra~~ dama superficial que disfrute mostrándose superior a quienes la rodean, pisotear al prójimo no tiene en realidad nada de deseable, ni de amable, ni de refinado.

Cómo evitar un escándalo
Manuscrito original de Moreland

Casi una docena de guardias del rey a caballo se abrieron paso por la plaza atestada de gente y poco a poco, con las bayonetas montadas, fueron dispersando a la multitud.

Tristan dio un rodeo para acercarse al gentío, decidido a descubrir qué demonios había llevado a todos aquellos hombres a la puerta de Zosia. El impulso de proteger a la mujer más increíble que había conocido nunca palpitaba en sus venas con cada bocanada de aire que respiraba y con cada paso que daba.

Se acercó a un caballero bien vestido que intentaba abrirse paso en dirección contraria. Parándose en seco, le cortó el paso y le tendió la mano enguantada.

—Señor, ¿puedo hacerle una pregunta?

El hombre se volvió hacia él, se metió un periódico bajo el brazo y lo miró a los ojos por debajo del ala de su chistera.

—Si es necesario —contestó en tono hastiado.

Tristan advirtió que era un joven de unos veinte años, apuesto, de facciones afiladas y aristocráticas y prominentes ojos marrones. Sin poder evitarlo, se puso nervioso al pensar que aquel hombre era solamente uno de los cientos de caballeros que aspiraban a casarse con Zosia.

—¿Por qué razón se han reunido tantos hombres frente a la casa de esta joven? Es muy ofensivo para su buen nombre.

El joven se sacó el periódico de debajo del brazo y señaló con él a la cara de Tristan.

—Veo que hay un mojigato entre el gentío.

Tristan apartó el periódico de un manotazo y se refrenó para no empujar también a su interlocutor.

—No me gusta que sacudan nada delante de mi cara, y menos aún cuando no le he dado ningún motivo. Ahora, por favor, conteste a la pregunta.

El joven puso cara de fastidio y esquivó a Tristan.

—Váyase a paseo. Tengo una cita y ya he perdido medio día.

Conque a paseo, ¿eh?

Tristan saltó hacia él y lo agarró por la levita, quitándole el sombrero de una sacudida. Lo atrajo hacia sí y dijo entre dientes:

—¿Por qué un granuja engreído como usted quiere

casarse con una mujer respetable a la que ni siquiera conoce? Tiene seis segundos para responder antes de que la navaja que llevo en el bolsillo le corte para siempre la respiración.

El joven se quedó inmóvil, con los ojos desorbitados. Levantó el periódico doblado.

—Yo solo... solo he respondido a un anuncio.

Tristan lo soltó. Le arrancó el periódico de la mano, lo desdobló y echó una ojeada a los anuncios. Pero había demasiados para que encontrara el que necesitaba leer.

—¿Dónde está? Enséñemelo. ¿Cuál es?

El hombre vaciló, se inclinó y señaló hacia el final de la página. Después se apartó lentamente, dio media vuelta y salió corriendo en dirección contraria sin molestarse en recoger su sombrero, que había caído rodando a la calzada. Dobló la esquina y se perdió de vista.

Tristan sonrió, divertido por que aquel joven lo encontrara tan imponente, desdobló el periódico y leyó:

Se busca caballero con buenos ingresos y origen respetable con vistas al matrimonio. La señorita tiene 23 años, excelentes modales y buena presencia. Se recompensará con 5.000 libras al caballero elegido en el momento del compromiso y con otras 10.000 cuando se efectúe el matrimonio. No se concederán entrevistas sin la previa entrega de una tarjeta de visita. Las tarjetas se recogerán un solo día, el 13 de mayo, en el número 28 de Grosvenor Square.

Tristan contuvo la respiración y, levantando la mirada, echó a andar hacia la muchedumbre de hombres que seguía intentando salir de la plaza. Con la promesa de quince mil libras, todos los granujas de Londres presentarían su candidatura. ¿Sabía Zosia lo que estaba pasando?

Se detuvo y observó a los guardias reales que pululaban entre el gentío cada vez más escaso. ¿Por qué demonios había acudido la guardia real? Nunca se ocupaba de disolver muchedumbres. A no ser que...

Volvió a doblar el periódico y se dio un golpe con él en la palma de la mano. Era increíble. En efecto, Su Majestad en persona parecía haber tomado cartas en los asuntos personales de la condesa. Vaya, vaya, vaya. Por una vez, la suerte parecía estar de su parte.

Después de mucho pensarlo y de mucho refunfuñar para sus adentros, Zosia dejó a un lado sus recelos y mojó la punta de su pluma en el tintero que tenía delante, lista para redactar la carta más provocativa jamás escrita.

Estimado lord Moreland:

Se detuvo y apartó la pluma. No era un inicio muy provocativo, ¿verdad? Resopló y lanzó el pergamino al suelo. Se puso delante otra hoja, dudó un momento y comenzó otra vez.

Al hombre que confío se convertirá en mi amante (una vez sea mi marido, claro está, y no antes):

Sintiéndose ya más segura de sí misma, mojó de nuevo la pluma.

Ya he tenido el privilegio de verlo completamente

desnudo, así que creo que no hace falta que me muestre recatada. Estoy sumamente impresionada. No digo más. Confío, desde luego, en que sea usted más respetuoso que yo y en que por tanto no se haya servido de su catalejo del mismo modo que me he servido yo del mío. Esta noche dejaré descorridas las cortinas de mi alcoba, conforme me lo ha pedido, y me sentaré delante de la ventana para que tenga el placer de verme. Si el contenido de mi carta le pareciera poco amoroso, me temo que no solo saldremos perdiendo nosotros dos, sino también mi querida Polonia.

Su siempre esperanzada,
Zosia

Dejó a un lado la pluma. Ya estaba. Que hiciera con ella lo que quisiera. Ella no podía ponerse más indecente.

Tristan se sentía como un jovenzuelo a punto de embarcarse en su primera travesura amorosa. Solo que, sin duda alguna, aquello era mucho más peligroso. Apoyó el hombro contra el marco de la ventana y levantó la carta sellada para informar en silencio a Zosia de que la había recibido.

Ella se inclinó hacia la ventana, apoyó los codos sobre el alféizar y se quedó mirándolo desde el otro lado de la plaza.

Trisan ladeó la cabeza, deslizó un dedo desnudo por la tersa superficie del pergamino doblado deseando que fuera la curva del cuello de Zosia, la curva de sus pechos o la llanura de su vientre.

¿Era posible que por fin hubiera encontrado a una mujer capaz de aceptarlo tal y como era? Rompió suavemente el sello de cera y desdobló la carta. Levantó las cejas al leer lo que había escrito.

–Demonio...

Sabía que la palabra escrita desvelaba tanto acerca de una persona como cualquier forma de conversación, si no más. Inspeccionó la carta metódicamente. Su hermosa letra, la perfecta alineación de los renglones y la ausencia de borrones demostraban que poseía una mente lúcida y reconcentrada. Sus palabras y el tono de ellas expresaban lo que Tristan ya había deducido de sus conversaciones: que era ingeniosa, inteligente, respetable, amable sin ser sumisa y, sobre todo, que se respetaba inmensamente a sí misma, pese a su impedimento físico.

Santo cielo, no podía evitar sentirse fascinado.

Dobló de nuevo la carta y respiró hondo para darse fuerzas. Inclinó la cabeza, haciendo un gesto de asentimiento dirigido a Zosia, levantó el dedo índice para pedirle que esperara y se acercó al escritorio que había en un rincón de su alcoba.

Guardó su carta en uno de sus libros preferidos de historia de Roma y se inclinó sobre la mesa. Tomó su pluma y se acercó una hoja de pergamino. Dudó un momento y luego escribió:

No tema por su querida Polonia, mi bella condesa, pues en mí ha encontrado a un amigo. Permítame ir a verla mañana para que podamos seguir debatiendo este asunto.

Suyo,

Moreland

Sonrió, dobló la hoja, derritió el cabo del lacre y lo dejó gotear sobre la solapa del pergamino. Después estampó su sello en el lacre y tomó el pergamino. Tiró de la campanilla de servicio, se acercó a la ventana y levantó la carta sellada para informar a Zosia de que estaba a punto de recibir una misiva.

Entregó la carta a su lacayo con instrucciones de entregarla discretamente, regresó a la ventana y esperó.

Unos minutos después, ella abrió la carta. Tristan vio inclinarse su cabeza morena. Zosia levantó la vista. Él inclinó una última vez la cabeza para desearle buenas noches, pero en ese instante un movimiento al otro lado de la plaza lo hizo detenerse.

Un hombre de anchos hombros, montado a caballo y vestido con uniforme militar, se había detenido bajo la ventana de Zosia. Tristan distinguió poco de su atuendo, que las farolas de gas de la plaza iluminaban a duras penas, pero pudo ver que no era un uniforme del ejército británico.

El desconocido guio a su caballo hacia la ventana de Zosia, iluminada por la luz de las velas, como si se dispusiera a apostarse allí para vigilarla. ¿Por qué demonios un oficial extranjero se...?

A Tristan se le aceleró el pulso. Santo Dios. Zosia no estaba a salvo. Se acercó corriendo a su vestidor, agarró sus botas de montar y metió los pies en ellas. Sin importarle llevar puesta la bata, abrió la puerta de la alcoba, salió precipitadamente al pasillo, corrió escaleras abajo y entró en su despacho.

Abrió de golpe una de las cajas de palisandro que guardaba en la librería y sacó su mejor pistola. Aunque había poca luz, logró poner a punto la pistola. Agarró la baqueta, cargó la bala y volvió a colocar la baqueta en su sitio.

–¡Quédese junto a la puerta y espere instrucciones! –le gritó a un lacayo que estaba apagando velas.

–Sí, señor –el lacayo salió al pasillo y desapareció a toda prisa.

Tristan amartilló la pistola, se acercó a la puerta y, al abrirla, le indicó al lacayo que se quedara donde estaba. Cruzó la plaza con la mirada fija en el jinete, que seguía apostado bajo la ventana de Zosia. El bufido ocasional de un caballo inquieto agitaba el aire nocturno.

Avanzando con sigilo, pero con paso firme, Tristan fue acercándose hasta que pudo distinguir las anchas espaldas y el cabello oscuro atado con una cinta roja que asomaba bajo el amplio sombrero militar adornado con plumas.

Se detuvo y, quedándose entre las sombras, apuntó.

–¡Desmonte! –gritó, y su voz resonó a su alrededor–. Desmonte o por Dios que tragará plomo.

Sobresaltado, el desconocido se llevó la mano a la espada, pero no intentó volverse.

–¡Tire el sable! –Tristan se acercó sin dejar de apuntarle al centro de la espalda–. ¡Tírelo! ¡Vamos!

El hombre levantó las manos, después desenvainó con cuidado su espada y la arrojó a la calle empedrada. El estrépito del sable resonó en el silencio de la plaza.

–¡Ahora desmonte! –ordenó Tristan.

El jinete pasó una pierna por encima del lomo de su caballo y desmontó de un salto. Se volvió y miró de frente a Tristan. El ala de su sombrero le tapaba casi toda la cara.

Tristan se cercioró de que no llevaba ninguna otra arma encima y se acercó sin bajar la pistola.

—¿Lord Moreland? —la voz de Zosia les llegó desde arriba a través de la ventana abierta por la que se asomaba—. ¿Se puede saber qué...?

—¡Usted retírese hasta que hayamos aclarado este asunto! —le gritó Tristan sin desviar la mirada del desconocido.

El militar dio un paso adelante y dijo en voz baja, con fuerte acento extranjero:

—No le hable con tan poco respeto.

Tristan entornó los párpados y agarró con más fuerza su pistola. ¿Era polaco?

—¿Quién es usted?

—Un amigo.

Tristan se acercó hasta que estuvo a menos de un metro del desconocido. Las sombras revelaron poco a poco a un joven de cara lampiña y hermosos ojos verdes.

—¿Un amigo de quién? —preguntó Tristan con aspereza—. ¿De ella? Porque mío no es, desde luego.

—No, no soy amigo suyo —el joven lo miraba con intensidad—. He estado observándolo, lord Moreland. He estado observándolo muy atentamente.

Tristan se refrenó para no soltar un soplido.

—Vaya, ¿no me diga? ¿Así que también le gusta rondar bajo mi ventana? ¿Quiere que dejemos que sean las autoridades quienes diriman esta cuestión? ¿O prefiere que lo haga yo?

El joven entornó los párpados.

—De esta noche en adelante, interrumpirá usted toda relación con la gran duquesa. Está usted sobrepasando sus límites como caballero y no voy a tolerarlo. Le sugiero que se despida de ella para siempre y se retire.

Pasó junto a Tristan y se acercó a la espada que había arrojado al suelo poco antes. La levantó y volvió a enfundársela con un solo gesto. Luego regresó junto a su caballo y montó con aire petulante. Miró a Zosia, que seguía asomada a la ventana abierta, vestida únicamente con su camisón. Inclinó la cabeza y sonrió.

–*Dobra noc* –dijo, y había tal adoración en su voz que Tristan sintió el impulso de apretar el gatillo.

Zosia vaciló, atónita, y respondió en voz baja:

–*Dobra noc*.

El joven hizo volver grupas a su caballo y pasó junto a Tristan clavando los ojos en él.

–La duquesa ya está prometida. No lo olvide. Si volvemos a encontrarnos, puede estar seguro de que seré yo quien le apunte con mi pistola –aguijó a su caballo blanco y salió de la plaza al galope.

Tristan bajó la pistola y exhaló un suspiro lleno de irritación. ¿Qué demonios significaba todo aquello? ¿Por qué de pronto se había convertido en el villano? Levantó la vista hacia Zosia, que seguía mirando hacia el lugar por donde se había marchado el jinete.

Se acercó a la ventana, decidido a saber por qué había un lechuguino polaco suelto en Londres que afirmaba tener derechos sobre ella. Notando que ella seguía pensando en el desconocido, carraspeó con fuerza.

–Todavía no me he ido, querida.

Ella respiró hondo y lo miró como si de repente se acordara de su existencia.

–¿Umm?

Tristan reconocía aquella mirada en los ojos de una mujer. Era una mirada que aún no le habían dedicado a él.

—¿Lo conoce? —preguntó, incapaz de disimular su agitación.

Ella vaciló.

—No he podido distinguir sus rasgos lo suficiente para afirmarlo. El ala del sombrero le tapaba la cara.

—Permítame replantear la pregunta. ¿Es posible que lo conozca?

Zosia negó con la cabeza, agitando su larga trenza.

—No. Supongo que no.

—Entonces, ¿cómo es que él la conoce?

Se encogió de hombros.

—Muchas personas me conocen. A fin de cuentas, soy nieta de un rey.

Tristan movió la mandíbula, incapaz de desprenderse de los celos que se habían apoderado de él.

—¿Estás ya prometida, Zosia, como afirma ese hombre?

Ella puso los ojos en blanco.

—Si estuviera prometida, lo sabría. Te aseguro que no lo estoy.

—Entonces, ¿por qué ha dicho que sí lo estás?

—No tengo ni idea.

—Te ha llamado «gran duquesa».

Ella levantó las cejas.

—¿Sí?

—Sí. ¿No has escuchado toda la conversación?

—Solo parte.

—¿Eres duquesa, en efecto?

—No. Está claro que ese hombre se equivoca.

—A mí me ha parecido muy seguro de lo que decía. También se ha dirigido a ti. ¿Qué te ha dicho?

Ella bajó la barbilla.

—Vaya, Moreland, ¿acaso estás celoso?

—¿Y qué si lo estoy? —replicó—. ¿Acaso no has estado intentando seducirme todo este tiempo? ¿Qué es esto? ¿Una especie de pasatiempo? ¿Hacerme creer una cosa cuando en realidad parece suceder la contraria?

Zosia se inclinó más aún sobre la ventana y su guardapelo dorado se salió del camisón y quedó colgando.

—He sido sincera contigo, desde el momento en que nos conocimos. Ahora te toca a ti decidir si quieres someterte a los celos pueriles que se han apoderado de tu razón. Ni siquiera me has pedido la mano, así que ¿qué derecho tienes a hacerme exigencias? Ninguno.

Qué mala suerte la suya, que apareciera un galante caballero sobre un corcel blanco en plena noche, justo cuando iba a ponerse de rodillas para pedir la mano de Zosia. Exhaló un suspiro. Era inevitable. Ya no tenía sentido resistirse. Ella quería y él también. Y más valía que hiciera algo antes de que otro se le adelantara.

Miró la pistola que sostenía aún e hizo una mueca de fastidio. No era así como se había imaginado pidiendo en matrimonio a su futura esposa. Carraspeó.

—Deseo hacerte unas cuantas preguntas que espero que contestes en serio antes de que me decida a acceder a esto.

Ella se meció, apoyada en el alféizar.

—Puedes hacer todas las preguntas que quieras. ¿Cuándo piensas venir a verme para hacérmelas?

—Ahora mismo.

—¿Ahora? —recorrió la plaza con la mirada y bajó la voz—. ¿Y si nos oyen los vecinos?

Vaya, de repente le importaba.

—Dudo que a nuestros vecinos les moleste enterarse

de primera mano del último cotilleo –respiró hondo y exhaló, consciente de que estaba a punto de enfilar el camino hacia el matrimonio–. Primera pregunta.

Las dudas se iban abriendo paso poco a poco en su cerebro, impidiéndole concentrarse en la pregunta que quería hacer. Sabía que quería y que necesitaba una mujer como Zosia en su vida. Una mujer bella e inteligente que intentara comprenderlo y hacerle sentir que merecía mucho más de la vida de lo que había sido capaz de conseguir por sus propios medios. Pero sabía también que ella se merecía mucho más que un hombre como él. Se merecía un caballero apuesto, firme y seguro de sí mismo, montado en un corcel y con un sable en el costado, no un bicho raro que llevaba una navaja de afeitar en el bolsillo y dormía con un látigo de cuero junto a la cama.

Zosia pestañeó.

–¿Me he perdido la pregunta, lord Moreland?

Él suspiró.

–No.

–Ah, bueno. Me preocupaba no haberla oído. ¿Cuál es?

Tristan exhaló un suspiro.

–¿Te casarás conmigo únicamente para apoyar tu causa política?

Zosia levantó una ceja y bajó la mano.

–Claro que no. La verdad es que me gusta usted. Mucho.

Tristan sintió un arrebato de orgullo al saber que de algún modo había logrado atraer a una mujer tan bella.

–Siguiente pregunta –la miró a los ojos–. ¿Serías capaz de anteponer tu país a las necesidades de tu marido?

Ella arrugó la nariz.

—Confío en que las necesidades de mi marido no excedan a las de millones de personas.

Tristan puso los ojos en blanco.

—Hablo en serio.

—Yo también.

—Tal vez deba reformular la pregunta.

—Tal vez sí.

—¿Qué es más importante para ti: tu país o tu marido?

Ella jugueteó un momento con las puntas de los dedos.

—A decir verdad, procuraría que tuvieran la misma importancia.

Buena respuesta.

—Siguiente pregunta. ¿Me encuentras lo bastante atractivo para acostarte conmigo?

Ella puso unos ojos como platos y lo miró pestañeando varias veces.

—Pues... sí. Claro.

Tristan entornó los párpados.

—¿Por qué has dudado?

—Porque creía que era evidente, teniendo en cuenta mi carta. ¿Te he hecho creer lo contrario?

Él se encogió de hombros. Zosia todavía no había visto todas sus cicatrices, que no cubrían solo sus brazos, sino también partes de su pecho. Esas databan de su adolescencia, cuando había empezado a cortarse. Lamentaba que existieran porque no eran en absoluto atractivas, ni siquiera para él, y dudaba de que Zosia fuera a pensar lo contrario.

Tocó la pistola y deseó no tenerla en la mano, y menos aún en su presencia.

–¿Te imaginas rindiéndote a mí?
Se miraron a los ojos.
–En el sentido de amarme –añadió él.
Ella esbozó una sonrisa.
–Si me pareces digno de mi amor, sí.
¿Era digno del amor de una mujer? A veces pensaba que sí. Y otras no creía que fuera digno del amor de nadie.

–La última pregunta –miró a su alrededor, azorado, y bajó la voz para asegurarse de que no llegaba muy lejos–. ¿Estás dispuesta a aceptar mi debilidad por los látigos?

Zosia soltó un bufido.
–No.
–¿Por qué no?
–Porque ni tú ni yo somos caballos.
La miró, sintiendo un nudo en la garganta. Caballos. ¡El diablo se lo llevara!

–Te aseguro que no se trata de esa clase de latigazos. Es más bien una forma de juego.

Ella bajó la voz y susurró:
–Si accedo a eso, milord, solo Dios sabe qué me pedirá a continuación. ¿Cuerdas y un potro, quizá?

Tristan contuvo la respiración.
–¿Cuerdas y un...?
–¡Shhh! ¡No hace falta repetirlo! –recorrió la plaza con la mirada, exasperada–. ¿Tienes alguna pregunta más que hacerme?

Él carraspeó, azorado todavía.
–No. De momento, no.
–¿Estamos formalmente prometidos ahora que he respondido a tus preguntas?

Tristan carraspeó otra vez. A pesar de no ser muy

romántico, no quería que su proposición se redujera a aquello. Quería hacer las cosas civilizadamente. Como merecía Zosia.

—Me gustaría disponer de una semana más antes de que digamos o hagamos nada más.

Ella resopló.

—Una semana. Claro. Buenas noches, milord —retrocedió hacia el interior de la habitación.

—¡Espera, espera! —levantó rápidamente la mano que tenía libre—. Que no haya malentendidos. Solo deseo hacer esto de manera respetable.

El semblante de Zosia se suavizó.

—Si esa es en efecto tu intención, la acepto de todo corazón.

—Es mi intención, sí.

—Te lo agradezco. Buenas noches.

—¿Buenas noches? Ah, no, no. No hemos acabado aún.

Zosia se detuvo, pero no volvió a inclinarse hacia la calle.

—¿Qué más quiere, lord Moreland?

—¿No quieres preguntarme nada?

—No.

—¿No? —repitió, asombrado, y se acercó a la barandilla de la casa—. ¿No quieres conocerme mejor antes de que... nos comprometamos de por vida?

—Tenemos el resto de nuestras vidas para comprendernos mejor el uno al otro, milord. Si te hago ahora todas las preguntas, no nos quedará nada de lo que hablar y solo conseguiremos aburrirnos mutuamente.

Tristan refrenó una carcajada.

—Sí, pero...

—Buenas noches —repitió ella.

—¡Espera! Está bien. ¿Puedo hacer al menos otra pregunta?
—¿Tiene que ver con látigos?
—No, querida. Nada de eso.
—Entonces puedes.
La miró fijamente.
—¿Sabías lo del anuncio que ha aparecido hoy en el *Times*?
Zosia volvió a asomarse a la ventana y arrugó el entrecejo.
—¿Anuncio? ¿Qué anuncio?
Al parecer, Tristan tenía que resolver otro asunto antes de poder pedir su mano.
—Buenas noches.
—¿Buenas noches? —Zosia le hizo una seña—. ¿A qué anuncio te refieres?
—No tiene importancia en este momento. Pienso ocuparme del asunto yo mismo.
—Ah.
—Una última pregunta. ¿A quién tengo que pedirle tu mano cuando llegue el momento?
Ella ladeó la cabeza y sonrió.
—A Su Majestad.
Tristan levantó las cejas.
—¿Quieres decir al rey de Inglaterra?
—Sí, al rey de Inglaterra.
Él dejó escapar un silbido suave.
—Solamente espero seguir cayéndole bien —se bajó de la acera y, sujetando la pistola contra su costado, hizo una reverencia galante—. Deme una semana, condesa, antes de que anunciemos formalmente nuestro noviazgo.
Ella sonrió. Su cara se había iluminado.

—Te esperaré ansiosamente —sin dejar de sonreír, cerró la ventana.

Iban a casarse. ¿Y qué era lo peor de ello? Que iba a tener que decírselo a su abuela y confiar en que Su Majestad le tuviera el suficiente aprecio para dar su autorización.

Escándalo 8

Todo el mundo abriga al menos un secreto que acarrea constantemente, guardado en un bolsillo de su alma, en un esfuerzo desesperado por protegerse del mundo, creyendo que nadie lo entenderá. Y aunque todos estamos en nuestro derecho de hacerlo, al final alguien en quien confías deslizará la mano dentro de tu alma y sacará tu secreto a la luz, donde todo el mundo pueda verlo. Así son las cosas. Si una mujer ha de guardar un secreto, debe comprender que ya no puede fiarse de nadie, ni siquiera de sí misma. ~~Los secretos son, además, una carga espantosa. Si alguna vez tengo la fortuna de librarme de la vergüenza que siento con frecuencia por gozar del contacto de una navaja, aprovecharé la oportunidad con toda el alma. ¿Reconoceré la ocasión si se presenta? Seguramente no, pero siempre puedo tener esperanzas.~~

Cómo evitar un escándalo
Manuscrito original de Moreland

Con el *Times* estratégicamente doblado y metido dentro del bolsillo de la levita, Tristan entró en el recargado comedor de su abuela. Rodeó la gran mesa de nogal, decorada con un mantel limpio, gardenias y plata y cristal de la mejor calidad a pesar de que, aparte de su abuela, no había nadie sentado a ella.

Lady Moreland levantó la mirada de su cena y se quedó parada. Su semblante pálido reflejó un asombro fugaz. Dejó elegantemente su tenedor y su cuchillo y sonrió. Recogió la servilleta de hilo y encaje que tenía sobre el regazo, se limpió las comisuras de la boca y la dejó junto a su plato.

Tristan se detuvo junto a su silla.

–Disculpa la interrupción.

Ella lo miró.

–Moreland –dijo con sorna–, ¿acaso te has vuelto loco? Hoy no es martes.

–Lo sé –carraspeó–. ¿Podemos hablar sin pedir audiencia previamente?

–Claro que sí –miró al lacayo e indicó su plato de reborde dorado.

El lacayo se acercó y quitó el plato de la mesa. Después, lady Moreland hizo una seña al resto de los sirvientes del comedor.

–Márchense todos.

Los lacayos fueron saliendo uno a uno del comedor tras hacer una breve reverencia. Tristan agarró la silla más cercana y la colocó junto a la de su abuela con cierto estrépito. Después, se sentó en ella. Se tiró de las puntas de los guantes negros, se quitó los guantes y los dejó sobre la mesa. Cuando se recostó en la silla, el periódico que sobresalía de su bolsillo crujió, recordándole su existencia.

–Me gustaría empezar disculpándome por mi comportamiento la última vez que hablamos. Me alteré en exceso y sin motivo. También quiero pedirte disculpas por no haber venido a verte estas últimas dos semanas. He estado muy ocupado con... varios asuntos.

—Disculpa aceptada. Sigamos adelante.

—Gracias —se aclaró la garganta—. Bueno... ¿Cómo estás desde que no te veo?

Lady Moreland se volvió hacia él. Sus faldas de seda se abultaron en torno a su cintura encorsetada.

—Dudo que hayas venido hasta aquí para interesarte por mi salud, Moreland. Ve al grano. ¿Qué quieres?

Tristan apoyó los codos sobre los brazos curvos de la silla.

—Necesito ayuda urgentemente.

Su abuela se rio.

—¿Tú? —volvió a reír—. ¿Necesitas ayuda urgentemente? Dime que no has dilapidado toda tu fortuna en una partida de cartas.

Tristan puso los ojos en blanco.

—No. Se trata de mi vecina.

—¿Tu vecina?

—Sí, la condesa Kwiatkowska —respiró hondo—. Las cosas entre nosotros han progresado rápidamente. Tan rápidamente, de hecho, que si no procedo como es debido cabe la posibilidad de que comiencen a correr rumores que prefiero evitar. Sé que su tutor es el rey, que da la casualidad de que es tu primo, así que confío en que me ayudes a conseguir una audiencia privada con Su Majestad lo antes posible.

Los ojos de su abuela se desorbitaron al tiempo que se echaba hacia atrás. Tristan levantó una ceja.

—¿Eso es un no?

Lady Moreland parpadeó varias veces y desvió la mirada. Él se removió en la silla, advirtiendo el nerviosismo de su abuela. Después de que su abuelo la acusara repetidamente de ser la fulana de su primo, lady Moreland era muy suspicaz en todo lo tocante a su relación con el rey.

—No quiero inmiscuirme en tus asuntos. Pero me costaría el doble de tiempo conseguir una audiencia con Su Majestad por mis propios medios, y dada la urgencia y la índole de...

—Moreland, por favor. No me parece sensato.

—Está bien. Lo entiendo y no quiero aprovecharme de nuestro parentesco. Lo arreglaré por mis propios medios. Pero insisto en una cosa. Es una pregunta que necesito que le hagas a Su Majestad. Una pregunta importante —se sacó el periódico del bolsillo, lo abrió y lo dejó sobre la mesa, justo delante de ella. Tocó el anuncio que había rodeado previamente con un círculo—. Quiero saber quién ha puesto este anuncio en el *Times* y por qué.

Su abuela se quedó mirando el anuncio. Su pecho subía y bajaba con mayor agitación, como si de pronto le costara respirar. Tristan se inclinó hacia ella y le tocó el codo.

—¿Te encuentras mal? ¿Qué ocurre?

—Moreland, yo... —cerró los ojos y exhaló un profundo suspiro—. El anuncio lo he puesto yo.

Él se atragantó y apartó la mano de ella.

—¿Qué?

Su abuela volvió a abrir los ojos, pero no dijo nada.

Oh, oh. Ahora sabía por qué había estado tan callada esas dos últimas semanas. No se debía a que estuviera dolida por su discusión. ¡Era porque había estado preparando un asedio en toda regla!

Agarrándose a los brazos de la silla, se inclinó hacia ella y preguntó con aspereza:

—¿Qué demonios has estado haciendo desde que no te veo? ¿Tienes idea del caos que ha creado ese anuncio? Centenares de hombres ansiosos han invadido la plaza en la que vivo y se han pasado horas rondando por allí. Nunca había visto nada parecido. ¡Pero si han tenido que intervenir más de una docena de guardias reales! ¿Qué...? –se detuvo, y de pronto relacionó a los guardias reales con Su Majestad y a Su Majestad con... con su abuela. La miró con enfado–. La última vez que hablamos no sabías nada de mi vecina y te habías propuesto hacer averiguaciones sobre ella. ¿Y ahora estás tan metida en sus asuntos que hasta pones anuncios en su nombre? ¿Qué demonios está pasando?

Ella apretó los dientes y miró el periódico que tenía delante. Lo apartó con una mano temblorosa.

—Su Majestad me pidió ayuda, eso es todo. Rara vez me pide nada, así que, cuando lo hace, es mi deber como prima y como su leal súbdita obedecer. De ahí el anuncio.

Tristan soltó un bufido y se apartó de su abuela, dejándose caer en su silla de golpe.

—¿Esperas que me crea eso?

Ella exhaló un suspiro.

—Es la verdad, Moreland.

Tristan resopló otra vez.

—¿Esperas que me crea que el rey en persona te pidió como si tal cosa que pusieras un anuncio en el *Times* para conceder la mano de una mujer, de una mujer de sangre real, ojo, a cualquier advenedizo de poca monta por la friolera de quince mil libras? ¿Por qué clase de idiota me tomas?

—A mí no me alces la voz.

–¿Qué remedio me queda? –estalló él, señalándola con exasperación–. ¡Esto es completamente absurdo!

Lady Moreland dio un respingo y se apartó. Tristan soltó un soplido furioso y la miró con fijeza, consciente de que no debería haberle gritado.

–Perdóname –susurró, tragando saliva. Alargó el brazo y le frotó el hombro cariñosamente–. No volveré a levantarte la voz, pero espero que te expliques. Y que conste que esto afecta al bienestar de una mujer respetable que se merece mucho más que esto. ¿En qué te has metido y por qué razón? Quiero saberlo.

Ella miró la servilleta doblada colocada junto al periódico.

–Han pasado muchas cosas desde la última vez que hablamos.

Tristan gruñó y apartó la mano.

–Eso salta a la vista.

–Te alegrará saber que finalmente recibí mi merecido.

–¿Ah, sí? ¿Y cómo, si puede saberse?

–Emprendí una serie de pesquisas relativas a tu vecina el mismo día en que te marchaste.

Tristan bajó la barbilla.

–Después de que te pidiera que no lo hicieras.

–Solo puedo disculparme, Moreland. Mi única...

–Sí, sí. Ahora ya no tiene remedio. Olvidémoslo de momento. Entonces, ¿qué ocurrió?

Su abuela desvió la mirada.

–Apenas tres días después de comenzar mis pesquisas, recibí una carta de mi primo exigiéndome que desistiera en mi empeño. Al parecer, los espías reales asignados a la joven le habían informado de mi interés. Como castigo por inmiscuirme en los asuntos privados de la condesa, el rey me encargó encontrar una nutrida selección de hombres casaderos fuera de la aristocracia. Dado que nunca salgo de casa y puesto que no conozco a personas de rango inferior, ordené a un sirviente que pusiera un anuncio ofreciendo un incentivo pecuniario. A Su Majestad le gustó la idea, pues le permitiría ofrecer a la joven una selección de hombres más amplia. Por lo visto es muy exigente y ha rechazado a todos los pretendientes que le ha propuesto Su Majestad.

Y sin embargo no lo había rechazado a él. De hecho, había insistido en que se casaran. Curiosamente, aquello hizo que se sintiera... valioso.

–¿Puedo preguntarte cómo es que se encuentra bajo protección de la Corona?

Su abuela se volvió hacia él en su asiento y suspiró.

–Se le ofreció ayuda por respeto a un acuerdo privado al que su abuelo llegó con Inglaterra en una época en la que las revueltas amenazaban la monarquía polaca. Mi primo no se habría dignado cumplirlo, pues no era nada beneficioso, de no ser porque siempre ha tenido una tendencia irritante a ayudar a extranjeras en apuros. Y tú y yo sabemos a qué tendencia me refiero.

Tristan comenzó a darse golpecitos con el puño en el muslo. Estaba cada vez más agitado y de pronto sentía el impulso de proteger a Zosia de su propio monarca.

–¿Hay algo más que deba saber respecto a su situación? ¿Algo importante? Porque este sería el momento de sacarlo a la luz.

Su abuela bajó la barbilla y lo miró fijamente a los ojos.

–¿Y eso por qué?

–Porque pienso convertirla en mi esposa. ¿Acaso cree

ese asno gordo y pomposo que se atreve a llamarse rey a sí mismo que tiene algún derecho a tratar de manera tan vil el bienestar y la felicidad de una mujer respetable?

Los ojos de lady Moreland se agrandaron.

–Moreland, entiendo tu preocupación, pero por amor de Dios, no puedes pedirla en matrimonio.

–¿Cómo que no puedo? Claro que puedo. Y voy a hacerlo.

Ella negó con la cabeza.

–Moreland, no puedes casarte con ella. Santo cielo, no puedes. No tienes ni idea de en qué te estarías metiendo.

Él suspiró.

–Soy consciente de que habrá personas que se escandalicen por que me case con una extranjera, y además católica, entre ellas tú, pero la condesa es una mujer muy respetable. Y además tiene sangre real. Todo se irá diluyendo con el tiempo, ya lo verás.

Su abuela sofocó un gemido de indignación.

–¡Que se irá diluyendo con el tiempo! Esto no tiene ni pizca de gracia –se inclinó hacia él, agitada–. Te prohíbo que te cases con ella, ¿me has oído? ¡Te lo prohíbo! ¡No voy a permitir que te metas en esta... en esta debacle! ¡Olvida que la conoces, Moreland! ¡Olvida que te interesa! Esa mujer no existe, ¿me oyes? ¡No existe!

Tristan se recostó en su silla, estupefacto. Su abuela rara vez cedía al pánico irracional. Bajó la voz, confiando en tranquilizarla.

–¿Por qué te pones así? ¿Qué me estás ocultando?

Ella se reclinó en su silla y exhaló un suspiro tembloroso. Por fin levantó la barbilla y adoptó una actitud serena y majestuosa.

—Hay demasiadas cargas asociadas a su nombre, Moreland. Demasiadas. Hasta mi propio primo tenía la falsa idea de que no era más que una cara bonita sin ninguna importancia. Hasta que un oficial de alto rango del Ministerio de la Corte Imperial del Zar llegó a Londres con un grupo de soldados y anunció por decreto que era suya.

Tristan se quedó paralizado. ¿Un oficial? No, no podía ser el mismo que...

—¿Un oficial ruso, dices?

—Sí. Su Majestad se puso nerviosísimo porque no sabía nada al respecto, y enseguida consultó no solo con el tutor legal de la joven sino también con el embajador ruso en Inglaterra, exigiendo respuestas por ambos lados. Fue entonces cuando conocimos la verdadera identidad de esa joven —chasqueó la lengua—. En esta vida pasan cosas increíbles. Su tutor le rogó a mi primo que evitara que cayera en manos de los rusos. Su Majestad estuvo de acuerdo y decidió que lo mejor sería casarla con un don nadie y ocultar su identidad. De ahí el anuncio. El rey piensa trasladarla fuera de Europa para echar tierra sobre este asunto. Lo que significa que el hombre al que se conceda su mano tendrá que llevársela a Nueva York y casarse con ella conforme a las leyes que gobiernan esa nación. Por eso, entre otras muchas razones, no puedes inmiscuirte en esto. Es un nido de serpientes, Moreland. Un nido de serpientes que solo puede dar como resultado una lucha sin cuartel por apoderarse de ella.

Tristan se pasó una mano por la cara. Empezaba a dolerle la cabeza. ¿Le había mentido Zosia? ¿En todo? ¿Respecto a quién era? ¿Respecto a aquel oficial ruso? Se removió en su silla y tuvo que controlarse para no tirar al suelo de un manotazo todo lo que había encima de la mesa.

—Los rusos no querrán hacerle daño, ¿verdad?

Su abuela desvió la mirada.

—Parece atraerte mucho esa muchacha, ¿no es cierto?

Él tragó saliva y cerró los puños. Sí. Sí, estaba ya locamente enamorado de Zosia. ¿Cómo no iba a estarlo? Todo en ella era tan...

—En este momento me es indiferente —mentira, mentira, mentira, pero mejor mentir que reconocer abiertamente que lo habían engañado.

—Bien. Es mejor así. No te conviene meterte en un embrollo semejante —lady Moreland agarró la copa de vino que tenía delante, se la llevó a los labios y se bebió de un trago hasta la última gota de vino tinto que contenía.

Tristan parpadeó, sorprendido. Nunca había visto a su abuela beber así. Se inclinó hacia ella y preguntó con voz ronca:

—¿Quién demonios es la condesa? ¿Conoce ella su verdadera identidad?

Su abuela dejó la copa vacía sobre la mesa y dijo con voz distante:

—No. Su madre se encargó de que no lo supiera. Borraron el nombre de ambas de los registros públicos, aunque por distintas razones.

—Santo Dios —Tristan cerró un momento los ojos, temiendo que Zosia no supiera nada de aquello. No se borraba a las personas de los registros públicos, a menos que fueran un estorbo grave para quienes ostentaban el poder.

Volvió a abrir los ojos y exhaló un profundo suspiro.

–Dime qué está pasando. Quiero saberlo, lo necesito.

–Moreland... –alargó el brazo y agarró la mano de su nieto, tirando de ella hacia su silla–. Te lo diré solo si me prometes no meterte en este asunto. Se trata de un escándalo muy turbio que atañe a personas muy poderosas. Sin duda no tienes intención de...

–Ya basta –Tristan apartó la mano de un tirón y se levantó, empujando la silla hacia atrás–. Detesto que intentes controlar las decisiones que tomo. ¿A tus ojos soy un hombre o un niño?

Fuera quien fuese Zosia, y al margen de cómo fuera aquello a complicarle la vida, no podía ser peor que condenarse a sí mismo a la vida superficial que había llevado hasta entonces, siempre fingiendo ser un hombre normal, cuando no lo era.

El intenso vínculo que sentía con Zosia era real. De eso estaba seguro. Zosia intentaba entenderlo, no juzgarlo. Era un sentimiento arrebatador, viniendo de una mujer que no solo conocía el sufrimiento, sino que se había sobrepuesto milagrosamente a él. Ese solo hecho la convertía en una mujer excepcional con la que estaría dispuesto a casarse en un abrir y cerrar de ojos.

Rodeó la silla de su abuela y se acercó a un aparador cargado de bandejas de plata con frutas, tartas y jarras de vino. Agarró una jarra y regresó a la mesa. Se inclinó para llenar la copa de su abuela hasta el borde, dejó la jarra y empujó la copa hacia ella.

–¿Quién sabe si el hombre al que el rey conceda su mano la tratará con algún respeto una vez se haya embolsado esas quince mil libras? ¿Recuerdas cómo te trató a ti tu marido en cuanto fuiste suya? Y al abuelo se le consideraba un hombre respetable. Imagínate ponerla a ella en la misma situación. No voy a permitirlo. Sencillamente, no lo permitiré. Le tengo demasiado aprecio, y pienso resolver esta cuestión convirtiéndola en mi esposa. Puedes apoyarme o puedes ser una espina clavada en mi pulgar que yo intentaré arrancarme.

Su abuela pestañeó rápidamente. Las lágrimas brillaban de pronto en sus ojos oscuros. Sus labios temblaron mientras una sola lágrima se deslizaba lentamente por su mejilla pálida. Levantó la vista hacia él.

–Moreland –le suplicó en voz baja–, ¿y si esos rusos intentan eliminarte para apoderarse de ella? ¿Lo has pensado?

Tristan sintió una opresión en el pecho. Teniendo en cuenta cómo le había hablado aquel oficial ruso, no cabía duda de que podían atentar contra él. Pero lo que de verdad lo conmovía en ese momento era ver llorar a su abuela. Nunca la había visto llorar. Ni siquiera cuando su propio hijo, el padre de Tristan, se había cortado el cuello, impulsado por el dolor de no haber sido capaz de salvar a su madre.

A veces olvidaba cuánto había hecho su abuela por él. Había sido ella quien, con mano de hierro, lo había ayudado a salir de la profunda depresión en que se había sumido al hallarse huérfano a los quince años. Había sido ella y solo ella quien lo había ayudado a superar aquellos primeros días de cortes con la navaja, cuando no llevaba aún ni una semana a su cuidado. A pesar de los muchos meses de imposiciones, de duras palabras, de castigos, de ocultar los objetos cortantes y hasta de amenazarlo con llevarlo a un manicomio, lady Moreland lo había aceptado finalmente por lo que era: un bicho raro.

Después, movida por la compasión, lo había enseñado a curarse con coñac las heridas que él mismo se hacía y le había contado que era así como ella se curaba las heridas que le había inflingido el abuelo de Tristan durante su matrimonio.

Tristan alargó la mano y le quitó aquella lágrima de la barbilla.

—No puedes protegerme de todo. Te das cuenta, ¿verdad?

Lady Moreland levantó la mano para tocar la suya y la apretó, temblorosa, contra su cara al tiempo que dejaba escapar un sollozo. Tristan posó la otra mano sobre su mejilla, se inclinó hacia ella y la besó dos veces en la frente.

—Te quiero, abuela querida. Y nada ni nadie se interpondrá entre nosotros. Y menos aún esos malditos rusos.

Ella profirió otro sollozo al rodearlo con sus brazos y esconder la cara contra su cálido cuello. Un olor a agua de rosas envolvió a Tristan.

Estuvo largo rato abrazando a su abuela y alisando sus suaves rizos con las manos.

—Pienso casarme con ella —reconoció—. Es una mujer asombrosa y posee una rara comprensión de la vida. Quiero llegar a conocerla como solo puede hacerlo un marido. Y a diferencia de otros hombres... —añadió en voz baja, en son de broma—, no me acobardaré, sino que me enfrentaré con entusiasmo a cualquiera espada o cualquier bala que hiera mi carne en su honor.

Una risa angustiada escapó de labios de su abuela cuando le apartó las manos y le hizo señas de que se alejara.

—No tienes compasión ninguna por mi cordura, ¿verdad?

Tristan se incorporó, refrenando una sonrisa.
—No, ninguna.
Ella se enjugó las lágrimas, sorbió por la nariz y tomó la copa que su nieto había llenado. Bebió un par de sorbos, la dejó sobre la mesa y volvió a mirarlo.
—¿De veras piensas casarte con ella? ¿Eso es lo que quieres?
—Sí.
—¿Aun sabiendo que tu vida podría correr peligro?
Tristan suspiró.
—Tengo medios financieros para desaparecer para siempre. Nadie la tocará a ella, ni a mí.
—Sí, pero ¿merece la pena tanto sacrificio?
Los hipnóticos ojos azul grisáceos de Zosia brillaron en su recuerdo. Respiró hondo, satisfecho, y asintió con la cabeza.
—Sí. Nunca encontraré otra mujer como ella. Agita profundamente mi ser y mis anhelos de futuro.
—Tendrás que abandonar Inglaterra, Moreland.
Se encogió de hombros.
—Entonces lo haré.
—¿Para ir a Nueva York? —exclamó ella, exasperada—. ¿Y vivir entre esos americanos sin civilizar que no saben nada del verdadero refinamiento y la verdadera nobleza?
Él se echó a reír.
—Exageras. Nueva York es una ciudad muy moderna.
—Sí, pero tú también crees que los católicos son muy modernos —gruñó su abuela, y se apartó varios rizos de la cara—. Si te vas a Nueva York, ¿qué será de mí? No volveremos a vernos. Y lo que es peor, jamás tendré la felicidad de abrazar a mis bisnietos. ¿De veras es lo que deseas para mí? ¿Tan cruel vas a ser?

Tristan ladeó la cabeza, divertido por sus argumentos y por el hecho de que hablara de sus futuros bisnietos. Era la primera vez.

–Ven con nosotros. Así podrás aterrorizar a los americanos con tus opiniones acerca de la verdadera nobleza y el verdadero refinamiento. Pero, naturalmente, para eso tendrías que salir de esta casa y subir a un barco.

Lady Moreland se llevó una mano a la garganta.

–Hace años que no salgo de esta casa, Moreland. Ya lo sabes. Lo he intentado. Lo he intentado, créeme. Y por irracional que parezca, y pese a que soy vieja y tengo el pelo gris, me aterroriza dejarme ver en público por si algún hombre se interesa por mí. Y después de tu abuelo, yo... No. En cuanto a montar en barco... –sacudió la cabeza–. Preferiría beber ácido prúsico.

Tristan se inclinó hacia ella y le dio un suave codazo.

–Vamos, ven con nosotros. Formaremos nuestra pequeña familia. La familia que nos merecemos tú y yo.

Ella dejó caer una mano sobre su regazo.

–Mi vida está aquí, Moreland. Es lo único que conozco y lo único que deseo conocer. Compréndelo.

Él asintió a medias.

–Está bien. Pero no esperes que me quede contigo. Sé que a veces no he tomado la decisión correcta y que me has visto en mis peores momentos, pero tengo ya veintiocho años y te exijo que me trates como tal. ¿Vas a apoyarme en esto o no?

Lady Moreland se alisó las faldas sobre el regazo, levantó la mirada hacia él y asintió con un gesto.

–Necesitarás el permiso de Su Majestad y tendrás que ceñirte estrictamente a sus requisitos y cumplir tus deberes como marido.

Tristan golpeó la mesa con decisión, haciendo tintinear la vajilla.

–Eso está hecho.

Su abuela suspiró.

–No será tan sencillo, Moreland. Conseguir audiencia con el rey no será fácil. Se ha recluido en Windsor y no quiere ver a nadie. Pero como sabes... él y yo estamos muy unidos –hizo una pausa y lo miró a los ojos–. Tráeme a esa chica mañana. Durante las horas de visita. Quiero conocerla. Si la encuentro de mi agrado, informaré a Su Majestad de tus intenciones y recomendaré que se efectúe el enlace. Estoy seguro de que el rey estará encantado de librarse de esa joven, aunque para ello tenga que perder un escaño en el Parlamento. Solo confío en que no te sustituya otro católico. Basta con que vayas a casarte con una para que todos nuestros antepasados protestantes se revuelvan en sus tumbas. Naturalmente, tendrás que conseguir que esa muchacha se convierta si piensas casarte con ella. Si no, nuestra iglesia no reconocerá el matrimonio.

–Me convertiré yo si es preciso. La condesa y yo discutiremos lo que haya que hacer cuando llegue el momento. Respecto a tu oferta de prestarme ayuda, me parece prometedora salvo por dos cosas: porque nunca encuentras de tu agrado a las mujeres que elijo, y porque ¿cómo voy a traerla hasta aquí? No quiero ofender al rey imponiéndole mi voluntad a su protegida y de paso manchando públicamente su reputación.

Su abuela fingió reír.

–Es absurdo que te preocupes por su reputación y por si Su Majestad se ofenderá o no, si vais a iros a Nueva York. Yo me preocuparía más por sus sirvientes. Te resultará mucho más difícil vencer su resistencia que intentar salvar la reputación de esa joven.

Él frunció el entrecejo.

—¿Qué quieres decir?

—Sus criados tienen orden del rey de no dejarla salir de la casa bajo ningún concepto. Sin excepciones, a no ser que lo ordene Su Majestad. Lo que significa que tendrás que encontrar el modo de burlarlos para que yo la conozca. Por mí puedes liarte a tiros con ellos y llevártela en plena noche montada en tu corcel. He oído que a las jóvenes de hoy en día les encantan esas baladronadas románticas.

Tristan se rio.

—Tu idea del romanticismo conseguirá que me cuelguen.

Lo miró con enojo.

—La situación en la que estás a punto de meterte es la que conseguirá que te cuelguen, no yo. Pero siempre te ha gustado sentir la punta de una espada sobre tu piel, ¿no es cierto?

Él puso los ojos en blanco.

—¿No hay otra forma de...?

—No. Quiero conocerla antes de recomendar vuestro enlace. Aparte de mi generosa intervención, solo tienes otra alternativa, y es ir a Windsor a caballo y agitar tu escudo de armas delante de la ventana de Su Majestad. Dudo mucho que eso le agrade, sobre todo después de que te opusieras a su postura política al apoyar la entrada de los católicos en el Parlamento.

Su nieto suspiró.

—Si encuentro el modo de traerla mañana, ¿me prometes tratarla con respeto?

Lady Moreland entornó los párpados.

—No soy una salvaje, Moreland.

—A veces tengo mis dudas.

–¡Bah! Esa es tu opinión. Soy mucho más civilizada de lo que lo serás tú nunca –hizo un ademán, despidiéndolo–. Te deseo buenas noches. Ahora vete. Márchate antes de que cambie de idea y convenza a Su Majestad para que la case con un ruso.

–Amenazas aparte, tú y yo no hemos terminado, abuela –puso una mano sobre la mesa y la miró fijamente–. Dime quién es. Necesito saberlo si voy a protegerla a ella y mí mismo. Y lo que es más importante: ella necesita saberlo. Está en su derecho.

Su abuela levantó la cara hacia él.

–Por desgracia, Moreland, mi primo insiste en que la joven permanezca en la ignorancia respecto a ese asunto. Si quieres casarte con ella, tendrás que aceptar no saber nunca quién es.

–¡Y un cuerno! ¡Dímelo de una vez!

–He jurado guardar el secreto, Moreland. Acéptalo.

Tristan se acercó a ella.

–Vas a decírmelo.

–No.

Siguió acercándose, cada vez más alterado.

–Dímelo.

–No. Ahora vete. Esta conversación se ha terminado.

Él la miró con enfado.

–¿Quieres que te saque en brazos de esta casa? Porque pienso hacerlo.

Lady Moreland se rio forzadamente.

–Menuda amenaza.

Él sonrió.

–Todavía no he empezado a amenazarte. Después de sacarte en brazos de esta casa en plena noche, informaré a todas las viudas de la aristocracia de que ardes en deseos de volver a casarte. Y teniendo en cuenta tu riqueza, serán muchos los pretendientes.

Su abuela se quedó paralizada, mirándolo.

—No te atreverás.

—¿No? —apartó bruscamente su silla de la mesa y lady Moreland soltó un grito y se agarró a los brazos del asiento. Tristan se inclinó de nuevo hacia ella—. Llevas muchos años alejada de los placeres mundanos. Sin duda necesitas un hombre.

Ella ahogó un gemido de indignación y se recostó contra la silla.

—¡Moreland! ¿Cómo te atreves a...?

—Tienes cinco segundos para decírmelo. Uno. Dos. Tres. Cuatro —la miró con toda la ferocidad de que fue capaz, intentando fingir que era capaz de llevar a cabo su amenaza, a pesar de que sabía que jamás le haría daño—. Por tu propio bien, no dejes que llegue hasta cinco —bajó la voz en tono de advertencia y atrajo de un tirón la silla hacia sí—. ¡Cinco!

—¡Basta ya! —entornó los ojos y levantó un dedo, meneándolo—. Solo te lo diré si prometes no decírselo a ella. No puedes decírselo, Moreland. Es muy patriota y muy bien podría echarse al mundo y acabar destrozada. ¿Es eso lo que quieres?

Él apretó los dientes mientras retrocedía. No era lo que quería, desde luego, pero ¿cómo iba a ocultarle a Zosia su verdadera identidad? Estaría traicionándola antes de que fuera suya oficialmente.

—No, claro que no, pero no puedo prometerte eso. Ella merece algo mejor.

Su abuela bajó la mano.

—Necesita que la protejan de sí misma, Moreland. Igual que tú. Una unión poco apropiada, en mi opinión

–forzó una risa–. Entre los dos haréis que el suicidio de Romeo y Julieta parezca un final feliz.

Tristan exhaló un suspiro. ¿Quién le obligaría a cumplir aquella promesa? Nadie. Él y solo él decidiría cuándo sería el momento adecuado.

–Juro que nunca lo sabrá.

Lady Moreland lo miró con desconfianza y lo señaló con el dedo.

–Júralo sobre la tumba de tu padre. Así sabré que cumplirás tu juramento.

Lo conocía demasiado bien. Naturalmente... su padre entendería que era mucho más honorable decir la verdad que callársela. Se llevó una mano al pecho e intentó parecer sincero.

–Lo juro sobre la tumba de mi padre.

–Ahora sí me lo creo. Está claro que te importa esa chica. Y eso está bien. Significa que no te irás de la lengua –su abuela se levantó y se arregló las faldas alrededor de los pies–. Ven a la biblioteca –dio media vuelta y salió del comedor.

¿Por qué de pronto tenía la sensación de estar jugándose su nombre y toda su fortuna en una mesa de naipes llena de tahúres? Tristan echó a andar junto a su abuela por el amplio corredor iluminado por las velas, hacia la biblioteca, en el ala este de la casa.

Entraron por fin en la espaciosa estancia, cubierta desde el suelo hasta el techo por centenares de libros. Libros que Tristan sabía que su abuela quitaba de las estanterías y sustituía por nuevas ediciones cada tres años, después de haberlos leídos todos. Aquella era su habitación más querida, y a ella había dedicado toda su vida.

Lady Moreland se acomodó ante su escritorio francés, encendió un candelabro y recogió un montón de cartas dobladas. Rebuscó entre ellas, sacó una y dejó las demás sobre el escritorio. Se volvió y ofreció la carta a su nieto.

–Esta es solamente una de las varias cartas que he intercambiado con mi primo estas últimas dos semanas. Contiene todo lo que necesitas saber sobre la situación de esa joven. Y lo digo en serio: todo. Cuando la hayas leído, quemaré todas las cartas que tengo en mi poder en las que figure su nombre y su pasado dejará de existir para ti y para mí. ¿Estamos de acuerdo?

Tristan vaciló, sintiendo una opresión en el pecho. En cuanto tomara aquella carta, se estaría inmiscuyendo oficialmente en la vida de Zosia y en sus asuntos privados. Asuntos de los que ella misma no sabía nada.

Su deseo y el cariño que le tenía lo impulsaron a acceder, a pesar de que la idea de ocultarle su verdadera identidad, aunque fuera solo durante un tiempo, era para él como una navaja muy distinta a las que estaba acostumbrado a manejar. Una navaja que podía cortar muy hondo. Pero si se daba por vencido y permitía que se casara con otro, Zosia ignoraría para siempre quién era. Y eso no podía permitirlo. Ella lo necesitaba.

–Sí, estamos de acuerdo –se acercó a su abuela y le quitó la carta de la mano.

Lady Moreland le dio unas palmaditas tranquilizadoras en el brazo y a continuación cruzó la biblioteca entre el frufrú de sus faldas, dio media vuelta y se acomodó en una silla dorada.

–Me disculparás, Moreland, pero pienso asegurarme de que mis cartas no salen de esta habitación ni de esta casa. Voy a quemarlas todas en cuanto hayas leído esa.

–Entiendo –Tristan se volvió y se acercó al escritorio. Apartó la silla, se sentó y desdobló los cuatro pliegos de pergamino.

Se inclinó hacia el candelabro para tener mejor luz y leyó:

Queridísima prima:

Es lógico, imagino, que después de embarcarme en tantas aventuras amorosas sin preocuparme por las consecuencias que pudieran tener para mi pueblo o para mi pobre familia, me halle de pronto convertido en guardián del más asombroso secreto romántico que haya llegado jamás a mis oídos. Porque lo que estoy a punto de confiarte en estas líneas es un escándalo atroz en el que no deseo tomar parte alguna. La admiración que siento por la joven es lo único que me impide echarla a patadas. En respuesta a tu terca insistencia, me dispongo a contarte todo lo que sé. Por desgracia, al igual que su difunta madre, la joven no es más que un fantasma. Su madre, Anna Petrovna, tuvo la gran desgracia de ser la hija de la emperatriz de Rusia y de su amante polaco, el conde Poniatowski. Su nacimiento tuvo lugar en San Petersburgo en 1757, y su muerte acaeció oficialmente menos de quince meses después. A pesar de que su fallecimiento quedó consignado en los registros, según la familia Poniatowski la muerte de Anna fue en realidad una farsa. Al parecer, la emperatriz quiso borrar todo vestigio de su relación con el conde Poniatowski, al que pensaba hacer rey con la esperanza de meterse a toda Polonia en el bolsillo. Hasta décadas después no se supo adónde había ido a parar Anna después de su presunto fallecimiento, ni qué había sido de ella. Por lo visto, la emperatriz le habló a su nieto de una tía de Varsovia de la que hacía mucho tiempo que no tenía noticias y le dio un pergamino sellado con el encargo de entregárselo personalmente a dicha tía. Pero, antes de que el nieto pudiera viajar de San Petersburgo a Varsovia, la emperatriz murió inesperadamente y esa carta se convirtió en el único contacto que mantuvo nunca con su hija ilegítima, la cual ya no era una niña, sino una mujer de treinta y nueve años. Anna Petrovna se había convertido durante ese tiempo en una patriota polaca católica y era una redomada solterona que había pasado toda su vida creyendo ser Maria Hanna Kwiatkowska, la hija de un profesor viudo. Al conocer su origen por la carta de la emperatriz, que la instaba a regresar a la corte rusa, decidió eludir su deber y se volcó aún con mayor ahínco en la causa de los polacos. A partir de aquí, mi relato se enturbia. Ese nieto, Alejandro I, anterior emperador de Rusia y padrino de nuestra princesa Victoria, se enamoró de su tía. Se había enterado por los espías que había mandado con antelación de los ideales patrióticos de Anna Petrovna, y cuando llegó para entregarle la carta de la emperatriz, se prendó de tal modo de ella que nunca le confesó quién era. Adoptó el nombre de Feodor Kuzmich y dijo ser nada más que un correo de la corte rusa. A pesar de estar ya casado, pretendió a su tía durante años, visitando Varsovia a menudo, disfrazado, incluso mucho después de convertirse en emperador. Aunque Anna se resistió, finalmente se convirtió en su amante, y a la asombrosa edad de cuarenta y nueve años dio a luz a su primera y única hija, Zosia Urszula Kwiatkowska. Poco después del nacimiento de Zosia, Alejandro le desveló su identidad con intención de llevarlas a ambas a San Peters-

burgo. Ello desencadenó una guerra atroz. La esposa de Alejandro y toda la corte rusa se negaron a reconocer tanto a la madre como a la hija, y Anna quedó horrorizada al descubrir que su amante era en realidad su sobrino carnal. Prefirió criar a Zosia junto a la familia Poniatowski, que le ofreció su apoyo, y cortó todo contacto con el emperador, que finalmente, para alivio de toda la corte rusa, se vio obligado a aceptar que la relación había terminado. La madre de Zosia murió en 1825 y diecinueve días después murió también el emperador, poniendo un trágico pero romántico final a su idilio. Solo ahora, cuatro años después de la muerte de sus padres, ha prendido entre los rusos el interés por convertirla en gran duquesa. Un oficial de la corte imperial del zar se ha presentado en Londres y afirma que es su novia legítima, puesto que el anterior zar le prometió su mano después de que la rescatara heroicamente mientras estaba destinado en Varsovia.

Tristan apretó con fuerza la carta, arrugando el pergamino. Miró sin pestañear las palabras escritas y se negó a admitir que aquel ruso no solo era el que había salvado la vida a Zosia y le había robado el corazón con un solo beso, sino que era el mismo hombre al que se había enfrentado la noche anterior.

Tragó saliva y se obligó a acabar de leer la carta:

A pesar del decreto del zar, no deseo exponerla a ese escándalo que afecta a dos generaciones, y a costa de su cordura. Como gran duquesa de origen tanto ruso como polaco, se esperará de ella que represente las dos caras de una única moneda, bajo un solo estado. Aunque estoy seguro de que aceptaría de buen gra-

do la oportunidad de representar a Polonia dentro de la corte rusa, el peso de esa responsabilidad solo conseguiría hundir a la pobre muchacha. Sigue estando bajo mi protección y, por tanto, he decidido informar al emperador de mi decisión de no reconocer su título. Pienso forjar para ella un enlace matrimonial que evite que se convierta en el peón de nadie, ni siquiera de sí misma. Y dado que has metido las narices sin ningún rebozo en los asuntos de esta infortunada chiquilla, vas a ayudarme a buscarle un marido entre la baja nobleza o por Dios que te rebajaré de rango. Necesita una selección nutrida de caballeros dispuestos a casarse, si queremos ofrecerle la clase de felicidad que yo nunca he conocido como monarca. Tienes dos días para informarme de cómo hemos de proceder para encontrar a dichos hombres. Cumple mis órdenes y respeta su derecho a disfrutar de una vida mejor. Se lo merece.

Tu amante soberano,
Jorge

Tristan volvió a doblar la carta de cuatro pliegos y la arrojó sobre la mesa, lleno de incredulidad. Aquello era... ¡Que el diablo se lo llevara! No había palabras para describir lo que era.

¿Y si Zosia descubría que era rusa? ¿Y qué haría si averiguaba que aquel héroe anónimo al que había intentado encontrar de pronto tenía un nombre y era, de hecho, el oficial que se proponía convertirla en su esposa?

La mujer a la que ansiaba convertir en su esposa, en su amante y su amiga huiría sin dudarlo ni un instante del esperpento que se mutilaba a sí mismo y se arrojaría en brazos de su héroe desconocido. Aunque ya no amara al ruso, no cabía duda de que se casaría con él. A fin de cuentas, ¿para qué conformarse con un simple marqués británico cuando podía unirse a un miembro de la corte rusa y convertirse de ese modo en la portavoz de su pueblo en San Petersburgo?

No volvería a verla.

Jamás conocería sus caricias.

Jamás la conocería a ella.

Se había acabado. Todo. Su oportunidad de ser feliz había tocado a su fin antes incluso de empezar. Respiró hondo, dejó escapar el aire lentamente y cerró los puños. No. Maldita sea, no. No se había acabado. No pensaba renunciar a ella. Estaba harto de que la vida se lo arrebatara todo mientras se quedaba sentado en una esquina, engañándose a sí mismo e intentando conservar la cordura. Tenía que dejar de confiar en que la vida le concediera algún favor.

Si quería a Zosia, le correspondía a él y solo a él hacerla suya, y no estaba dispuesto a renunciar a ella por nadie. Era ya suya. Quería ser suya, había accedido a serlo y, por tanto, él se aseguraría de que siguiera siéndolo.

Pese a lo que pensara Su Majestad, Zosia tenía derecho a conocer su historia y a seguir siendo la voz de su pueblo. Y él se ocuparía de que así fuera.

Se puso en pie, seguro de lo que debía hacer. Había que sacar a Zosia de Londres lo antes posible. Antes de que el ruso perdiera la paciencia y se la llevara por la fuerza.

Se volvió hacia su abuela, que seguía observándolo desde el otro lado de la sala. Respiró hondo y anunció:

—No puedo traértela a plena luz del día. Ya he conocido a ese ruso y no me tiene ningún aprecio. Si se entera de que sigo rondando a Zosia, será como si retara en duelo a toda Rusia.

Lady Moreland titubeó.

–Estoy de acuerdo. Tráela de noche. Será menos probable que la vean. Digamos... ¿mañana a las once?

–No. A esa hora la gente estará regresando de sus festejos –comenzó a pasearse por la habitación–. Mañana estaré ocupado hasta bien entrada la tarde arreglando los asuntos relativos a mi patrimonio. Los que no pueda dejar arreglados, que me temo serán más de la mitad, los dejaré en tus manos –se volvió hacia ella–. Naturalmente, será temporal, hasta que tenga tiempo de hacerme cargo de su administración desde el extranjero.

Su abuela arqueó una ceja plateada.

–No es necesario que tomes medidas aún, Moreland.

–Eso soy yo quien debe decidirlo.

Ella suspiró.

–¿A qué hora debo esperarla?

–Mañana por la noche, a las dos.

Lady Moreland lo miró boquiabierta.

–¿Piensas traerla a las dos de la madrugada?

–Sí.

–Ah, no, no. Eso es un disparate, aunque estemos hablando de secuestrar temporalmente a la protegida de mi primo por culpa de una pasión que eres incapaz de dominar.

Tristan se acercó a ella.

–En vista de que no quieres ir a Nueva York, o la traigo a las dos de la madrugada o no la traigo. Decidas lo que decidas, dentro de tres días tendrás que informar a Su Majestad de que por desgracia tu nieto se ha marchado definitivamente a Nueva York con su protegida. He decidido no esperar su autorización. Solo complicaría las cosas.

Su abuela sofocó un gemido y se levantó, con los ojos desorbitados.

–¡Moreland! ¡No puedes enfrentarte así a tu rey! Debes esperar su permiso.

–Al diablo con su permiso. ¿Crees que Su Majestad va a autorizar que me case con ella? ¿Lo crees? Es evidente que quiere cercenar su forma de vida y su capacidad para ayudar a su pueblo. Y es un error. Pienso apartarla de su presunta protección y llevarla a Nueva York. Es una ciudad convenientemente liberal y allí encontrará mucho más apoyo para sus ideales políticos de los que encontraría jamás en Inglaterra.

–Santo Dios –lady Moreland se llevó los dedos a los labios–. ¿De veras piensas apoyar su absurdo patriotismo haciendo públicamente campaña contra los rusos? ¿En Nueva York?

–Su patriotismo no es en modo alguno absurdo. Ambicioso, sí. Pero no absurdo.

–¿Por qué siempre intentas castigarte así, Moreland? ¿Por qué nunca te permites la paz y la felicidad que mereces?

La miró con enojo.

–No me estoy castigando. De hecho, me estoy honrando a mí mismo al asumir lo que quiero y lo que necesito. Estoy harto de que las circunstancias gobiernen cada aspecto de mi vida. Si la quiero, debo hacerla mía. Bien, ¿qué contestas? ¿Quieres conocerla antes de que nos marchemos a Nueva York o no?

Su abuela bajó la mano y dijo con un susurro sofocado:

—Tráela. Haré todo lo posible por evitar que Su Majestad exija tu cabeza. Solo confío en que por esa mujer merezca la pena meterte en el lío que estás a punto de desencadenar.

—Merece eso y mucho más.

Se aseguraría de que Zosia lo supiera todo, incluido quién era y por qué había actuado él así. Y juntos lucharían por lo que ella ansiaba, incluido su sueño de ver una Polonia libre.

Y quizás algún día él sería capaz de perdonarse su egoísmo por no haberle dicho lo único que podía destruir su oportunidad de ser feliz. Zosia no debía saber nunca que su amado héroe la había encontrado hacía tiempo y quería casarse con ella. Porque no pensaba renunciar a ella. Ni ahora, ni nunca. Iba a ser suya para siempre, de aquella noche en adelante, y nada ni nadie se interpondría en su camino. Ni los rusos, ni el mismísimo rey.

Escándalo 9

Es peligroso admitir aunque sea solo un beso antes del matrimonio. Aunque parezca romántico, permitir tal cosa equivale a invitar al diablo a cenar en la propia mesa. Porque, aunque el diablo pueda parecer un caballero la primera vez que se sienta y quizás apenas pruebe bocado, si el deseo de probar lo que se le sirve se apodera de nuevo de él, seguirá volviendo hasta que no quede nada en la mesa que servir. Entonces se marchará sin mirar atrás y cenará en otra mesa, donde le ofrezcan mejores manjares, y tú te morirás de hambre y de vergüenza. Intenta recordarlo cuando sirvas un beso en bandeja. Tenlo presente antes de ofrecerle la dicha a un hombre. ~~Temo sinceramente por cualquier mujer que me permita cenar a su mesa. Porque sé sin ninguna duda que pondré los pies encima y que me atiborraré de tal manera que preferirá al diablo antes que a mí.~~

Cómo evitar un escándalo
Manuscrito original de Moreland

A pesar de que se quedó levantada hasta mucho más

tarde de lo normal, las ventanas de lord Moreland al otro lado de la plaza siguieron toda la noche negras como boca de lobo. Se había marchado muy temprano esa mañana, y aún no había regresado. A no ser que ella no hubiera visto llegar su carruaje.

La preocupación que sentía por él la había inducido a pasarse casi todo el día y parte de la noche apostada junto a la ventana, confiando en que todo marchara bien. Exhausta, corrió por fin las cortinas y apartó la silla de mimbre de la ventana. Empujando varias veces las grandes ruedas radiadas, se acercó a la cama y apoyó el pie desnudo en el suelo para detenerse a su lado. Se inclinó hacia delante, retiró de un tirón la gruesa colcha y alisó la sábana de debajo.

Después se acercó a la mesita de noche y, sujetándose con su única pierna, se levantó de la silla y se apoyó en la parte superior del colchón. Echándose hacia atrás, se recogió el camisón, levantó la pierna y se tumbó. A continuación agarró la colcha, tiró de ella e inclinándose hacia la mesita apagó la única vela que alumbraba la habitación.

Se reclinó en la almohada, dio una vuelta y luego otra, como hacía siempre antes de acomodarse definitivamente, y cerró los ojos. Pasado un rato, cuando empezaba a deslizarse lentamente hacia los márgenes del sueño, notó que la puerta de su alcoba se abría con un suave crujido. Abrió los ojos y pestañeó, intentando distinguir algo entre la borrosa oscuridad.

¿Se lo había imaginado?

Oyó el chasquido de la cerradura, como si alguien hubiera echado la llave por dentro. Se incorporó de golpe, con los ojos muy abiertos, pero solo distinguió sombras y más sombras.

—¿Señora Wade?
—No —dijo una voz profunda desde la puerta, con una nota de regocijo—. Soy yo, Moreland. Perdona la intromisión.

Los ojos se le salieron de las órbitas y por un instante no pudo moverse y menos aún hablar. ¿Moreland estaba en su casa? ¿En su habitación?

Las tablas del suelo crujieron bajo el peso de sus botas, y Zosia lo sintió acercarse. Le llegó el olor acre del cuero, teñido por un aroma a cardamomo, y comprendió que estaba de pie junto a su cama. Agarró con fuerza las sábanas mientras una exhalación cargada de pánico escapaba de sus labios.

—¿Lord Moreland?
—¿Sí? —su voz sonó suave y seductora.

Ella tragó saliva.

—¿De veras eres tú?

Tristan titubeó.

—¿Esperabas a otro?

No iba a desmayarse. No, no, no...

—No, yo... ¿Cómo has entrado?
—Entrar ha sido bastante sencillo —contestó tranquilamente entre las sombras—. Vérmelas con tus criados, en cambio, no lo ha sido tanto. Menudo lío. Han atacado a uno de mis lacayos, así que hemos tenido que atarlos a todos. Te pido disculpas.

Zosia se quedó sin habla, mirando hacia el lugar de donde salía su voz.

—¿Has atado a todos mis criados?
—Es temporal. Hasta que salgamos.
—¿Hasta que salgamos? —repitió ella.
—Sí —Tristan carraspeó—. Confiaba en que me acompañaras a dar un paseo en carruaje. Hace una noche

muy agradable. No hay ni una nube en el cielo. ¿Me harás ese honor?

Ella escudriñó la oscuridad, deseando poder verlo, pero las sombras se emborronaban, mezclándose unas con otras.

—¿Un paseo en carruaje?

—Sí.

—¿Ahora?

—Sí, ahora.

Negó con la cabeza.

—No. Rotundamente no. Dejando a un lado este disparate de entrar en mi casa como un ladrón y atar a mis criados, que tenían todo el derecho a atacar a tu lacayo por allanamiento de morada, ni siquiera estamos prometidos y, por tanto, no puedo ni quiero permitir esto. Ahora, márchate.

—¿Cómo que no estamos prometidos? —contestó él con ternura juguetona—. Estamos prometidos.

Zosia respiró hondo bruscamente y deseó poder ver sus ojos y pedirle que lo dijera otra vez.

—¿Desde cuándo?

—Desde ahora.

Ella soltó un suspiro, agitada. No era así como se había imaginado su pedida de mano.

—Tu falta de sentido común me preocupa.

Tristan se apoyó contra el borde del colchón, hacia ella. La silueta de sus anchos hombros apenas era visible.

—Te pido perdón por estar locamente enamorado de ti.

Zosia puso los ojos en blanco.

—Te sugiero que dejes de portarte como un bufón y vuelvas mañana por la tarde, a una hora más respetable.

Intenta mostrarte más civilizado, ¿quieres? Tráeme un bonito ramo de rosas. Me gustan más las violetas que las cuerdas –hizo un ademán hacia el lugar de donde procedía la voz–. Ahora vete. Y desata a todos mis criados antes de salir o informaré a Su Majestad de este disparate y no volverás a verme.

Tristan dejó escapar una risa ronca.

–Me aseguraré de que recibas esas violetas. Pero no voy a marcharme –dio unas palmadas sobre el colchón, a su lado, y se subió a la cama de un salto.

Ella sofocó un grito de sorpresa y tiró de la colcha, tapándose hasta la barbilla.

–*Co ty...* ¿Qué haces? –preguntó, corrigiéndose en el último momento.

–Sentarme en tu cama, ¿por qué?

Zosia soltó un bufido.

–¿Quieres dejar de bromear? No estamos sentados en un diván del salón. ¡Levántate de mi cama inmediatamente!

Tristan también resopló.

–No tengo intención de sobrepasarme contigo –bajó la voz y añadió en tono provocativo–: Todavía, al menos. Esperaba que pudiéramos hablar. ¿Podemos?

–¿Hablar? ¿A oscuras? ¿Y en mi cama? ¿Se puede saber qué te pasa? ¿Es que estás borracho?

–Claro que no. Solo he tomado una copa de coñac antes de cruzar la plaza.

–Pues debía de ser del tamaño de un barril, porque no te estás comportando como el lord Moreland que yo conozco. Lord Moreland no ataría a mis criados para poder meterse a hurtadillas en mi cama y... hablar.

–Tal vez el lord Moreland al que crees conocer no es el lord Moreland al que mereces conocer –se acercó un poco a ella, moviendo los cojines a su alrededor. Se comportaba como si fuera lo más natural del mundo que un hombre se metiera en la cama de una mujer con la que no estaba casado y se pusiera a colocarle las almohadas. Titubeó.

—No duermes en cueros, ¿verdad? No estarás... desnuda ahora mismo, ¿no?

Zosia se puso colorada y, a pesar de lo mucho que le temblaban las manos, consiguió que su voz sonara firme.

—No, no duermo en cueros. Siempre duermo con camisón.

Él se rio forzadamente.

—Qué lástima. Estaba imaginando algo mucho más excitante.

Ella también fingió reír.

—Lo que estabas imaginando es evidente, y te aseguro que primero exijo que pasemos por el altar. No se mata la vaca antes de recoger la leche. Ahora, levántate de esta cama y sal de mi casa antes de que...

—Por amor de Dios, Zosia, no he venido a sobrepasarme contigo. He venido a hablar de un asunto muy serio.

—Pues vuelva en hora de visita, señor mío. No a la hora de dormir.

Se acercó a ella y Zosia percibió su agitación a través de la oscuridad.

—¿Prefieres que me quede de pie en el rincón más alejado del cuarto, mirando a la pared? Puedo hacerlo si así estás más tranquila.

Zosia frunció el ceño y se inclinó hacia él. ¿De veras quería hablar? ¿Ahora? ¿Así? Aquello no podía estar pasando. ¿O sí? Clavó un dedo en su hombro, que, pese a que lo cubría la oscuridad, era muy sólido.

–¿De veras estás aquí?

Tristan exhaló un suspiro y se arrimó a ella, y Zosia sintió el calor turbador de su cuerpo.

–Zosia... Desde la última vez que te vi, he descubierto muchísimas cosas sobre tu vida. Sigo intentando asimilar todo lo que he averiguado. Es una historia enrevesada de la que tu propia madre te mantuvo en la ignorancia desde tu nacimiento. Una historia que mereces conocer. Ahora, antes de que diga nada más, ¿sospechaste alguna vez que pasaba algo raro? ¿Sospechaste quizá que tu madre te ocultaba algo? ¿Algo importante? ¿Como quién era tu padre?

Zosia apartó la mano bruscamente, atónita, y tocó indecisa el guardapelo que llevaba colgado del cuello. Su suave borde metálico se clavó en su piel mientras dentro de su alma una voz le susurraba que lo que había sabido desde siempre y se había negado a aceptar era, en efecto, cierto. Su mejor amiga, su querida madre, que la había cuidado siempre con la más luminosa de las sonrisas y la mayor inteligencia, le había ocultado algo de suma importancia.

Zosia había sabido siempre que el guardapelo formaba parte de un secreto. Su madre lo había llevado siempre vacío y se había negado a contarle la historia del colgante, aunque con el tiempo había reconocido que había sido un regalo del padre de Zosia. Después, nunca había vuelto a contarle nada sobre ese asunto. Había pedido morir con su nombre enterrado en el fondo de su alma, asegurando que se avergonzaba de haberlo amado alguna vez. Zosia nunca lo había entendido.

Se le encogió el estómago.

–¿Estás diciendo que sabes quién es mi padre?

Una mano grande tocó suavemente su muslo.

—Sé eso y más.

Ella cerró los ojos y, apretando con más fuerza el guardapelo, intentó no sucumbir a sus emociones, contenidas durante años. De algún modo, Tristan había descubierto el mayor secreto de su vida. Abrió de nuevo los ojos.

—Cuéntamelo. Por favor. Llevo toda la vida queriendo saberlo.

—Te lo diré —susurró él apartando la mano—. Pero no ahora, ni así. He venido a ofrecerte mucho más que tu propia historia, Zosia. Quiero estar contigo y protegerte y ayudarte en todo, incluso en denunciar la situación de tu pueblo. Al ofrecerte todo esto, confío en que accedas a... casarte conmigo.

Zosia contuvo la respiración, trémula, y alisó la sábana alrededor de su cintura, consciente de lo cerca que estaba Tristan. Ignoraba que alguien pudiera poner tanto empeño en cumplir todos sus deseos, sus necesidades y sus sueños. Había aprendido a pasar por encima de los demás para llevar a cabo sus deseos, y era enternecedor saber que ya no estaba sola y que había alguien que no solo se preocupaba por ella, sino que se había propuesto satisfacer todas sus necesidades.

Volviéndose hacia él, exhaló un suspiro y contestó:

—Declárate como haría un caballero y aceptaré, pasando por alto momentáneamente que has atado a mis sirvientes y te has metido en mi cama.

Tristan se inclinó hacia ella y sus hombros se rozaron.

—¿Me estás dando permiso para proponerte matrimonio?

—Sí. Puedes proponerlo, de hecho.

Tristan se acercó más a ella.
–Propongo que te quites el camisón.
Zosia sofocó un gemido de indignación y le dio un puñetazo en el hombro.
–¡Sabía que pasaría esto!
Tristan soltó una risa ronca y agarró con la mano enguantada la muñeca de Zosia y un lado de su muslo escondido bajo la colcha.
–No iba a insistir.
Ella se quedó paralizada al darse cuenta de que la tenía agarrada. El latido frenético de su corazón casi le impedía respirar. Tragó saliva, consciente de que, si seguían en aquella posición, la situación se le escaparía de las manos.
Desasió la muñeca y apartó la mano de Tristan.
–Prueba otra vez. Solo que sin matar a la vaca.
–Lo intentaré. No te muevas.
Se quedó inmóvil.
Él se inclinó, posó la mano sobre su muslo y, muy lentamente, la deslizó hacia arriba, más allá de su cadera, hacia la cintura del camisón.
–Cásate conmigo, Zosia –murmuró junto a su mejilla–. Acéptame. No quiero vivir sin ti y confío en que tú sientas lo mismo por mí.
Un extraño hormigueo se apoderó de su estómago cuando Tristan deslizó la otra mano alrededor de su hombro y la apretó contra su cuerpo musculoso y cálido. Sintió que la habitación oscilaba en la oscuridad. Contuvo la respiración, esperando sentir el contacto de sus labios, pero... no la besó.
Tristan deslizó la mano hacia su pecho y rozó su pezón. Ella tomó aire bruscamente. Pero los dedos de Tristan no se detuvieron allí. Sus yemas frescas y en-

guantadas rozaron su garganta antes de agarrar suavemente su cara. Le hizo levantar la cabeza hacia la borrosa silueta de su propia cara, y Zosia deseó poder verlo con claridad.

–Tu vida está a punto de cambiar –susurró él–. Pero te prometo de todo corazón que será para mejor. Me aseguraré de que tengas todo lo que puedas querer o necesitar.

Zosia se derritió a su lado y rodeó con los brazos sus anchos hombros. Nunca se había sentido tan amada.

–Me siento como si te hubiera estado empujando hacia mí contra tu voluntad desde el momento en que nos conocimos. ¿Estás seguro de que esto es lo que quieres? Toda la vida es mucho tiempo.

–Así podremos hacerlo todo –murmuró él mientras rozaba con los dedos la curva de su garganta–, incluido enamorarnos como es debido.

Zosia tragó saliva. Sintió un ansia ardiente dentro de la garganta cuando los dedos de Tristan se deslizaron hacia el guardapelo de su madre. Siempre había querido enamorarse. Enamorarse de verdad, de un hombre real, no de uno que sencillamente no existía.

–¿Puedo besarte? –murmuró él.

Ella apenas podía respirar.

–Sí.

Tristan clavó los dedos en ella y la apretó contra el colchón. Bajó la cara en sombras y sus labios suaves rozaron los suyos. A Zosia le dio un brinco el corazón. Pasado un momento, la boca de Tristan oprimió la suya y su lengua se coló entre sus labios y los obligó a abrirse. El sabor seductor del coñac pasó de la lengua de él a la de ella cuando Tristan ahondó el peso y acarició eróticamente su lengua, sus dientes y su paladar. Su sabor no solo despertó su cuerpo como por arte de magia, sino también su espíritu, haciendo que lo deseara mucho más.

Tristan se movió, apretándose contra su cuerpo al tiempo que devoraba su boca y la dejaba sin aliento. Se deslizó hacia abajo por el colchón y tiró de ella hasta colocarla bajo él. Gruñó cuando la solapa de sus pantalones y la erección que ocultaba se frotaron lentamente contra el vientre de Zosia, cada vez con mayor urgencia.

Ella gozó saboreando su lengua cálida y dejando que sus manos viajaran por su suave gabán, arriba y abajo, sintiendo cómo la tela se abultaba bajo las yemas de sus dedos. Tristan se metió su lengua en la boca chupándola y, poniéndose un poco de lado, pasó un dedo por su vientre. Rozó la tela del camisón hasta que su dedo se detuvo entre sus muslos. Posó suavemente la mano sobre su pubis y lo frotó por encima del camisón con las puntas de los dedos. Zosia sintió que su vientre se tensaba y que una dulce sensación recorría su cuerpo y hacía cosquillear sus senos.

Gimió con la boca pegada a la de Tristan y clavó las uñas en sus hombros al tiempo que intentaba frenéticamente no frotarse contra su mano.

Él se apartó de su boca. Respiraba agitadamente.

—Haz eso otra vez.

Zosia sintió que le ardían las mejillas al darse cuenta de que sus arañazos lo habían excitado. Tragó saliva y pasó las manos suavemente por la lana de su gabán.

—No.

—Cobardica —gruñó él.

—Mejor cobardica que tonta.

—El tonto soy yo —se apartó de ella y exhaló un suspiro–. Dios mío. Allá voy –el colchón se movió cuando se levantó de la cama de un salto.

Zosia parpadeó.

–¿Adónde vas?

–Espera aquí –las planchas del suelo crujieron cuando cruzó la habitación.

Zosia oyó el chasquido de la puerta cuando la abrió. Tristan dudó, como si escudriñara la oscuridad en busca de algo.

–Benson –susurró, asomado al pasillo–. Benson, ¿dónde está?

–¡Ya voy, señor! –se oyeron pasos y apareció una luz tenue que se acercaba oscilando entre las sombras del pasillo empapelado de amarillo. Un joven lacayo que llevaba un farol encendido en una mano y una bolsa grande de viaje en la otra apareció en la puerta. Llevaba enroscadas alrededor de los hombros dos sogas de cáñamo y miraba en derredor como un ladrón dispuesto a saquear la habitación.

Zosia se tapó con la colcha hasta la barbilla, exasperada.

–Dime que esas cuerdas no son para mí.

–Claro que no –Moreland se volvió hacia ella–. Guarde en la maleta todo lo que pueda, Benson. Vamos, rápido.

El lacayo cruzó la alcoba, dejó el farol junto a la bolsa de viaje y abrió el amplio ropero de Zosia. Agarró varios vestidos, corsés y camisas entre los brazos y los metió de cualquier manera en la bolsa abierta.

Zosia sintió que el corazón se le salía del pecho.

–¿Por qué está guardando mi ropa en esa maleta?

Moreland rodeó la cama, apartó su silla de ruedas y se detuvo ante ella.

–Nos vamos de Londres esta misma noche.

Ella puso unos ojos como platos.

–¿Que nos vamos de Londres? ¿Para qué?

–Te lo explicaré a su debido tiempo –él vaciló–. ¿Confías en mí? ¿Confías en que haga lo más conveniente para los dos?

Zosia tragó saliva y se dijo que podía confiar en él. Podía, ¿verdad?

–Yo... Sí.

–Bien –las sombras tapaban a medias su rostro, pero Zosia distinguió una sonrisilla en sus labios–. Mis lacayos ya han inmovilizado a dieciséis criados. ¿Hay más? ¿O esos son todos?

Ella no debía alentar nada de aquello. Era una locura, como mínimo.

–Hay diecisiete, no dieciséis.

–Encontraremos al último antes de irnos.

Zosia vaciló.

–¿Por qué tienes tanto empeño en atar a mis sirvientes?

–Porque no quiero que nadie informe a las autoridades ni a Su Majestad de nuestra marcha. De esta noche en adelante, estás bajo mi protección, Zosia. El rey no ha accedido aún a nuestro enlace, pero sé que con el tiempo lo hará. Tiene que hacerlo.

Zosia lo miró parpadeando. Se le había encogido el estómago. Por eso había atado a sus sirvientes. Estaba actuando en contra de su propio rey, que evidentemente no aprobaba su enlace si tenía que recurrir a... Santo cielo, no. ¡La estaban secuestrando!

Se resistió al impulso de santiguarse, angustiada. Respiró hondo y dijo en el tono más juicioso de que fue capaz:

—Aunque quiero confiar en ti, Moreland, tengo la sensación de que esto es un terrible error. No puedo marcharme hasta que me expliques por qué vas a oponerte a tu propio rey. ¿Qué me estás ocultando?

Él titubeó. Pasado un momento, suspiró, se inclinó hacia ella y le apartó un mechón de pelo que había escapado de su larga trenza.

—Zosia, hay muchas cosas que querría decirte ahora mismo, pero no puedo. Todavía no. Te las contaré pronto, te lo prometo. Pero ahora lo único que puedo decirte es que no solo he descubierto tu historia. También sé que el rey quiere casarte con algún don nadie al que pagarán para te mantenga en la ignorancia el resto de tu vida. No podrás defender los derechos de tu pueblo si te casas con el pretendiente que te busque Su Majestad. Su intención es apartarte para siempre de cualquier cosa que pueda darte voz. ¿Es eso lo que quieres?

Zosia lo miró fijamente, intuyendo que decía la verdad.

—¿Cómo es que conoces los planes de Su Majestad?

—Mi abuela y él son primos, ¿recuerdas? Están muy unidos y se lo cuentan todo, incluidas cosas que a veces desearía que no se contaran. Ahora voy a llevarte a conocer a mi abuela. Tiene gran influencia sobre el rey, y confío en que sea capaz de convencerlo para que nos dé su bendición.

Zosia no pudo menos que sentirse sumamente halagada por que se estuviera tomando tantas molestias por ella. Por ella. Pero... ¿por qué? Solo el cielo lo sabía. Tal vez tuviera que ver con los látigos. Se rio al pensarlo.

—¿Esperas que te recompense azotándote el trasero? Porque no pienso hacerlo.

Tristan se volvió hacia ella bruscamente y gruñó:
—Te digo que por ti estoy dispuesto a actuar en contra de la voluntad de mi rey, ¿y solo se te ocurre insultarme?
—Yo solo...
—¿Acaso he entendido mal lo que compartimos? Si es así, Zosia, será mejor que me lo digas ahora, antes de que te saque de esta casa y te haga entrar en mi vida. Porque esto no habrá forma de cambiarlo una vez hecho. No habrá vuelta atrás.

La sonrisa de Zosia se desvaneció. Apenas podía respirar, agobiada por el peso de las expectativas que Tristan estaba poniendo en ella. Se sintió confusa. Confusa por él, por todo aquello, por lo que él quería, por lo que necesitaba.

Se acercó a él.
—¿Por qué haces esto? ¿Qué es lo que quieres de verdad? ¿Por qué...?
—Porque me importas —contestó con aspereza—. Sé lo que quiero en una mujer, y tú eres esa mujer. La cuestión es ¿sabes tú lo que quieres en un hombre? ¿Soy yo ese hombre? ¿Lo seré alguna vez? Porque quiero serlo.

Zosia entreabrió los labios mientras miraba su rostro tenso y acalorado. Se le aceleró el pulso al comprender lo que ocurría. Un hombre no se tomaba tantas molestias por una mujer a no ser que pudiera obtener a cambio algún beneficio personal. Pero ¿qué beneficio podía obtener un marqués británico cuya abuela era prima del rey? Nada. A no ser que...

—¿Estás enamorado de mí? —balbució.

Tristan titubeó y miró al lacayo, que había acabado de hacer la maleta y estaba junto a la puerta, escuchando.

—Salga al pasillo, Benson, y por lo menos finja que no está escuchando.

El lacayo hizo una reverencia y salió al pasillo. Moreland se inclinó hacia ella y susurró:

—Voy a sacrificarlo todo por tener la oportunidad de hacerte mía. ¿Responde eso a tu pregunta?

Ella contuvo el aliento, atónita. Aunque no lo hubiera dicho, la vehemencia de sus palabras indicaba que, en efecto, estaba enamorado de ella. De ella. De una mujer que jamás caminaría con elegancia y que tendría que moverse toda la vida en una silla de ruedas, como un caballo tirando de un carruaje.

—¿Cómo puedes estar enamorado de una mujer con una sola pierna?

Él sonrió.

—¿Y cómo no voy a estarlo? No hay mujer como tú. Y he conocido a unas cuantas.

El vientre de Zosia se estaba convirtiendo en fuego líquido, y aunque sabía que nunca podría hacer las cosas que ansiaba y que añoraba, como caminar, correr o bailar, en ese momento se sintió capaz de todo.

Sin pensarlo, susurró:

—Sí.

Tristan escrutó su rostro.

—¿Sí qué?

—Sí eres lo que quiero y lo que necesito en un hombre.

Él sonrió lentamente y su semblante se iluminó.

—Nunca te arrepentirás de haberlo dicho, nunca. No lo permitiré —se acercó a ella y deslizó las manos bajo sus muslos y su espalda—. Agárrate a mis hombros. Nos vamos.

Zosia se incorporó a duras penas y él la arrastró por el colchón, la levantó de la cama y la tomó en brazos de un tirón. Ella soltó un chillido y se agarró a su cuello y sus hombros. Su pie desnudo quedó colgando por debajo del camisón, que se le había levantado.

–Debería vestirme. No puedo...

–No vamos a asistir a un baile, querida mía –repuso él con sorna y, dando media vuelta en la oscuridad, se dirigió a la puerta–. Puedes vestirte cuando lleguemos a casa de mi abuela.

–¡Pero ni siquiera llevo un corsé! –exclamó ella, dándole frenéticamente palmadas en la espalda mientras avanzaban por el pasillo, intentando convencerlo de lo contrario–. No puedo...

–Puedes ponerte mi gabán. Así no notaré que no llevas corsé. Benson, vaya por delante.

–Sí, milord –el lacayo pasó a su lado y alumbró el pasillo.

De pronto se oyó detrás de ellos un chillido de mujer. Moreland se giró y vieron a la señora Wade, que se había pegado a la pared y cuyo gorro de dormir, torcido, dejaba ver una parte de su pelo gris.

–Diecisiete –anunció Moreland tranquilamente.

Zosia levantó una mano y la agitó en dirección a la señora Wade.

–Señora Wade, por favor, no hace falta que nos rompa los tímpanos a todos. Esto no es lo que parece. Este es lord Moreland. Un amigo que tiene intención de ayudarme.

–Más que un amigo –comentó Moreland en tono gruñón, mirando a Zosia–. Estoy aquí para casarme contigo. ¿O ya lo has olvidado?

Ella hizo una mueca, consciente de que cualquier cosa que dijera sonaría absurda.

–¿Preferirías que dijera que somos amantes? –le susurró–. No quiero disgustar a la pobre mujer más de lo necesario.

–Teniendo en cuenta lo que estoy haciendo –replicó él–, ¿de veras crees que me importa un bledo quién se lleve un disgusto?

La señora Wade se apartó de la pared y se acercó a ellos con cautela, mirándolos a los tres.

–Señor, la condesa está bajo la protección de Su Majestad.

–Ya no –repuso él, apretándola con más fuerza.

La señora Wade avanzó un poco más, como si se estuviera arrimando a una bestia salvaje.

–Es una inválida, señor, y necesita los mejores cuidados.

Zosia la miró con furia.

–No soy una inválida.

–Átela al poste de la cama, Benson –ordenó Moreland–. Demuéstrele lo que es de verdad ser una inválida, y use todas las cuerdas que tenga. Cuando acabe, reúnase con nosotros fuera, en el carruaje.

–¡Sí, milord! –el lacayo soltó la bolsa de viaje, dejó en el suelo el farol y pasó a su lado corriendo.

La señora Wade profirió un penetrante chillido y echó a correr en dirección contraria, agitando su bata y su camisón. Benson se quitó las cuerdas de los hombros mientras la perseguía, y sus botas resonaron con fuerza sobre la tarima del suelo.

Zosia sonrió mientras Moreland la llevaba por el pasillo. Agarró su barbilla con las puntas de los dedos, se inclinó y besó sonoramente su cálida mejilla.

–Esto, por defender mi honor.

Él la estrechó entre sus brazos y la miró cuando llegaron a la escalera iluminada por las velas.

—Jamás permitiré que te falten al respecto. Te doy mi palabra.

Zosia estaba ya en parte locamente enamorada de aquel hombre y de todo lo que representaba. Besó su mejilla de nuevo, con más ternura.

—Gracias. Ahora sácame de esta casa. Estoy harta de Su Majestad. He encontrado otro protector. Uno que de verdad sabe lo que hace.

Tristan sonrió.

—Estoy a tus órdenes —bajó las escaleras con paso orgulloso y firme.

Al llegar abajo, enfiló rápidamente un largo pasillo y entraron en la cocina vacía. Un lacayo les abrió la puerta de servicio para que salieran. Moreland sacó a Zosia a la calle y ella aspiró una profunda bocanada del aire frío y turbio de Londres como si fuera el aire más puro que había respirado. Y en cierto modo lo era. Porque aquel era el principio de una nueva vida.

Escándalo 10

Imaginaos a una persona a la que toda la sociedad exigiera que hablara un idioma que desconoce por completo. Imaginaos que a esa misma persona le dijeran que debe hablar ese idioma o perder todo lo que valora en esta vida. No sería justo ni realista, en teoría, y sin embargo ese es el papel que les toca desempeñar a las mujeres cuando se casan. Aunque el cariño no siempre contribuya a que una mujer hable el mismo idioma que su marido, le servirá de ayuda para desempeñar uno de los papeles más difíciles que exige la humanidad. Intenta amar, aunque tu matrimonio sea de conveniencia. ~~No sé nada de tales papeles, ni de lo que siente una mujer, pero he visto representar ese papel a los mejores. Y sigo convencido de que el cariño fue lo único que mantuvo feliz a mi padre durante el horrible último año de vida de mi madre, cuando padecía una melancolía que ningún matasanos podía curar. Sin duda, no hay mayor regalo, ni mayor desgracia que el amor.~~

Cómo evitar un escándalo
Manuscrito original de Moreland

***

La luz de la luna bañaba la pequeña terraza de la casa con un resplandor gris y fantasmagórico cuando Moreland llevó a Zosia hacia la cochera y cruzó la verja abierta. Se detuvo delante de la portezuela abierta de un carruaje negro y lacado cuyos faroles estaban apagados.

Se inclinó hacia el joven lacayo que sostenía la portezuela y le dijo en voz baja:

−Tenemos que esperar a Benson. Cuando nos vayamos, usted se quedará aquí, con los demás. No desaten a los criados hasta que se haga de día. Así tendré tiempo de sobra para alejarme de Londres. Cuando se haga de día, regresen a casa. Mi secretario les dará cincuenta libras en mano a cada uno. No volveré a darles instrucciones. Así no tendrán problemas si intervienen las autoridades. Díganles que no saben nada y que se limitaron a cumplir mis órdenes. Mi abogado se encargará del resto.

El lacayo inclinó la cabeza.

−Sí, milord.

Moreland se apartó y añadió:

−Cuando llegue Benson, avísenme. Yo daré unos golpecitos para que indique al conductor que se ponga en marcha.

−Que Dios les acompañe en su viaje, milord.

Moreland inclinó la cabeza.

−Le agradezco sus palabras y sus servicios.

Puso de lado a Zosia y la introdujo suavemente en el carruaje, inclinándose lo justo para depositarla sobre el cojín del asiento interior. Luego se quitó el gabán y la envolvió en su calor. Ella aspiró el aroma de la prenda, que olía como él: a cardamomo.

Moreland subió y se dejó caer en el asiento, frente a

ella. Chasqueó los dedos y el lacayo plegó los escalones y cerró la portezuela.

—Recuéstate en el asiento —dijo Moreland—. No quiero que te caigas.

Zosia sonrió y tocó con el pie el frío suelo del carruaje.

—Solo necesito un pie para sostenerme —se arrebujó en el gabán y se sintió como si se acurrucara junto a Tristan.

Oyeron tocar en la ventanilla tapada. Benson había llegado. Moreland respondió dando unos golpecitos en la pared. El carruaje se puso en marcha, zarandeándolos a ellos y al farolillo encendido que colgaba sobre sus cabezas y que parecía lanzar más sombra que luz.

Zosia se corrió hacia la ventanilla. Levantó la cortina y miró afuera cuando tomaron la calle principal. Salvo alguna que otra farola, no consiguió distinguir nada en medio de la oscuridad.

—Mantén las cortinas cerradas —ordenó Moreland—. Si el coche no lleva escudo de armas y vamos sin luces es por un buen motivo.

Soltó de inmediato la cortina y lo miró con fijeza.

—¿Corremos algún peligro? —preguntó.

—No. Tú no. Yo.

A ella se le aceleró el corazón.

—¿Tú? ¿Por qué?

Se encogió de hombros.

—Su Majestad podría muy bien quitarme todo lo que tengo, incluido mi título, por hacer esto. Pero es la única forma que se me ocurre para que tú no vivas engañada y yo pueda casarme contigo.

Una suave sonrisa afloró a los labios de Zosia. Las palabras de Tristan habían disipado sus últimas dudas.

No había nada más romántico, más galante y más temerario que un hombre capaz de arriesgarlo todo por una mujer.

–Eres increíblemente valiente y osado por oponerte a tu rey en mi nombre.

–Lo que soy es estúpido –refunfuñó él–. Pero no hablemos de eso.

Zosia se rio.

–Permíteme decirte lo mucho que te agradezco tu estupidez.

Él movió la mandíbula, preocupado, y siguió dándose golpecitos en el muslo con el puño, como llevaba un rato haciendo.

Ella carraspeó. Tal vez fuera hora de encauzar su conversación. Se pasó la larga trenza por encima del hombro derecho y comenzó a acariciarla a lo largo, siguiendo los surcos de suave cabello.

–¿Vas a contármelo? –dijo en voz baja.

Moreland dejó de darse golpecitos en el muslo.

–Sí. Mañana por la mañana. Cuando tenga la mente más despejada. ¿Te parece bien?

Ella asintió a medias. ¿Qué importaba un día más, después de veintitrés años de ignorancia? Lo miró con fijeza, echándose la trenza hacia atrás.

–Entonces ¿cuáles son tus planes?

–¿Mis planes?

–Sí, tus planes. Imagino que tienes un plan atrevido, teniendo en cuenta que somos prácticamente fugitivos.

Él se removió en el asiento y se miró la mano, con la que se había puesto a pellizcar la rodilla de sus pantalones. Respiró hondo y dejó escapar un soplido.

–No vamos a quedarnos en Londres. No podemos.

—Sí, eso ya lo sospechaba. Entonces ¿adónde vamos a ir?

La mano de Moreland se detuvo sobre su rodilla. La luz tenue del farolillo oscilaba sobre su cara, proyectando sobre ella luces y sombras, cuando la miró a los ojos.

—A Nueva York.

Ella se irguió en el asiento, sobresaltada.

—¿A Nueva York? ¿En América?

—Sí, a Nueva York, en América.

Zosia negó con la cabeza.

—No. Ah, no, no, no. Llévame a cualquier parte del mundo, menos a América.

Moreland se inclinó hacia ella.

—En esto no tienes elección. Ya he contratado un barco.

Lo miró con enojo.

—Está claro que creías que iba a acceder a todos tus planes. Eres un poco engreído, ¿no?

—No, claro que no, pero...

—A pesar de que estoy dispuesta a confiar en todo lo que me dices y en todo lo que has hecho hasta ahora, no tengo intención de abandonar mi causa ni a mi pueblo. Ni por ti, ni por nadie. Más vale que lo recuerdes.

El semblante de Moreland se crispó.

—No te estoy diciendo que abandones tu causa ni a tu pueblo. Sencillamente, tendrás que seguir ocupándote de ellos desde Nueva York durante una temporada.

—¡Pero no puedo defender el derecho a la libertad en un país que desconoce lo que es eso! Los americanos creen en la esclavitud. Mantienen a las personas de color en la ignorancia y les hacen cosas inenarrables en beneficio propio. ¿Cómo voy a predicar la libertad allí?

Moreland observó intensamente su rostro.

—Su Majestad quiere que te establezcas en Nueva York y yo pienso cumplir al menos esa exigencia con la esperanza de aplacarlo. Prometo apoyarte en todo lo que emprendas, pero durante un tiempo tendrá que ser en Nueva York. Más adelante, pasados unos meses, podemos mudarnos si eso es lo que quieres.

—Yo no voy a ir a Nueva York. Ni a América.

Las aletas de la nariz de Moreland se inflaron.

—¿Prefieres que te devuelva a Su Majestad y que permita que sea él quien supervise todos tus planes patrióticos? Porque puedo hacerlo. No quiero que sientas que un salvaje que adora las navajas te está llevando a rastras a América. No es lo que deseo para ti. Ni por lo que estoy haciendo esto.

Zosia suspiró, consciente de que Su Majestad preferiría ponerle un hábito antes que permitirle meter mano en asuntos políticos.

—No eres ningún salvaje, Moreland, y no deberías hablar de ti mismo en esos términos —suspiró otra vez—. Supongo que, ya que tengo que ir a Nueva York para aplacar a Su Majestad, aprovecharé para defender también los derechos de la gente de color. Porque desde luego no puedo defender la libertad de un pueblo e ignorar los derechos de otro.

Él la miró exhalando un suspiro.

—Ayudar a la gente de color es una causa muy noble y muy valiosa, desde luego, pero no puedes hacer tuya cada batalla que te encuentres.

—¿Por qué no? Nuestra riqueza y nuestra posición nos brindan privilegios de los que disfrutan muy pocas personas en esta sociedad. Tenemos la responsabilidad de garantizar que se escuchen sus voces. Como solía decir mi madre, a los gobernantes hay que recordarles que su deber y su moral no están al servicio de ellos, sino al de su pueblo.

Moreland soltó un bufido.

—Sí, y tu madre conocía tan bien el deber y la moral que te tuvo fuera del matrimonio y luego te mantuvo en la ignorancia respecto a tu propia historia. ¿A quién benefició eso? A ti no, desde luego.

Zosia sintió una opresión en la garganta y tragó saliva. No tenía motivo para enfurecerse por sus palabras. Pero Moreland tenía razón. Su madre, en efecto, había olvidado su deber y su moral al actuar en contra de todo aquello que predicaba. Pero eso nunca cambiaría el amor que sentía por ella.

Luchó por contener las lágrimas.

—Al margen de lo que se le pueda reprochar, su fortaleza y su sabiduría me ayudaron a superarlo todo. Todo —señaló rígidamente su muslo amputado, oculto bajo el gabán—. ¿Crees que siempre me he tomado bien hallarme en este estado? Quería morirme, sabiendo que sería para siempre una lisiada y que no solo había perdido mi dignidad, sino mucho más. Deberías haber visto mi puesta de largo en Varsovia, dos meses antes de que esa pared se derrumbara y me destrozara la vida. Reconozco que en aquella época era vanidosa. Lo era. Era muy fácil serlo, puesto que se me consideraba una belleza. Los hombres hacían cola durante horas en el pasillo, esperando la oportunidad de bailar conmigo la polonesa. Pero desaparecieron todos tan pronto desapareció mi pierna. Y aunque no significaban nada para mí, era muy simbólico de lo que me quedaba después del accidente. Es decir, nada. O eso pensaba yo. Fue mi madre quien me hizo salir adelante cada vez que sentí el deseo de morir. Fue mi madre quien me recordó mi valía. Y nada de lo que puedas decir tú o cualquiera cambiará eso.

La cara y los ojos de Moreland expresaban tal angustia que no había duda de que eran un reflejo de la de Zosia.

—No tengo derecho a cuestionar el recuerdo de una mujer a la que no he conocido —dijo en voz baja, compungido—. Perdóname.

Ella hizo un gesto afirmativo y pestañeó rápidamente. Levantando la barbilla, luchó por dominarse.

—Mi madre lo era todo para mí. No puedo creer que fuera... una mentirosa.

Moreland bajó la mirada.

—Entiendo —susurró—. Voy a hablarte de tu padre.

Ella sacudió la cabeza.

—No. Ahora no. Todavía no. Yo... no estoy preparada para oírlo.

Él mantuvo los ojos fijos en sus manos enguantadas.

—Lo único que tienes que hacer es pedírmelo.

Zosia sorbió por la nariz y asintió con un gesto, intentando tranquilizarse.

—Lo haré.

Guardaron silencio. El traqueteo de las ruedas sobre los adoquines se impuso a los demás sonidos. Zosia odiaba que él siguiera mirándose las manos. Y odiaba también aquel silencio que permitía aflorar los malos pensamientos. Ansiosa por disipar la tensión, dejó escapar un suspiro trémulo.

—Perdóname por haberme dejado llevar por mis sentimientos de un modo que tal vez te haya hecho creer que no te agradezco el sacrificio que estás haciendo. ¿Podemos empezar de nuevo nuestra conversación? ¿Como amigos?

Moreland levantó la vista.

—¿No somos más que amigos? —su voz sonó extrañamente fría y distante.

Zosia tragó saliva, advirtiendo su malestar.

—Sí, claro que sí. Me refería solo a la conversación.

—¿Sí?

Ella sonrió. Quería demostrarle que se había tranquilizado.

—Confiaba en que pudiéramos tener una de esas conversaciones que suelen tener los hombres y las mujeres.

El rostro y la mirada de Moreland se relajaron.

—¿Cuál, por ejemplo?

—Una sobre... política.

—Espero que puedas conversar conmigo de cualquier cosa. Y sobre todo de política, Zosia.

—Gracias —sus ojos se agrandaron—. Teniendo en cuenta los años que llevas en el Parlamento, si tuvieras que darle un consejo a una novata como yo respecto a mi situación, ¿cuál sería?

La miró pensativamente mientras se frotaba la mandíbula con los dedos. Soltó un suspiro y bajó la mano.

—Te aconsejaría recordar que una sola persona no puede abarcarlo todo. Elige una batalla cada vez, no una docena. Cuanto mayor sea el número de causas a las que te consagres, menos eficaz será tu acción. Si lo sabré yo —se inclinó hacia delante como si de ese modo pudiera trasladarle mejor el sentido de sus palabras—. Ingresé en la Cámara de los Lores a los veinticuatro años pensando que conquistaría el mundo, y descubrí que ni siquiera podía conquistar los votos de quince personas. Te aseguro, Zosia, que en Nueva York encontrarás apoyos mucho mayores de lo que crees. Es una ciudad muy progresista, y además a los americanos les fascina la aristocracia, lo cual nos vendrá muy bien. En Nueva York serás una celebridad que defiende públicamente una causa justa, mientras que aquí... Serías como una revista indecente. Algo que se mira y luego se olvida.

Ella pestañeó.

–¿Una revista indecente? ¿Te refieres a una compilación de ilustraciones y textos obscenos?

Moreland hizo una mueca y se echó hacia atrás.

–Sí, Zosia, pero por favor no...

–¿Acabas de compararnos a mí y a mi causa con una revista indecente? –resopló exasperada–. ¡Moreland!

–Maldita sea –se removió en el asiento y apartó la mirada, exhalando un fuerte suspiro–. ¿Tienes que ser tan suspicaz con el asunto de tu país? Tengo la impresión de que vas a lincharme solo por ser británico.

Zosia parpadeó y se echó a reír.

–Perdóname. Procuraré ser menos suspicaz.

–Te lo agradecería mucho.

–Pero tengo la impresión de que te sulfuras mucho más por ese asunto de las revistas indecentes que yo por mi pueblo. ¿Por qué?

Él se encogió de hombros, pero no dijo nada.

–¿Es porque sabes bastante de revistas indecentes y no quieres exponerme a tu vicio? Eso explicaría que un hombre tan viril como tú y al que tanto le gustan los látigos haya sobrevivido en una sociedad respetable. Debes de haberte aliviado tú solo muchas veces a lo largo de los años. ¿Todas las noches, dirías?

Moreland la miró con enfado.

–¿Y qué sabes tú, una virgen, de cómo se alivia un hombre?

Ella sonrió.

–Mis primas me han informado de todo lo que pasa en la intimidad de la alcoba de un hombre –se inclinó hacia delante y bajó la voz–. Y me refiero a todo.

Una sonrisilla afloró a los labios de lord Moreland. Él también se inclinó hacia delante, acercándose a ella.

–Te crees muy graciosa, ¿verdad?

–Sí –sonrió y volvió a recostarse en el asiento–. Así que ¿cuántas revistas de esas tienes? No debe haber secretos entre nosotros. ¿Dos? ¿Diez? ¿O más bien centenares?

–No tengo intención de responder a esa pregunta –repuso él, echándose hacia atrás. Dentro de cuarenta y cinco minutos llegaremos a nuestro destino. Te aconsejo que te abstengas de seguir hablando de revistas indecentes o acabaré sentándote sobre mis rodillas y besando cada centímetro de tu cuerpo. ¿Eso es lo que quieres? Sigue hablando. Yo me encargaré del resto.

A Zosia se le aceleró el corazón al imaginarse sentada sobre su regazo mientras la boca de Moreland se deslizaba por su cuello, por sus pechos, por su vientre, por su... Su mente se detuvo al pensarlo, pero en realidad su amenaza la intrigaba, más que asustarla.

A pesar de que sabía que era una insensatez, comenzó a canturrear juguetonamente:

–Revista, revistita, ¿dónde estás tú tan bonita? ¿Junto a la cama de Moreland o en su mesa escondidita? Revista, revistita, temo que le gustes más tú que esta señorita –sonrió y lo miró fijamente–. ¿Vas a castigarme sentándome sobre tus rodillas?

Moreland levantó una ceja.

–Quizá deberíamos mandarte de verdad a un convento. Pareces mucho más pícara que yo.

Se rio.

—Por desgracia, mi querido Moreland, ya no puedes librarte de mí.

Él ladeó un poco la cabeza para observarla mejor y algunos mechones más largos de su cabello castaño rojizo le cayeron sobre los ojos.

—Jamás me libraría de una mujer tan increíblemente bella —dijo en voz baja y ronca.

A ella se le aceleró el pulso.

—¿De veras te parezco bella? —susurró.

—Sí. Y aunque sea un cerdo egoísta, estoy deseando hacerte mía. Toda mía —apartó la mirada de un modo que revelaba cuánto disfrutaba, en efecto, sabiendo que iba a ser suya. Toda suya.

Zosia nunca se había sentido tan bella como en ese momento, ni siquiera cuando tenía dos piernas y podía bailar. Mentalmente ya estaba acariciando la mandíbula de Moreland, su frente, su pelo, sus hombros. Estaba ya disfrutando de sus caricias y de su cuerpo, y dejando que él gozara del suyo. Ya era suya, toda suya, pero, al ver que él seguía apartando la mirada, comprendió que si ella no hacía nada en ese momento, él tampoco lo haría. Así pues, había llegado el momento de hacer algo.

Se mordió con nerviosismo el labio y bajó el gabán hasta su regazo con la esperanza de que la silueta de sus pechos desnudos bajo el camisón inspirara a Moreland sin que ella tuviera que hacer mucho más.

Él miró sus pechos, inmóvil.

—¿Qué haces? —preguntó, apretando la mandíbula sin apartar los ojos.

Zosia se encogió de hombros con aire inocente y arqueó la espalda lo justo para que sus pechos se apretaran contra la tela del camisón.

—Me estoy poniendo cómoda, nada más —«y confío ardientemente en que me demuestres lo bella que soy de verdad».

Moreland carraspeó.

—Por amor de Dios, mujer, te veo los... —cerró los puños y desvió los ojos—. Cúbrete.

Era triste saber que estaba fracasando en algo tan sencillo como seducirlo. ¿No se suponía que los pechos suscitaban en un hombre el impulso de estrechar apasionadamente a una mujer entre sus brazos, incluso contra su voluntad?

Se mordisqueó la parte interior de la mejilla, consciente de que iba a tener que invitarlo a besarla y a tocarla. ¿Cómo, si no, iba a saber él lo que quería? Se volvió hacia él y dijo tranquilamente:

—Me ha gustado el beso de antes. Mucho.

Él se rebulló en el asiento y esquivó su mirada.

—¿Sí?

—Sí. ¿Y a ti?

—Seguramente más que a ti —masculló.

Zosia se humedeció los labios. Lo dudaba.

—¿Te interesaría...?

Él volvió a mirarla bruscamente, y sus facciones reflejaron un vívido ardor.

—¿Si me interesaría qué? —preguntó con una voz acariciadora que indicaba que sabía perfectamente qué le estaba insinuando ella, pero quería que lo dijera.

A Zosia le ardieron las mejillas mientras él seguía sosteniéndole la mirada. Madre de Dios, estaba suplicándole que matara la vaca antes de ordeñarla.

Moreland bajó la barbilla como si la advirtiera de algo.

—En realidad no quieres, Zosia. Sé que no quieres.

Ella parpadeó. ¿La estaba cuestionando?

–Creo que me conozco lo suficiente para saber qué es lo que quiero.

Él negó con la cabeza lentamente como si se hubiera llevado una profunda decepción.

–No. Te estás convenciendo de que es lo que quieres porque te sientes obligada hacia mí. Te aseguro que no tienes que sentirte obligada a nada.

Ella sofocó un gemido de sorpresa.

–¿Eso es lo que crees? ¿Que me rebajaría a entregarte mi virginidad a ti o a cualquier hombre solo porque me siento obligada? ¿Por quién me tomas? Perdona, pero está cada vez más claro que eres tú quien no quiere.

–Te deseo tanto que apenas puedo respirar –contestó él con voz ronca y crispada–. Pero no estoy dispuesto a abalanzarme sobre ti en un carruaje como un perro en celo. Tú mereces algo mejor.

Zosia levantó las cejas, incrédula. Moreland había estado allí todo el tiempo, refrenándose para no abalanzarse sobre ella. El pobrecillo llevaba demasiado tiempo representando el papel de caballero, y le tocaba a ella hacerle entender que, cuando las intenciones de un hombre eran nobles, podía besar y acariciar y devorar todo lo que quisiera. Cuando quisiera. Y donde quisiera. Y si alguien se había ganado ese derecho, era sin duda él.

Solo había un modo de proceder. Zosia se bajó la hombrera derecha del camisón y lo miró fijamente, desafiándolo a resistirse.

–Zosia –gruñó él entre dientes.

–No hagas que me desnude por completo –replicó ella–. No tengo ni idea de cómo se hacen estas cosas. Pero sé que a los hombres os encantan los pechos.

Él rechinó los dientes al tiempo que se quitaba los guantes de piel negros, tirando uno a uno de cada dedo. Sus ojos oscuros siguieron fijos en ella cuando arrojó los guantes al asiento con un movimiento de muñeca.

–¿Estás segura de que es lo que quieres? ¿Aquí? ¿Ahora? ¿Conmigo?

Ella se bajó un poco más la manga del camisón, hasta dejar ver el oscuro pezón de su pecho. Lo miró de nuevo.

–¿Responde esto a tu pregunta?

–Quedas oficialmente deshonrada –se levantó del asiento y le quitó del regazo el gabán, arrojándolo al suelo. Se arrodilló delante de ella y la miró fijamente mientras se desabrochaba sin esfuerzo la solapa de los pantalones. Acercándose a ella, se apartó el calzoncillo y la camisa. Su miembro cayó pesadamente hacia ella, largo y grueso.

Zosia contuvo la respiración y se llevó las manos a la cara, incrédula al ver toda la longitud de su...

–Ah, conque ahora vas a hacerte la vergonzosa, ¿eh? –le levantó el camisón hasta las rodillas, y ella sofocó un gemido de sobresalto al ver expuestos su pierna y su muñón–. Si no quieres seguir, más vale que empieces a gritar ahora mismo porque no pienso seguir haciéndome el caballero.

Agarró sus muslos desnudos, la levantó y la sentó sobre su regazo tan rápidamente que ella tuvo que apoyar las manos en su pecho para no caerse. Se le aceleró el corazón al darse cuenta de que tal vez se hubiera excedido en sus provocaciones. Miró con nerviosismo hacia las ventanas cubiertas con cortinillas para asegurarse de que nadie podía verlos.

Moreland se recostó contra el asiento, la sentó bien

a horcajadas sobre él y le subió más el camisón para dejar al descubierto la mitad inferior de su cuerpo. Ella se llevó la mano al muñón, embargada por una oleada de vergüenza. Moreland le apartó la mano bruscamente.

—No te escondas de mí.

Rodeó con la mano el muñón cubierto de cicatrices, frotándolo con los dedos y la palma. Después tomó su cara entre las manos, se acercó a ella y le introdujo la lengua en la boca. El contacto ardiente de su lengua disolvió no solo la vergüenza de Zosia, sino también todo cuanto les rodeaba. Zosia cerró los ojos y se dejó llevar por su lengua caliente y aterciopelada. Moreland lamió sus labios dos veces, dejándolos húmedos y frescos, luego lamió una mejilla y la otra y a continuación toda su garganta.

—Demuéstrame cuánto lo deseas —deslizó un dedo dentro de su boca—. Demuéstrame cuánto me deseas.

Ella chupó su piel salada, que olía aún a los guantes de piel. Moreland gruñó y pasó el dedo por sus dientes, lo sacó y lo apretó contra sus labios.

—Demuéstrame lo que sientes. Muérdeme. Hazlo por mí. Necesito sentirte.

El frenesí que resonaba en su voz profunda y autoritaria la hizo volver a meterse su dedo en la boca. Mordió con fuerza, sintió que su piel cedía bajo sus dientes, notó la resistencia del hueso.

—Otra vez —siseó él ásperamente. Apretó su mentón con los dedos, sin mover el índice, que seguía atrapado entre los dientes de Zosia.

Ella ignoraba por qué le estaba permitiendo adueñarse así de su mente, pero era extrañamente delicioso saborearlo y darle lo que tanto ansiaba. Solo le estaba mordiendo. Podía hacerlo sin causarle mucho daño. Mordió un poco más fuerte, hasta que empezó a dolerle la mandíbula.

Él tomó aire bruscamente al tiempo que rozaba sus pechos con la otra mano y la deslizaba hacia abajo. Agarró su miembro erecto y comenzó a frotarlo. Sus dedos rozaron la piel de Zosia cuando deslizó la punta húmeda y redonda de su verga contra la curva de su vientre. Siguió restregándola contra su estómago y clavándola de vez en cuando, hasta que ella comenzó a respirar agitadamente.

Zosia, que ansiaba tocarlo y sentirlo, soltó su dedo y comenzó a desatarle la corbata de seda. Él la agarró por las muñecas y le apartó las manos de su corbata.

–No. Ahora no.

Ella se desasió y chasqueó la lengua.

–¿Tú puedes subirme el camisón hasta la cintura y yo no puedo verte el pecho? Ni lo sueñes –volvió a acercar las manos al cuello de su camisa y siguió desatando la corbata.

Moreland la asió de nuevo de las muñecas, solo que esta vez con más fuerza, clavándole los dedos en la piel.

–No –dijo con brusquedad–. Si insistes en verme ahora, esto se acaba.

Zosia se quedó inmóvil y sostuvo su mirada ardiente. De pronto entendía a qué obedecía su resistencia. Sus cicatrices. Santo cielo. No las tenía solo en los brazos.

–Igual que mi pierna no define lo que piensas de mí, tus cicatrices no definen lo que pienso de ti. Me interesas tal y como eres, Moreland.

–No quiero que las veas. Ahora no.

Ella tragó saliva.

—Entiendo. No voy a insistir.

Su rostro se relajó. La soltó y posó el índice sobre su cuello, apartando la cadena del guardapelo.

—Quiero que este momento sea perfecto, que nada lo enturbie —murmuró. Deslizó el dedo más allá de su clavícula y rozó con él sus pechos, hasta llegar a su vientre desnudo. Se detuvo sobre el vello rizado de su pubis y contuvo la respiración.

Fijando la mirada en sus ojos, metió un dedo entre los pliegues húmedos de su sexo. Lo frotó lentamente pero con firmeza. Ella gimió al sentir que una oleada de placer se extendía por su cuerpo. Moreland le abrió el sexo con dos dedos y tocó repetidamente la parte de arriba de sus labios. La miró de nuevo a los ojos mientras una descarga de sensaciones deliciosas recorría los muslos de Zosia, su estómago y su vientre.

Él pasó la otra mano alrededor de su cintura y la sujetó con firmeza contra su miembro caliente, apretándolo contra su muslo. Se inclinó hacia ella y siguió frotando su sexo cada vez más deprisa, sin darle tiempo a pensar o a respirar.

Zosia se precipitó rápidamente hacia un placer que quería tragarse entero, hasta estallar. Era increíble. Él era increíble. Gimió en voz alta.

—¿Estás pensando en mí mientras hago esto? —preguntó Moreland roncamente—. ¿Piensas en mí cuando gimes?

—Sí —jadeó ella, restregándose contra su mano.

—Nunca habrá otro, ¿verdad?

—*Nie. Nigdy*.

—En mi idioma, amor mío —repuso él sin dejar de tocarla—. No soy tan inteligente como tú.

—Nunca —jadeó—. Nunca querré ni desearé a otro.
—Dilo otra vez.
—Eres todo lo que quiero y... necesito —dijo con voz ahogada, casi incapaz de hablar.
—¿Sí?
—Sí.
—Nunca me separaré de ti.
—No, nunca.
—Ahora eres mía. Di que eres mía y que siempre lo serás.
—Sí, lo soy.

Sus dedos se detuvieron. Agarró su verga erecta y la colocó contra la húmeda abertura de su sexo.

—Tómame dentro de ti. Vamos. Ahora.

Zosia empujó hacia abajo con fuerza y su grueso miembro se deslizó dentro de ella. La punzada de dolor y la tensión inesperada la dejaron sin aliento. Se agarró con fuerza a sus hombros y se quedó quieta, esperando a que pasara el dolor que la hizo volver de golpe a la realidad.

El sueño que había abrigado desde que tenía diecisiete años se había terminado. Ya no pertenecía a un apuesto desconocido cuyo nombre ignoraba. Era una mujer de veintitrés años y le pertenecía a aquel hombre arrebatador que sí tenía nombre. Moreland. Su Moreland. Era todo cuanto quería en un hombre y sabía que, teniéndolo a su lado, jamás anhelaría otra cosa. Nunca más.

Escándalo 11

En momentos de flaqueza, lo que define a una dama puede muy bien dejar de existir. ~~O, mejor dicho, su virginidad puede muy bien dejar de existir~~.

Cómo evitar un escándalo
Manuscrito original de Moreland

Tristan echó la cabeza hacia atrás y un gruñido angustiado salió de sus labios cuando el calor húmedo del sexo de Zosia ciñó perfectamente su verga. Se deslizó más adentro, hasta que la punta del vientre de ella empujó hacia atrás la punta de su miembro. En ese momento comprendió que tenía una vía de escape que no podían ofrecerle ni la navaja ni el látigo. Se regodeó pensando que ella nunca se había entregado a otro, y el poco dominio de sí mismo que le quedaba se esfumó.

Clavó los dedos en la suave cintura de su camisón. Sacó un poco la verga y luego se hundió violentamente en ella dentro de su sexo tenso, hasta donde pudo. Ella gimió y se aferró a él, rígida.

No fue un gemido de placer, sino de dolor.

Tristan se quedó quieto y, asiéndola con fuerza por la cintura, aspiró su olor a canela y polvos de arroz.
–¿Te he hecho daño? –susurró.
–Sí –contestó con voz ahogada.
Él tragó saliva, sintiéndose cada vez más culpable. Le estaba haciendo daño. Le estaba haciendo daño por culpa de su propia estupidez, de su egoísmo y su necesidad feroz de poseerla. Y lo que era aún peor: se estaba sobrepasando con ella en un carruaje, como un crápula que pagaba a una ramera mientras se desplazaba de un lugar a otro. Pero Zosia era una dama, y se merecía mucho más que aquello. Se merecía a alguien mucho mejor que él.
–Tenemos que parar –murmuró, moviéndose para intentar apartarla de su miembro, que seguía hundido en ella.
–No –apoyó la cabeza en su hombro y se apretó contra él. Rodeó su cuello con los brazos y la manga de su camisón rozó la barbilla de Tristan–. No, es un... dolor placentero, aunque no debería confesártelo. No quiero alentarte para que sigas haciéndole eso a tu cuerpo.
¿Cómo no iba a quererla?
Acarició su espalda y deseó poder borrar el dolor que le había causado. Metió los dedos entre su pelo trenzado y la atrajo hacia sí, deslizando la lengua desde su cuello desnudo hasta sus pechos. Al sentir en la lengua el sabor de minúsculos granitos de canela molida, se detuvo y soltó una risa ronca.
–Sí que sabes a canela. Yo recomendaría un poco menos de canela en esas cremas cosméticas.
Ella le dio una palmada en el hombro y se rio suavemente. Tristan besó sus pechos a través de la tela del camisón y tuvo que contener su ansia de hundirse de

nuevo en el tenso calor que ceñía aún su verga gruesa y palpitante.

Era un canalla y un egoísta por consentir aquello.

—No deberíamos hacer esto —dijo con voz ronca—. Te mereces algo mejor. Alguien mejor que yo.

—Shh —levantó las manos hacia su cara y pasó suavemente las uñas por su cuello, oculto aún bajo la corbata.

Tristan apretó los dientes, sintiendo un placer lacerante.

—Respétate a ti mismo, Moreland. Respétate a ti mismo siempre. A mí no tienes que convencerme de tu valía. La conozco. Lo que estamos haciendo no es un pecado, sino un contrato entre nuestras almas camino del altar.

Él tragó saliva. Lo que decía era tan dulce y tan prometedor, pero cambiaría cuando supiera que...

—¿Siempre serás mía?

Zosia besó su frente.

—Siempre. Ahora, hazme tuya. Porque lo soy —se apretó contra él, hundiéndose más aún su verga.

Él rechinó los dientes y comenzó a moverse lentamente, aupándola para poder penetrarla más a fondo. Una oleada de placer ardiente recorrió su cuerpo. Intentó que sus acometidas fueran lentas y constantes, pero la necesidad de alcanzar el clímax era arrolladora. Ahogó un gruñido. Sentía una opresión en la garganta.

—Maldita sea, eres como un látigo.

Ella gimió, aferrándose a sus hombros.

—Moreland, yo...

Tiró de ella con fuerza hacia su verga, una y otra vez, clavándose en ella tan profunda y rápidamente como le permitía su cuerpo. Su frente se llenó de sudor y comenzó a resoplar, intentando controlar el impulso de derramarse dentro de su húmedo sexo.

Ella profirió de pronto un gemido de placer y se estremeció por completo.

—Dios mío –dijo con un hilo de voz, meciéndose sobre él.

Él comprendió que había alcanzado el clímax y, hundiéndose en ella una última vez, sintió que a su alrededor el mundo se expandía y se llenaba de una dicha que no había conocido nunca hasta entonces. Echó la cabeza hacia atrás y se agarró a ella con fiereza mientras vertía su denso semen dentro de ella. Su cuerpo se tensó y luego todo pareció desvanecerse, dejando únicamente el golpeteo frenético de su corazón y una necesidad desesperada de que lo abrazaran.

Rodeó a Zosia con los brazos y la estrechó con fuerza largo rato, acunándola sobre él. Su mano derecha resbaló lentamente por el muslo izquierdo de ella y frotó la piel desigual pero tersa de su muñón. Era como tocar una parte de su alma.

Aquello era amar de veras a una mujer. Un sentimiento extraordinario y embriagador. Zosia era perfecta, y había llegado en el momento justo, después de que él mismo se convenciera de que ninguna mujer podría entenderlo verdaderamente, ni encontrarlo atractivo, ni valorar su hombría debido a lo que llevaba años haciéndose a sí mismo.

Se había equivocado, aunque aquella dicha recién encontrada tuviera un precio. Estaba traicionando la confianza de Zosia, y si ella se enteraba algún día... Se le saltaron las lágrimas a pesar de que intentó controlar sus emociones. Cerró los ojos con fuerza y escondió la cabeza en la curva de su cuello mientras seguía meciéndola. No había sido su intención poseerla tan pronto, antes de que fuera suya oficialmente. Y aunque sabía que todavía no lo amaba, al menos una cosa era segura: ahora su cuerpo era suyo. Todo suyo. Y él esperaba que algún día también fuera suyo su corazón.

Zosia se sentía tan deliciosamente aturdida que no podía moverse. Moreland la levantó despacio, besó su frente y la depositó suavemente a su lado, en el asiento del carruaje. Se abrochó la solapa de los pantalones y carraspeó.
—Parece que ya no eres virgen.
Se rio, azorada, y se quedó parada al darse cuenta de que su mitad inferior, incluido su muñón, seguía desnuda. Dando un respingo, se bajó rápidamente el camisón. Sintió cómo su semen húmedo y caliente comenzaba a resbalar por la cara interna de sus muslos y se preguntó si tendría la buena fortuna de quedarse embarazada después de un único intento.
Moreland le sujetó las manos mientras aún estaba tapándose.
—Espera.
Zosia lo miró, confiando en que no esperara que siguiera desnuda el resto del viaje. Él bajó la mirada, metió la mano en el bolsillo derecho de su levita y sacó el estuche de su navaja. Recostándose en el asiento, abrió la tapa de latón y dejó al descubierto una navaja de afeitar doblada, con el mango de marfil, que reposaba sobre un trozo de pergamino amarillento y arrugado. Junto a la navaja había también un pañuelo blanco como la nieve, pulcramente doblado.

Zosia contuvo la respiración. ¿No pensaría de veras...?
—¿Qué haces?
Tristan sacó el pañuelo y lo sacudió una vez para desdoblarlo. Luego cerró el estuche.
—Está limpio.
Volvió a guardarse el estuche en el bolsillo, se inclinó hacia ella y le puso el pañuelo en la mano.
—Cuando usaba un pañuelo para limpiar la navaja, siempre lo quemaba inmediatamente después y lo reemplazaba por uno nuevo. Este es nuevo. Llevaba mucho tiempo intacto.
Zosia miró parpadeando el pañuelo y lo apretó con fuerza. Resultaba extraño tocar su mundo de una manera tan íntima. Era un mundo que aún no entendía del todo.
—¿Por qué me lo das?
Tristan la rodeó con el brazo, la apretó contra sí y susurró:
—¿Quieres que lo haga yo?
—¿Hacer qué? —intentó no asustarse mientras se apartaba.
—Shh —tiró de ella suavemente hacia él—. Ven, lo haremos juntos.
Zosia vio que acercaba la mano a su rodilla y que le levantaba el camisón hasta muy por encima de la cintura. Se puso tensa cuando, con la otra mano, agarró la mano con la que ella sujetaba el pañuelo. Suavemente, guio su mano hacia la cara interna de sus muslos y la hizo separarlos. Con gran delicadeza acercó su mano y el pañuelo a la humedad que manchaba sus muslos y limpió todo el semen. Tocó con el pañuelo la piel que rodeaba los pliegues de su sexo y los rizos oscuros de su pubis.

Ella se mordió el labio, poniéndose colorada. Se le había acelerado el corazón al contemplar aquel gesto al mismo tiempo osado y tierno. A pesar de la vergüenza que sentía, no lo detuvo. Dejó que acabara sin decir nada, mientras sentía el roce de sus nudillos en la piel con cada vaivén del carruaje.

–Ya está –Tristan soltó su mano y le quitó el pañuelo. Sonrió mientras lo arrugaba y se lo guardaba en el bolsillo de la levita.

Zosia volvió a bajarse el camisón.

–Gracias.

–No hay de qué –rodeándola todavía con el brazo, se inclinó hacia el asiento de enfrente y agarró su gabán. Tapó a Zosia con él, remetiendo los bordes para que la tapara desde los pies al cuello.

Ella se recostó en su cuerpo cálido. Se sentía amada y mimada. ¿Cómo era posible que Moreland pudiera ser tan tierno y afectuoso con ella, y tan cruel consigo mismo? Algo tenía que haber sucedido para que empezara a cortarse. Pero ¿qué?

–Moreland... –susurró.

–¿Umm? –parecía satisfecho y en paz.

Zosia lo miró y acarició su pecho, rozando los botones plateados de su levita. No quería romper aquel momento de ensoñación, pero ¿cómo si no iba a entenderle y a conectar verdaderamente con él?

–¿Cuándo te... cortaste por primera vez? ¿Y por qué? Quiero saber más sobre eso. Quiero saber más de ti.

Moreland vaciló, arrugando el entrecejo. Se quedó con la mirada perdida y al final hizo un gesto de asentimiento y contestó en voz baja y distante:

–No fue algo a lo que me entregara conscientemente. Simplemente, sucedió. Tenía quince años. Era joven, estúpido, y estaba furioso y amargado. Tenía ganas de destrozarlo todo a mi alrededor y un día, puerilmente, cedí a mis impulsos, arranqué un espejo de la pared y lo estrellé contra el suelo. En cuanto se rompió, fue como si mi yo anterior abandonara mi cuerpo para no volver más. Me senté en el suelo, agarré un pedazo de espejo de los muchos que había a mi alrededor y, sin pensarlo siquiera, me corté en el brazo por primera vez. Fue extrañamente reconfortante ver y sentir que mi sufrimiento salía de dentro de mí –suspiró–. Solo después me entró el pánico. Sabía que lo que había hecho era una locura. Así que me vendé la herida e intenté ocultársela a mi abuela. Pero un criado le dijo que había visto sangre en una de mis camisas. Mi abuela me interrogó y confesé. Nunca la he visto tan furiosa. Amenazó con mandarme a un manicomio si volvía a hacerlo. Prometí que no lo haría, y lo dije en serio. Pero cuando se me curó la herida, quise hacerlo de nuevo. Y luego otra vez, y otra. Mi abuela y yo estábamos siempre discutiendo por eso.

Apretó el hombro de Zosia.

–No empecé a usar una navaja de afeitar hasta que tuve diecisiete años. Fue entonces cuando intenté controlar lo que hacía limitando mis impulsos a un único objeto y haciéndolo solo si lo necesitaba desesperadamente. Antes de eso, lo hacía siempre que me apetecía. De hecho, la mayoría de las cicatrices de mis brazos y mi pecho datan de esos dos primeros años. Y lo lamento. Porque no puedo deshacerlo.

Zosia tragó saliva con esfuerzo. Tenía un nudo en la garganta. Se arrimó a él y deseó poder borrar todo aquello.

–¿Por qué estabas tan enfadado? –susurró–. ¿Qué ocurrió?

–Yo... –bajó la mirada–. Por favor, ahora no.

Ella apretó los labios y asintió con la cabeza. Intentando reconfortarlo, dijo en voz baja:

–Yo siempre estaré a tu lado, Moreland. Siempre estaré dispuesta a escucharte. Quiero que lo sepas.

Él la estrechó con más fuerza, pero no dijo nada.

Guardaron silencio, apoyados el uno en el otro mientras los mecía el zarandeo del carruaje. Zosia intentó resistirse al deseo de cerrar los párpados, que cada vez le pesaban más, pero finalmente se quedó dormida y se sumió en el olvido.

–Zosia –una voz de hombre se coló en la oscuridad en la que flotaba–. Amor mío, despierta.

Abrió los ojos. La suave luz de una vela inundó su vista, dejándole ver un cuarto de estar bellamente decorado en azul y oro que, como por arte de magia, había aparecido en lugar del carruaje.

Una mujer de cabello gris, rasgos envejecidos pero refinados y piel de porcelana permanecía elegantemente sentada en una silla dorada, casi al alcance de su mano. Vestía un exquisito vestido de noche de raso y encaje de color esmeralda, con bordados florales en las mangas abullonadas. Sus ojos negros, suaves y penetrantes, la observaban con notable curiosidad.

Zosia se sobresaltó al darse cuenta de que su cabeza y sus hombros reposaban sobre el regazo de Moreland. Estaban ambos en un sofá de terciopelo bordado, y el gabán de Moreland cubría aún su cuerpo y su camisón.

Se incorporó bruscamente, tirando del gabán para taparse los senos. Ni siquiera recordaba que la hubieran llevado en brazos hasta allí.

—Discúlpeme, por favor —dijo y, deslizando la pierna por el sofá, posó el pie en el suelo—. No quería llegar en camisón, ni dormida.

Moreland le frotó la espalda, intentando tranquilizarla.

—Teniendo en cuenta la hora y las circunstancias, no hace falta que te disculpes, Zosia —señaló a la anciana con una mano desnuda—. Mi abuela, lady Moreland.

La mujer levantó la barbilla y miró a su nieto.

—Su inglés es impresionante —hizo un ademán con la mano pálida y venosa, señalando las puertas que había a su derecha—. Déjanos, Moreland. Nada de interrupciones, ni de escuchar. Esto es entre ella y yo. Respétalo.

Moreland se inclinó hacia Zosia y besó su mano, no una sino dos veces.

—Su lengua viperina oculta un corazón angelical, te lo aseguro.

Lady Moreland fijó la mirada en la mano que él besaba aún y luego la apartó.

—Solo vas a estar fuera veinte minutos, Moreland, no veinte años. Ahora, vete.

Zosia intentó no reírse cuando él le soltó la mano. Moreland se levantó y señaló a su abuela con el dedo.

—Compórtate —exhaló un suspiro, cruzó la puerta y se perdió de vista.

Cuando dejaron de oírse sus pasos a lo lejos, lady Moreland se volvió hacia Zosia y anunció en tono frío y desapasionado:

—Tengo muy poco que decirle a una mujer a la que

no conozco. Pero lo que tengo que decirle téngalo muy en cuenta. Porque, si algo le pasa a mi nieto estando con usted, la consideraré responsable directa y me aseguraré de que tanto usted como todo lo que ama se desangre hasta morir.

La sonrisa de Zosia se borró. Aquellas palabras parecieron arañar su alma. Por lo visto había entrado en la guarida de una leona muy celosa de su territorio. Una leona que le recordaba mucho a su propia madre.

—Moreland es mucho más frágil de lo que aparenta —la anciana la miró como si intentara penetrar en sus pensamientos—. Tuvo la gran desgracia de tener una madre que era muy cariñosa y muy buena, pero también muy inestable. Una mujer que en el último año de su vida intentó matarse una y otra vez, tras caer víctima de una melancolía perturbadora. Mi hijo se negó a encerrarla en un manicomio, donde debía estar, y aceptó la responsabilidad de cuidarla. Aunque en aquel momento mi nieto tenía solo catorce años, apoyó la decisión de su padre y, sin que se lo pidieran, se obsesionó con asegurar cada habitación de la casa y con guardar bajo llave todo lo que ella pudiera usar para hacerse daño. Huelga decir que su espíritu juvenil tuvo que soportar por ello una carga que no le correspondía.

Zosia apretó los labios y juntó las manos en un esfuerzo por contener las emociones que se agolpaban en su interior. Ya en aquella época, Moreland había intentado únicamente proteger a quienes amaba. Incluso a costa de su propia cordura.

Lady Moreland suspiró.

—A pesar de sus esfuerzos, mi nuera consiguió quitarse la vida. Al descubrir su cadáver, mi hijo perdió el poco juicio que le quedaba. Cerró con llave la puerta de la alcoba de su esposa, donde había dejado su cuerpo intacto, dio el día libre a los criados y mandó a Moreland a buscar a un médico, alegando que su madre no se encontraba bien. En el corto rato que mi nieto tardó en ir en busca del médico, mi hijo le escribió una última carta y se degolló con una navaja de afeitar –cerró los ojos y sacudió la cabeza–. Lo que le hizo a su hijo fue imperdonable. Aborrecí a mi propio hijo por ello. Lo aborrezco aún. Destrozó a ese muchacho –lady Moreland volvió a abrir los ojos y suspiró–. Aunque le pedí muchas veces que me dejara ver la carta que le había dejado su padre, Moreland nunca quiso enseñármela. Me di por vencida hace muchos años, comprendiendo que era algo que debía quedar entre su padre y él. Es una carta que guarda celosamente en el estuche de su navaja y que lleva consigo a todas partes. Le aconsejo que no toque nunca ese estuche, ni esa carta. Ni siquiera le pregunte por ella. Solo conseguirá que se moleste, pese a sus buenas intenciones. Si con el tiempo le permite tocar el estuche o si alguna vez lo abre en su presencia, será únicamente porque confíe en que no va a usted a violar lo que es suyo. ¿Entiende?

Las lágrimas se agolpaban en los ojos de Zosia, emborronando la habitación mientras luchaba por contener los sollozos que pugnaban por salir de su pecho. Por fin comprendía la carga que llevaba Moreland sobre sus hombros y por qué era así. Consciente de que ya había abierto el estuche de su navaja delante de ella, aunque hubiera sido solo para ofrecerle un pañuelo, comprendió que confiaba en ella sin duda alguna. Y esperaba no traicionar nunca aquella confianza.

Una lágrima se derramó y se deslizó por su mejilla.

Se la enjugó con las yemas de los dedos y levantó la barbilla, intentando dominarse.

Una sonrisa triste embelleció los labios carnosos de lady Moreland al tiempo que ladeaba ligeramente la cabeza.

—Parece usted muy compasiva. Eso es bueno. Él necesita compasión. Por eso seguramente se siente tan atraído por usted. Intenta usted comprenderlo, no juzgarlo. Hay muy pocas personas que sepan dejar a un lado sus propios puntos de vista. Hasta yo tiendo a juzgarlo, y es mi propio nieto —vaciló, miró hacia la puerta y fijó de nuevo los ojos en Zosia—. Supongo que ya sabe lo que pasa con la navaja que lleva encima.

Ella hizo un gesto afirmativo.

—Sí.

—Nunca se curará de eso. Siempre tendrá la necesidad de llevar esa navaja.

Zosia se inclinó hacia delante y la miró fijamente.

—¿Tan poca fe tiene en él, lady Moreland, que lo cree incapaz de cambiar? Yo, por mi parte, creo firmemente que, si se lo pidiera, se desprendería de esa navaja por mí. Sé que lo haría.

Los ojos de lady Moreland se iluminaron.

—Todavía no comprende bien a Moreland, niña. Desde que tuvo edad para caminar, nunca hizo nada que no quisiera hacer. Es terriblemente terco y apasionado a más no poder. Igual que yo. Pero es muy peligroso ser apasionado y terco en exceso. Porque cuando Moreland quiere algo, nada le impide conseguirlo. Ni siquiera la razón. ¿Por qué cree que está sentada aquí? Porque él lo desea. Va a enfrentarse a su rey, a su moral y a su sentido común porque quiere hacerlo. Nada de lo que digamos usted o yo le hará mella. Moreland tiene que dejar de querer llevar ese estuche por propia convicción. Y no está preparado para hacerlo. Es evidente. Puede que nunca lo esté. Y eso es algo que va a tener usted que aceptar.

—No voy a aceptar nada, salvo lo que sea mejor para él. Y permitirle llevar ese estuche no es lo que más le conviene.

Lady Moreland se levantó de su silla y se sentó elegantemente a su lado. Tomó la mano de Zosia, la apretó con firmeza y se inclinó hacia ella.

—Ya le he dicho demasiadas cosas malas. Pero mi Moreland es mucho más que esa navaja —esbozó una sonrisa—. Es muy ingenioso. Puede que él nunca se lo cuente, porque ofendería su sensibilidad masculina, pero le encanta escribir. Ha escrito el libro sobre etiqueta más poético que jamás haya adornado una estantería. Se titula *Cómo evitar un escándalo*.

Zosia entreabrió los labios. El libro. El libro encuadernado en cuero rojo que le había enviado Moreland. El escrito por un «autor desconocido» al que, de hecho, conocía desde el principio. Sintió un nudo en la garganta. Había dejado el libro olvidado sin pensar siquiera que pudiera tener algún valor. Había desdeñado un pedazo de Moreland. No volvería a hacerlo.

—Ámelo incondicionalmente —insistió lady Moreland en voz baja—. Es lo único que le pido.

A Zosia se le encogió el corazón. Asintió y levantó la mano de la anciana. Llevándosela a los labios, la besó.

—Lo haré, se lo prometo.

—Gracias —le tembló la mano. Hizo un gesto de asentimiento y, desviando la mirada, apartó la mano y se levantó—. Puede marcharse.

Lady Moreland debía de haber olvidado su estado. Zosia levantó la pierna del suelo, levantando con ella el gabán de Moreland.

—Me temo que dependo tanto de Moreland como él de mí.

La anciana señora se detuvo y su semblante crispado se suavizó.

—Iré a buscarlo —dio media vuelta y luego vaciló, mirándola por encima del hombro—. Intuyo que van a ser muy felices, y eso es mucho más de lo que esperaba para él —asintió de nuevo, se volvió y salió del salón con una elegancia que Zosia no pudo evitar admirar y envidiar.

¡Ah, cuánto le habría gustado volver a tener dos piernas! ¡Cómo lo echaba de menos! Moreland se habría quedado pasmado si la hubiera conocido cuando todavía tenía sus dos piernas. No habrían parado de bailar el vals.

Sonrió al pensarlo y miró su único pie, apoyado sobre el frío mármol del suelo. De pronto deseó recibir a Moreland como la joven debutante que había sido una vez. Dudó, luego apartó el gabán, se incorporó sobre la pierna y se levantó del sofá. Se balanceó un momento, sirviéndose de los brazos para mantener el equilibrio.

Su pierna era muy fuerte. Durante aquellos años había procurado ejercitarla apoyándose en ella a menudo, para así poder sostenerse en pie sin ayuda largos periodos de tiempo. Sencillamente, esos últimos meses se había vuelto perezosa.

Mordiéndose el labio, levantó el bajo del camisón por encima del tobillo y saltó hacia el centro del salón, deteniéndose de vez en cuanto para equilibrarse. Cuando estuvo frente a la puerta, se volvió hacia ella y dejó caer el bajo del vestido. Se deshizo rápidamente la trenza, se pasó los dedos por el pelo y se lo echó por encima de los hombros. Levantó la barbilla, colocó los brazos a los lados y esperó la llegada del hombre del que ahora sabía que estaba perdidamente enamorada.

Escándalo 12

Es fascinante que algo tan poco deseable como el suelo áspero que pisamos sea lo único que permite brotar y abrirse a una flor. Una dama ha de aprender de este milagro y no menospreciar nada que considere por debajo de ella. Porque nunca se sabe dónde puede surgir una oportunidad. Por desgracia, también hay que aceptar que siempre habrá malas hierbas que emponzoñen ese mismo suelo. ~~Supongo que es ley de vida. Por cada hermoso capullo, habrá siempre un hierbajo que intente mearle en las raíces~~.

Cómo evitar un escándalo
Manuscrito original de Moreland

Apoyado contra la pared del fondo del pasillo, Tristan daba golpecitos en su bolsillo derecho, haciendo sonar el estuche de su navaja. Aunque oía un murmullo de voces femeninas, hacía rato que había dejado de aguzar el oído para intentar entender lo que decían. Sabía de qué trataba la conversación: de él y de sus cortes.

Era degradante. Se sentía como si estuviera pasando de unas manos angustiadas a otras. Solo confiaba en que su abuela no hubiera conseguido que Zosia sintiera lástima por él. Porque no quería que sus afectos quedaran reducidos a un sentimiento de piedad. Quería ser un hombre a sus ojos, no un pelele patético.

Levantó la vista al oír el tamborileo de unos zapatos de tacón sobre el suelo de mármol. Al ver a su abuela, se apartó de la pared y caminó hacia ella, hasta que por fin se detuvieron el uno frente al otro. Pasado un momento, dijo tranquilamente:

–Supongo que ahora tendré que arrastrarme si quiero redimirme a sus ojos.

Los ojos oscuros de su abuela se clavaron en los suyos y una sonrisa trémula se dibujó en sus labios. Levantó sus manos envejecidas y pálidas y las posó sobre sus mejillas.

–Nunca volverás a arrastrarte –susurró–. En su presencia, no. Has elegido muy bien, Moreland. Muy bien.

Su nieto la miró sin decir nada. Ella se puso de puntillas, le hizo bajar la cabeza y lo besó en la frente.

–Informaré a Su Majestad del enlace que he organizado. Pensará que yo y solo yo he preparado vuestra fuga. Es lo menos que puedo hacer. Que Dios os bendiga a ambos. Ahora te pido que te vayas. Márchate –lo soltó y dio un paso atrás.

La agarró y, atrayéndola hacia sí, apoyó su cabeza en su pecho y la besó en los suaves rizos blancos de la coronilla. Hacía mucho tiempo que no la abrazaba y que no reconocía cuánto la quería en realidad. Significaba mucho para él que aceptara a Zosia. Más de lo que imaginaba su abuela.

–Te escribiré todos los primeros de mes en cuanto lleguemos a Nueva York. Y serás la primera en saberlo cuando Zosia quede encinta.

Lady Moreland se desasió de sus brazos y retrocedió. Las lágrimas le corrían por las mejillas. Ahogó un sollozo. Tapándose la boca con una mano temblorosa, pasó a su lado y se alejó a toda prisa por el pasillo.

—¡Abuela! —gritó Moreland con voz ahogada, incapaz de dejarla marchar sin asegurarse de que podía seguir adelante sola—. Dime que no tengo por qué preocuparme.

Ella se detuvo y apoyó una mano en la pared, pero siguió dándole la espalda.

—Soy mucho más fuerte de lo que parezco.

Moreland tragó saliva y dio un paso hacia ella.

—Ven con nosotros. Yo te llevaré en brazos más allá de ese umbral.

Ella sacudió la cabeza.

—Yo he vivido mi vida. Es hora de que tú vivas la tuya.

—Mírame al menos —insistió—. Necesito saber que vas a estar bien sola.

Su abuela se apartó de la pared, pero se mantuvo tercamente de espaldas a él.

—No pongas aún más difíciles las cosas. Yo tengo mis libros y tú tienes tu felicidad. Es lo mejor que podía esperar. Estoy deseando recibir tus cartas, Moreland. No olvides mandarme un retrato de familia una vez al año, y espero que vuestra primera hija lleve mi nombre —levantó la barbilla, avanzó por el pasillo y desapareció en su habitación preferida: la biblioteca.

Tristan cerró un momento los ojos y respiró hondo. Su abuela no tendría a nadie, una vez se marcharan ellos. A nadie que la comprendiera. Pero tenía razón: era hora de que viviera su vida. Ya había esperado demasiado. Si flaqueaba ahora, todo podía irse al garete.

Volvió a abrir los ojos, dio media vuelta y echó a andar por el pasillo, de regreso a la sala donde sabía que esperaba Zosia. Temía la mirada de piedad que iba a encontrar en sus ojos.

Torció hacia la sala y se detuvo sobresaltado al ver a una mujer increíblemente bella, serena y elegante de pie ante él, con un largo camisón y la larga melena negra revuelta alrededor de los estrechos hombros. Por un instante no reconoció a Zosia.

Ella sonrió, juguetona, y sus ojos azul grisáceos brillaron.

–Me ha crecido una pierna mientras estabas fuera.

Él refrenó una carcajada y no se atrevió a acercarse, ni a respirar, por si aquella hermosa visión desaparecía.

–Dios mío, estás... asombrosa. Pareces más alta.

Ella se encogió de hombros. Se mantenía erguida y elegante, sin tambalearse lo más mínimo, como si no se sostuviera sobre una sola pierna.

–He pensado que ya era hora de contarte mi pequeño secreto. Puedo sostenerme bastante bien sola, sin ninguna ayuda. Hasta puedo rodear saltando toda una habitación sin cansarme, aunque no sea muy elegante –lo observó y añadió en voz baja–: Puedo sostenerme sin muletas, Moreland. Confío en que algún día tú seas capaz de hacer lo mismo. Ir por la vida sin una navaja en el bolsillo. Si yo puedo sobrevivir con una pierna, tú puedes sobrevivir sin tu navaja.

Él tragó saliva y sintió una opresión en el pecho. Necesitaba creer que, en efecto, podía sobrevivir sin su navaja ahora que tenía a Zosia a su lado. ¿Por qué tenía ella mucha más fe en él que él en sí mismo? Era asombroso.

Se acercó despacio. Al detenerse ante ella, se dio

cuenta de que, sin muletas, le llegaba al hombro. Era mucho más alta de lo que pensaba. Le sostuvo la mirada y dejó que su mano desnuda se acercara a su pelo. Acarició sus largos y sedosos mechones, siguiendo su longitud hasta que rozó con los nudillos su pecho. Se detuvo y la miró a los ojos.

Tomando su cara entre ambas manos, se inclinó hacia ella y la besó suavemente en los labios. Ni siquiera hubo tiempo de apreciar el prodigio de aquel instante. Él, que esperaba piedad, había encontrado orgullo y fortaleza. Por fin había hallado a alguien que lo entendía de verdad, plenamente.

Apartó la boca de la de ella y bajó las manos, consciente de que tenían que emprender viaje hacia la costa.

–Deberías vestirte para el viaje. Vamos.

La agarró por la cintura y la levantó en brazos. Zosia se agarró a él mientras Moreland se acercaba rápidamente al sofá donde ella había dejado su gabán. La miró a los ojos y se inclinó un poco hacia delante, acercando la mano al gabán. Deseó para sus adentros que ella lo recogiera. «Demuéstrame que me entiendes sin necesidad de que diga una sola palabra».

Zosia sonrió, agarró el gabán y se cubrió con él.

–Ya ni siquiera necesitamos hablar para entendernos, ¿verdad?

Moreland sonrió.

–Me siento tan afortunado que tal vez nunca vuelva a pronunciar palabra –murmuró.

Escándalo 13

Todo el mundo tiene derecho a amar y a ser amado. ~~Aunque puede que me equivoque, dependiendo de quién se trate~~.

Cómo evitar un escándalo
Manuscrito original de Moreland

Una violenta sacudida lo despertó de un sopor sin sueños en el que ni siquiera recordaba haber caído. Cuando el carruaje volvió a zarandearse, agarró a Zosia con más fuerza y clavó las botas en el suelo, intentando evitar que cayeran ambos hacia delante. Se recostó en el asiento y procuró mantener el equilibrio.

Los gritos del conductor y del lacayo lo dejaron paralizado cuando el carruaje se sacudió de nuevo, zarandeándose de un lado a otro. Habían reducido bruscamente la velocidad y el tironeo de los caballos al reducir el galope los empujaba hacia delante y hacia atrás.

—Moreland —Zosia se incorporó, soñolienta, entre sus brazos—, ¿qué ocurre?

—No lo sé —sin embargo, algo le decía que el tiempo

que había pasado con ella estaba tocando a su fin. Santo cielo, ¿por qué lo odiaba tanto el destino? ¿Tan indigno era?

Soltó a Zosia, apartó la cortinilla y abrió la ventanilla del coche.

—¡Clayton! —gritó hacia el pescante del conductor—. ¿Por qué vamos tan despacio?

—¡Benson tenía que cargar las pistolas, señor! —respondió Clayton a voces—. Volveré a arrear a los caballos en cuanto acabe.

—¿Y por qué está cargando las pistolas? —preguntó.

—¡Nos viene siguiendo un grupo de jinetes desde Greenwich. Hasta ahora han mantenido las distancias, pero parece que se están acercando y hemos creído preferible tomar precauciones.

El carruaje fue cobrando velocidad poco a poco mientras el viento de la noche neblinosa silbaba a su alrededor. Tristan se asomó por la ventanilla intentando ver a los jinetes y recorrió con la mirada el paisaje, iluminado apenas por la luna que asomaba entre las nubes. El violento vaivén de los faroles encendidos del exterior del carruaje alumbraba lo justo para que distinguiera la carretera de grava.

Se quedó de una pieza.

Las sombras sin rostro de dos hombres tocados con grandes sombreros militares aparecieron ante su vista, unos metros por detrás del carruaje. Uno le gritó algo al otro en un idioma extranjero.

Eran rusos.

Uno de los jinetes aguijó a su caballo al tiempo que metía la mano debajo de su manto. Apareció la sombra de una pistola, apuntando directamente a la cabeza de Tristan.

—¡Mierda! –Tristan se metió dentro del carruaje en el instante en que un disparo atronador resonaba entre el ruido de los cascos de los caballos y las ruedas. Se apoyó contra la puerta, intentando recobrar el aliento. Él podía vencer fácilmente a un jinete, y Benson se encargaría de los demás con sus pistolas.

Agarró a Zosia y la depositó suavemente en el suelo del carruaje.

—Quédate en el suelo –dijo, intentando que su voz sonara tranquila–. Pase lo que pase, quiero que te quedes donde estás.

Ella intentó incorporarse.

—Dime qué hago. Dímelo y...

—¡No! –gritó y, asiéndola por los hombros, la zarandeó con fuerza–. A ti no van a hacerte daño, Zosia. No es esa su intención. Pero si te alcanza accidentalmente una bala, no podré protegerte. Quédate donde estás. Prométemelo –le sostuvo la mirada, urgiéndola a obedecer.

Ella vaciló, pero al final asintió a medias con la cabeza. Le sostuvo la mirada, a pesar de que Moreland vio el miedo grabado en su pálido rostro. Fue como si no dudara de que podía protegerla y esperara sencillamente que hiciera algo.

Y lo haría.

Se levantó y volvió a acercarse a la ventanilla abierta. Distinguió la sombra de un hombre cubierto con un manto, acercándose cada vez más. Al menos tenía un arma de la que podía fiarse. Sacó el estuche de su navaja, abrió la tapa y sacó la navaja. Tiró el estuche al asiento y abrió la hoja moviendo el mango con la mano derecha. Agarrándose al asa de cuero que colgaba del techo del carruaje, se inclinó hacia el borde de la ventanilla abierta.

Se asomó todo lo que pudo. El viento lo empujaba contra el carruaje y las sombras de la noche giraban vertiginosamente a su alrededor, pero sus ojos se fijaron al instante en el hombre más cercano.

Levantó la mano izquierda y colocó el filo de la navaja al nivel de su mandíbula, luchando contra el viento que lo azotaba y hacía temblar su brazo. De pronto se detuvo. Allí, más allá del resplandor de los faroles y de la luz de la luna que aparecía y desaparecía detrás de las nubes, vio aparecer las sombras de seis jinetes, todos ellos provistos de sombreros y mantos parecidos.

Sus ojos se dilataron y contuvo la respiración. No podría enfrentarse a todos, ni aunque fuera armado hasta los dientes.

Uno de los jinetes gritó con fuerte acento extranjero:

—¡Alto, en nombre del emperador y autócrata de todas las Rusias! ¡Alto o habrá derramamiento de sangre!

Le ardió la garganta. Todo aquello había escapado a su control. No estaba dispuesto a poner en peligro a Zosia, a su cochero y su lacayo, aunque para ello tuviera que sacrificarlo todo. Soltó la navaja, que cayó al camino y desapareció entre las ruedas del carruaje, y le gritó al conductor:

—¡Pare el coche! ¡Ahora!

—¡Mi señor! —gritó el lacayo—. ¿Le parece sensato que...?

—¡Pare el maldito coche! —bramó intentando hacerse oír entre el estruendo circundante—. ¡Benson, suelte las pistolas y no vuelva a cuestionar una orden mía!

—¡Sí, milord!

Tristan volvió a meterse en el carruaje, sintiéndose desfallecer. Cerró de golpe la ventanilla y se dejó caer en el suelo, junto a Zosia. Con la respiración agitada, la miró y comprendió que nada volvería a ser igual. Todo había terminado antes de empezar. Antes de que tuviera la ocasión de conocer el verdadero amor de una mujer.

Sostuvo la mirada solemne de Zosia entre las sombras que el farolillo proyectaba sobre sus cabezas y se preguntó si alguna vez le perdonaría. Santo cielo. Aquello era una pesadilla.

–Tenemos que parar. No van a hacerte daño. Si coopero, no me matarán.

Zosia se arrimó a él y apoyó la cabeza contra su pecho.

–Abrázame –susurró, aferrándose a su levita–. Por favor, abrázame.

–Shh. Todo irá bien. Te lo prometo.

–¿Por qué nos persiguen? ¿Qué es lo que quieren?

–Perdóname, Zosia. Perdóname por hacerte pasar por esto. No debería haber... –la estrechó entre sus brazos y la apretó contra sí, apoyando la barbilla sobre su pelo.

Poco importaba lo que fuera de él. Era hora de abandonar su egoísmo y dejarla marchar. Hora de darle aquello con lo que siempre había soñado. Un sueño que incluía a su héroe y la oportunidad de convertirse en una portavoz mucho más poderosa de su nación. Sueños de los que él nunca había formado parte.

El carruaje aminoró la marcha hasta detenerse por completo. Un silencio fantasmagórico palpitó a su alrededor, interrumpido por el ruido de unos cascos que se acercaban y de los gritos de los hombres a lo lejos. Gritos en ruso.

–¿Hablan ruso? –susurró ella.

Tristan tragó saliva.

—¿Entiendes lo que dicen?
Ella negó con la cabeza.
—No, nunca he aprendido ruso. A mi madre no le parecía patriótico.
Si la situación no hubiera sido tan apurada, Moreland se habría echado a reír. Sin duda, su madre se había esforzado por apartarla de Rusia todo lo posible. Pero era hora de enterrar esas intenciones y de hacer justicia a Zosia del único modo que conocía.
—Zosia, tu madre era rusa. Pertenecía a la familia real rusa, de hecho. Igual que tú.
Ella se quedó inmóvil en sus brazos.
—¿Qué?
Él la apretó con más fuerza, intentando insuflarle fuerzas.
—Tu abuela, la emperatriz Catalina, tuvo una aventura amorosa con tu abuelo, Poniatowski, de la que nació tu madre. Ese es en realidad el único vínculo que tienes con la monarquía polaca. La emperatriz intentó ocultar su relación fingiendo que tu madre había muerto y dándole una nueva identidad en Varsovia. Aunque con el tiempo intentó devolverla a la corte rusa, murió antes de cumplir su propósito. Sin embargo, antes de morir, le envió una carta a tu madre a través de un joven ruso que se enamoró de ella, pero que no le confesó quién era hasta mucho después de tu nacimiento.
—¿Mi padre? —preguntó con voz ronca.
—Sí, tu padre. El anterior emperador de Rusia, Alejandro Primero. Al descubrir su identidad, su madre le impidió verte, se negó a mantener cualquier vínculo con Rusia y recurrió a la familia Poniatowski. Al final, tu madre, lo mismo que tu primo, intentaron mantenerte alejada de la corte rusa. Por eso están los rusos aquí,

Zosia. Quieren llevarte con ellos. Hacerte gran duquesa.

—¿Mi padre era... era... el emperador? —preguntó con voz ahogada y sacudió la cabeza—. *Nie. Boże, nie rozumie jak moja własna matka...*

—Amor mío —susurró, sintiendo que le ardía la garganta. No necesitaba entender sus palabras para comprender su angustia—. Lo siento muchísimo, yo...

—¿Qué voy a hacer ahora? —alzó la voz, llena de pánico, y sofocó un gemido—. Si quieren hacerme gran duquesa, esperarán que apoye a Rusia. Y yo... no puedo. ¡No puedo, después de lo que les he visto hacer a gente inocente! ¿Qué voy a hacer, Moreland? ¿Qué voy a hacer?

—Shh. Escucha, escúchame bien. Su Majestad cree que esa duplicidad te destrozaría, pero él no te conoce tan bien como yo. Estás destinada a desempeñar un papel así, a hacer que la corte rusa entienda mejor a tu pueblo. Un verdadero líder, y yo sé que tú lo eres, entiende a los dos bandos y busca unirlos. Al margen de quién fuera tu padre, te educaron como polaca y harás justicia a tu pueblo sin dar la espalda a tus antepasados. Ese es tu sueño, Zosia. Acógelo.

—¿Y resignarme a ser rusa? Pero Moreland, yo...

La portezuela del carruaje se abrió de golpe y ambos se volvieron hacia ella. Un caballero alto y musculoso, ataviado con uniforme militar negro, charreteras doradas y varias filas de medallas en el lado izquierdo del pecho, dio un paso adelante y apuntó a la cabeza de Tristan con una pistola de gran tamaño.

No era otro que su maldito héroe.

—¡No le hagáis daño! —gritó Zosia, intentando proteger a Moreland con su cuerpo.

Una oleada de orgullo embargó a Tristan, que la apartó de él y de la pistola.

–Zosia, por favor, no.

Las facciones afiladas del joven se suavizaron.

–*Velikaya Knyazha* –su mirada en sombras recorrió el vestido de Zosia antes de posarse en su cara.

Tristan sintió una opresión en la garganta al apretar a Zosia contra él, intentando protegerla.

–Baje el arma, señor, no sea que, con tan amorosa intención, vaya a errar el tiro.

–Moreland, ¿no es el mismo hombre que...? –Zosia se echó hacia delante–. Pero si yo lo conozco... –susurró, estupefacta–. Santo cielo, es usted. Usted. Apenas lo he reconocido. Tiene el pelo mucho más largo y se ha afeitado el bigote.

Tristan contuvo la respiración. Recorrió con la mirada la figura alta y musculosa del ruso, enfundada en el uniforme militar. Cualquier mujer admiraría su buena planta, supuso.

El oficial bajó la pistola y sonrió, dejando ver un hoyuelo, cómo no, en su mejilla derecha. Se encogió de hombros al tiempo que se ajustaba con la otra mano la cinta roja que sujetaba su oscura cabellera, junto a la base del alto cuello del uniforme. Dijo algo en ruso, rápidamente, subiendo y bajando la voz en tono imperioso.

Zosia miró a Tristan. Sus mejillas se habían vuelto de un profundo tono encarnado, visible a pesar de la penumbra.

–Parece creer que hablo ruso.

¿Por qué se había sonrojado? Con él nunca se sonrojaba así. ¿Por qué...?

El ruso se inclinó y arqueó las oscuras cejas.

–¿No habla también...?

Tristan agarró a Zosia con más fuerza.

–No, no habla ruso.

El joven se echó hacia atrás y miró al pequeño grupo de soldados que se había reunido tras él. Carraspeó y se giró hacia ellos como si dudara de qué idioma debía emplear.

–Inglés –insistió Zosia–. Para que todos nos entendamos.

El oficial le dirigió una mirada íntima y una sonrisa cruzó sus labios.

–Inglés, pues, gran duquesa. Es un inmenso placer y un honor encontrarla con tan buena salud y que se acuerde de mí a pesar de los años que han pasado. Permita que me presente formalmente. Soy el conde Maksim Nikolaevich y por decreto real, tal y como ordenó su padre, estoy aquí para devolverla a San Petersburgo y restablecer su posición como gran duquesa convirtiéndola en mi esposa.

Ella sofocó un grito.

–¿En su esposa?

Tristan hizo una mueca. Aquello iba de mal en peor.

Maksim sonrió con orgullo.

–He esperado años ese honor. Años.

¡Pero si el muy lechuguino solo la había visto una vez!

–Cuánta pasión por una mujer a la que ni siquiera conoce.

Maksim posó la bota de cuero negro sobre los peldaños recogidos del carruaje.

–No tiene derecho a burlarse de mí después de todo lo que ha hecho –lo miró con enojo–. Llevaremos este asunto ante el rey y la gran duquesa decidirá cómo termina.

Tristan apretó los dientes y clavó los dedos en el cuerpo de Zosia. ¿Cómo iba a dejarla marchar? No podía. No lo haría.

—Entonces ¿no esperan que vaya? —preguntó Zosia en voz baja—. ¿No esperan que me convierta en su esposa o que sea gran duquesa?

Maksim se inclinó hacia ella y bajó la voz como si quisiera excluir a Tristan de la conversación.

—Aunque tengo derecho a retenerla y a obligarla a cumplir el decreto imperial, soy un caballero y me someteré a la decisión que tome —vaciló—. ¿Podemos hablar en polaco? Lo prefiero al inglés.

Zosia se echó a reír.

—Quiere hablar en polaco. Qué encantador.

Tristan tuvo que refrenarse para no dar un puñetazo en la cara al joven ruso. Sabía cómo iba a acabar aquello si se presentaban ante Su Majestad. El rey no tenía paciencia para quienes se oponían a su voluntad. Tendría suerte si no le despojaba de todas sus posesiones, incluido su título. ¡En qué lío se había metido! Y dudaba de que Zosia fuera a perdonarlo cuando se enterara de la verdad.

La levantó del suelo y la depositó sobre el asiento. Después, se apartó de ella. No podía seguir abrazándola sabiendo que...

—Moreland —Zosia lo agarró de los brazos, aferrándose a ellos ferozmente y atrayéndolo hacia sí.

La miró y procuró ocultar su angustia mientras se preguntaba si aquella sería la última vez que la viera.

—Nos vamos a Windsor. Tienes que tomar una decisión.

Ella se estremeció en sus brazos.

—No hay ninguna decisión que tomar. Puede que al

conde Nikolaevich le hayan ordenado casarse conmigo, pero yo no podría... –sacudió la cabeza–. No. No estoy preparada para desempeñar un papel de esa magnitud, Moreland. No hablo el idioma, no sé nada de las costumbres de los rusos, ni de sus gentes, ni de lo que se espera de mí –se rio forzadamente–. ¿Me ves entrando a la pata coja en la corte rusa y exigiéndole al emperador que libere a Polonia? Es una idea ridícula. No serviría de nada.

No era ridículo en absoluto, y Tristan adivinó que solo lo decía por el cariño que le tenía. De algún modo, sin saber cómo, había permitido que su pasión destruyera no solo sus valores propios, sino también los de ella. Porque la Zosia de la que se había enamorado locamente jamás rechazaría una oportunidad como aquella de ayudar a su pueblo.

Iba a perderla. Iba a perderla para siempre por culpa de un matrimonio de trascendencia política, pero si no la dejaba marchar, si no le permitía seguir su destino, se odiaría a sí mismo el resto de su vida. Porque aquello era mucho más importante que él y que su estúpida felicidad. Estaba en juego el destino de una nación. Santo cielo, tenía que dejarla marchar.

Con un nudo en la garganta, miró al conde, que los observaba con atención.

–Permítame hablar con ella a solas, señor.

Maksim le apuntó al pecho con la pistola.

–O habla con ella mientras le apunto o no habla con ella. Ya se ha tomado suficientes libertades. La gran duquesa debe volver de inmediato con Su Majestad.

–Solo deseo hablar con ella –Tristan intentó conservar la calma.

Maksim no dejó de apuntarle.

–Hable, entonces.

Consciente de que no tenía elección, Tristan se volvió hacia Zosia y tomó su cara entre las manos.

–Zosia –susurró–, no puedes rechazar esta oportunidad. Ni por mí, ni por nadie. Guiar a los demás no es solo tu deber, sino tu derecho por nacimiento. Lo llevas en la sangre, en el corazón, en las palabras. Forma parte de lo que eres y de lo que serás siempre. Imagina lo que podrías hacer por Polonia si formaras parte de la corte rusa. Imagínatelo. Ninguna batalla se gana sin luchar desde dentro. Debes ir. Debes hacerlo.

Ella vaciló, arrugando las cejas.

–Supongo que podría intentar aconsejar e influir en el emperador, pero... –levantó los ojos y escrutó su cara, aferrándose a sus brazos–. ¿Y nosotros, Moreland?

Él juró no deshacerse bajo el impacto de aquellas palabras. No era el momento de derrumbarse. Tenía que amarla como nadie la había amado, ni siquiera su madre. Era hora de dejarla marchar y de permitirle cumplir aquel sueño del que él nunca había formado parte.

La miró a los ojos intensamente, intentando hacerle comprender que su felicidad era lo único que le importaba.

–No hay ningún «nosotros», Zosia. Nunca lo ha habido. Siempre has estado destinada a cosas mucho más importantes que yo. Lo supe desde el momento en que nos conocimos.

Los ojos de ella se dilataron.

–¿Estás dispuesto a dejarme marchar?

–Sí. No hay otra solución. Debes casarte con el conde Nikolaevich.

Sofocó un gemido.
-¿Después de todo lo que hemos compartido?
-Zosia, por favor, no...
-¿Y si te dijera que te amo, Moreland? ¿Cambiaría eso algo? ¿Cambiaría lo que opinas de esto, lo que sientes por mí? Porque te quiero. Te quiero. Y tú me quieres a mí. Me quieres, ¿verdad?

Él apretó los dientes mientras se refrenaba para no apoderarse de aquellos labios y darle las gracias por honrarlo con las palabras que tanto ansiaba oír. Acarició con los pulgares su rostro como si deseara grabar a fuego en su mente aquel instante. El instante en que Zosia se creía enamorada de él, a pesar de todo lo que había hecho. Claro que ella aún no conocía sus actos.

-Tu héroe, al que amabas mucho antes que a mí, ya no es un desconocido y está aquí, a nuestro lado. Él, y no yo, es tu marido legítimo, como ordenó tu padre. Yo sabía quién era, Zosia. Lo sé desde hace tiempo.

Ella escudriñó su rostro.
-¿Qué quieres decir?

Tragó saliva y se concentró en las palabras que tenía que decir.

-Tenía planeado no hablarte nunca del conde Nikolaevich, ni de la oportunidad que te estaba dando Rusia como gran duquesa.

Ella clavó los dedos en sus brazos.
-¿Qué? ¿Por qué?
-Porque mi felicidad significaba mucho más para mí que la tuya -apretó su cara entre las manos, angustiado. Tenía que asegurarse de que tomaba el camino correcto. El único camino que podía tomar. Y le correspondía a él guiar sus pasos-. Me has preguntado si te quería, Zosia, y debo responder sinceramente. No.

Nunca te he querido –«nunca te he querido lo suficiente».

Ella lo miró con los ojos desorbitados y aspiró bruscamente. Apartó las manos de sus brazos.

–¿No significo nada para ti? ¿Nada en absoluto?

Tristan no podía respirar.

–Hemos terminado. No hay nada más que decir. Acéptalo. Yo lo he aceptado.

–¿Por qué dices eso? –preguntó ella con voz ahogada–. ¿Por qué haces esto?

«Porque no volveré a anteponer mis necesidades a las tuyas. Nunca. Y aunque esto me parta el alma, no puedo permitir que lo abandones todo por un hombre que no te merece».

–Lo olvidarás con el tiempo, Zosia. Así debe ser –la soltó y sintió que un peso enorme abandonaba sus hombros solo para ser sustituido de inmediato por otro, mucho más agobiante–. Me aseguraré de que regreses a Windsor para que este asunto se resuelva como es debido –se apartó rápidamente de ella, antes de que se resquebrajara su determinación.

Maksim había bajado hacía rato la pistola y se había alejado varios pasos del carruaje. Sin duda había esperado más resistencia. Lo que no sabía era que a Tristan le importaban más las aspiraciones y la felicidad de Zosia que las suyas propias. Tristan se acercó a la puerta del carruaje, se apeó de un salto, cuadró los hombros y lo miró a los ojos.

El oficial lo observó con desconfianza a la luz de los faroles y del tenue claro de luna. Todo en él era perfecto hasta la exasperación. Su porte, su atuendo, sus rasgos angulosos y nobles, el color de sus ojos, su mandíbula cuadrada y rasurada. Hasta tenía un hoyuelo. Era como si hubiera salido de un cuadro colgado en una galería de arte.

Tristan cerró los puños y se acercó a él. Sentía ganas de golpearlo, pero era incapaz de hacerlo, por orgullo y por respeto a Zosia.

—Respétela siempre o por Dios que lo mataré.

—Bonitas palabras viniendo de un hombre que no respeta a su propio rey y sin duda ha profanado lo que es mío por derecho —levantó la pistola y le apuntó a la cabeza—. ¡Canalla! ¡De rodillas ahora mismo!

—¡Maksim! —la voz autoritaria de Zosia resonó a su alrededor—. *¡Maksim, nie!*

Tristan se giró al oír un golpe seco en la grava, a su espalda. Se le aceleró el corazón al comprender que Zosia se había caído del carruaje. Ella gimió, intentando incorporarse. Su pierna, enfundada en una media, había quedado descubierta hasta la rodilla. Los soldados rusos se apresuraron a ayudarla.

—¡Zosia! —Tristan corrió hacia ella. Apartó a los soldados y se puso de rodillas en el camino. La levantó del suelo y, tomándola en brazos, tapó rápidamente su pierna a ojos de quienes les rodeaban y alisó el vestido. Le temblaron las manos cuando la meció contra su pecho.

Ella lo apartó de un empujón y le golpeó el hombro con el estuche de la navaja, que tenía agarrado.

—¡Aunque no pueda andar en los momentos críticos, todavía tengo mi orgullo! —gritó—. Tengo mi orgullo, maldita sea, y no voy a permitir que tú me robes lo poco que me queda. Suéltame. ¡Suéltame!

Tristan tragó saliva y la agarró de la muñeca para quitarle el estuche de un tirón. No quería que tocara aquel símbolo de su vergüenza en el último momento que iban a pasar juntos. Se lo guardó en el bolsillo, la agarró de nuevo y la apretó contra sí.

—Lo siento mucho —susurró—. Siento mucho haber traicionado tu confianza. Perdóname. Sencillamente, no estábamos hechos el uno para el otro.

Ella dejó escapar un sollozo ahogado mientras seguía golpeando sus brazos.

Tristan deseó morir, consciente de que la estaba haciendo llorar en su intento de hacerla feliz. Era todo tan absurdo...

Maksim se arrodilló junto a ellos.

—¡Suéltela! —le obligó a apartar las manos y los brazos de Zosia y la tomó entre los suyos.

Tristan no se resistió, ni se puso en pie. Estaba demasiado entumecido. Maksim estrechó a Zosia entre sus brazos como si aquel fuera su lugar desde siempre, se levantó y, mientras ella seguía sollozando, se cernió sobre Tristan. Lo miró con ira por debajo del ala de su sombrero.

—¿Por qué está así? —preguntó con aspereza—. ¿La ha deshonrado? ¿Es eso? ¡La ha deshonrado!

No iba a permitir que mancillara el nombre de Zosia delante de un grupo de soldados. Su buen nombre sería su mayor arma en la corte rusa.

—Refrene su lengua y piense en el honor de la dama. Nunca la he tocado. Ni una sola vez —replicó con frialdad.

—Miente. Y pienso defender su honor del único modo que sé —Maksim dio un paso atrás y gritó una orden en ruso.

Tristan comprendió que era hombre muerto. Oyó pasos aplastando la grava y dos corpulentos soldados sacaron sus sables, que resonaron con un chirrido metálico en medio de la noche. Cerró los ojos y esperó, con una rodilla todavía en tierra. ¡Qué ironía, ir a morir a golpe de espada!

–¡Maksim! –gritó Zosia con voz ahogada–. Serías un salvaje si hicieras algo así. No es así como un hombre defiende el honor de una mujer. Déjalo. Déjalo y llévame ante Su Majestad de inmediato. Es mi deber olvidarme de este hombre, cumplir el deseo de mi padre y defender los derechos de mi pueblo. Ahora, por favor... déjalo marchar.

Hubo un momento de silencio.

–Como desees –Maksim dio otra orden y no sucedió nada más, excepto que los caballos movieron los cascos y resoplaron.

Tristan abrió los ojos y miró a Zosia, que se había agarrado a los anchos hombros del oficial ruso. Aunque intentó sostenerle la mirada para darle las gracias por haberse apiadado de él, ella apartó la cara llorosa y la ocultó contra el pecho de Maksim. No parecía ya la mujer enérgica y firme que él conocía y amaba, sino una muñeca de trapo que ni siquiera podía sostener la cabeza.

–Márchese –ordenó Maksim.

Tristan se levantó lentamente y sintió que un nudo palpitante se elevaba de su estómago a su pecho. Zosia no era feliz. Su Zosia no era feliz pese a que la había dejado marchar sin resistencia y ahora tenía todo lo que quería, incluso a su héroe.

Lo que significaba...

Que lo amaba. Lo amaba de verdad.

Apretó las mandíbulas con tanta fuerza que le dolieron los dientes. No podía permitir que sufriera así. No podía marcharse y dejar que creyera que nunca le había importado, que no la quería. Sería como volver a traicionar su confianza, y había jurado no volver a hacerlo.

Respiró hondo y dio un paso adelante.

—Necesito hablar con la gran duquesa.

—Márchese —repitió Maksim, retrocediendo—. No le salvaré la vida dos veces.

Los soldados se acercaron como si intuyeran que estaba a punto de suceder algo grave. Tristan entornó los párpados.

—No me iré a menos que ella lo quiera. Gran duquesa, ¿puedo acercarme y corregir lo que dije antes? Es lo único que le pido. Que me permita enmendar mis palabras —«Zosia... Demuéstrame que no vas a rechazarme impulsada por la ira, sino que vas a luchar por mí, y yo, a mi vez, prometo hacer que te sientas orgullosa de mí».

Ella volvió la cabeza hacia él y su rostro manchado de lágrimas se suavizó a la luz de la luna.

—Deja que Moreland se acerque.

Tristan respiró hondo y tuvo que refrenarse para no decirle: «Dios mío, te quiero. ¡Cuánto te quiero por tener siempre más fe en mí de la que tengo yo mismo!».

Maksim la miró con enojo.

—Intenta influir en usted.

—Ningún hombre influye en mí. Tengo mi propio criterio.

Él soltó un soplido y se acercó a regañadientes con Zosia en brazos. Se detuvo a un paso de Tristan y lo miró con frialdad. Por extraño que fuera, Tristan no pudo evitar sentir respeto por él. A fin de cuentas, estaba demostrando ser mucho más noble y caballeroso con Zosia de lo que había sido nunca él.

—Moreland —Zosia lo miró a los ojos, expectante—, ¿qué ocurre? ¿Qué quieres decirme? Dilo ahora, antes de que se separen nuestros caminos y nada pueda cambiarse.

Las simples palabras no iban a bastar. Necesitaba mucho más que palabras para demostrarle lo que sentía. Por eso iba a ofrecerle la única parte de su corazón que durante trece años había mantenido oculta a ojos de todos, incluida su abuela.

Se sacó del bolsillo el estuche de la navaja. Lo abrió, extrajo el pergamino doblado y envejecido y tiró el estuche vacío. Tragó saliva y le tendió el pliego, confiando en que, después de la conversación con su abuela, supiera lo que era, porque él no tenía fuerzas para explicárselo.

Los ojos de Zosia se agrandaron.

—¿Por qué me das eso?

Aunque nunca había hablado de ello, ni había sacado el pergamino doblado en su presencia, era evidente por su expresión que sabía lo que era. Su abuela, en efecto, se lo había dicho. Y él se lo agradeció por una vez, pues de ese modo podría hacerle entender lo importante que era para él aquel instante sin que su resolución se hiciera añicos.

Dio un paso hacia ella, tendiéndole todavía la carta.

—Confío en que algún día puedas perdonarme por todo lo que he dicho y hecho. Al darte esto, prometo ser mejor persona en tu honor. Debes entender que no podía permitir que renunciaras a la oportunidad de ayudar a tu pueblo, habiendo tanto en juego. No tiene nada que ver con lo que compartimos ni con lo que siento por ti. ¿Entiendes?

Zosia lo miró, escudriñando su rostro. Vaciló, alargó el brazo y le quitó de los dedos el pergamino descolorido. Lo apretó contra su pecho con las dos manos y se recostó en Maksim, que ya había empezado a retroceder.

—¿Qué será de nosotros? —susurró.

Tristan la miró con firmeza y dijo en voz baja, confiando en expresar todo el amor que sentía por ella:

—Puede que nuestros caminos vuelvan a cruzarse cuando yo sea más digno de ello —inclinó la cabeza y retrocedió. Hizo una seña hacia el carruaje y su mano tembló visiblemente—. Llévese mi carruaje, señor —le dijo a Maksim—. En su estado no puede montar a caballo —se volvió y gritó a Benson y Clayton—: ¡Escóltenla a Windsor y asegúrense de que llega sana y salva! ¿Entendido?

Sus sirvientes, que aguardaban en pie sobre el pescante, inclinaron la cabeza.

Tristan se volvió hacia Maksim.

—Yo iré en cualquier caballo que tenga la generosidad de ofrecerme, aunque tampoco me importa ir a pie. A fin de cuentas, le agradezco que me haya respetado la vida.

Maksim lo miró fijamente, resopló y dijo tranquilamente:

—Permítame —dio unas cuantas órdenes por encima del hombro y un soldado se acercó con un caballo ensillado.

Tristan le dio las gracias con una inclinación de cabeza, pero no miró a Zosia. Subió al caballo y, agarrando las riendas, le hizo volver grupas hacia Windsor.

Clavó los talones en los costados del animal y partió al galope mientras la noche empezaba a disiparse para dar paso al suave tono rosado de la aurora, que iluminaba la larga carretera delante de él. El aire frío lo azotaba y el polvo que levantaban los cascos del caballo se le metía en los ojos. Pero, agradecido por aquella molestia, aguijó al caballo y rezó por llegar a Windsor mucho antes que Zosia y Maksim.

Escándalo 14

Una dama ha de esperar un periodo de tiempo respetable antes de anunciar su compromiso públicamente. Así se evitará la deshonra de una ruptura prematura y cualquier complicación que esta pueda acarrearle. No hay garantías de que su pretendiente vaya a mantener su palabra, pero ello eliminará las ofertas matrimoniales que desde el principio carecieran por completo de valor. ~~Por desgracia, los hombres podemos ser muy necios: a veces no pensamos lo que decimos, ni lo que hacemos en nombre de emociones desaforadas que ni nosotros mismos entendemos. Admito, sin embargo, que hay ocasiones en que la estupidez puede conducir a la felicidad.~~

Cómo evitar un escándalo
Manuscrito original de Moreland

Última hora de la mañana, cerca del castillo de Windsor

—Velikaya Knyazha.

Zosia abrió los ojos y parpadeó al darse cuenta de que seguía recostada en el asiento del carruaje de Moreland, solo que no era ya Moreland quien estaba sentado frente a ella, sino Maksim.

Miró el pergamino doblado y amarillento que apretaba todavía entre los dedos. No se había atrevido a abrirlo. Tenía la extraña sensación de que, si lo abría, Tristan dejaría de existir. Que lo suyo dejaría de existir.

Maksim se puso sobre el regazo el oscuro sombrero adornado con plumas. Carraspeó y cuadró los hombros.

–Falta poco para que lleguemos.

Zosia intentó no pensar en lo asustada que estaba ante la idea de entrar en la corte rusa sin conocer el idioma, ni las caras, ni la política, ni las expectativas, ni las costumbres. ¿Cómo iba a defender los derechos de su pueblo si ni siquiera podía hacerlo en su propio idioma? Siempre había querido convertirse en voz de su nación, eso lo sabía, pero empezaba a darse cuenta de que, con cada paso que daba hacia esa meta, se veía obligada a renunciar a su propia voz, o incluso a sacrificarlo todo. Incluido el corazón.

Maksim bajó la mirada mientras rodeaba con los dedos enguantados el ala de su sombrero.

–El emperador le parecerá de lo más hospitalario. Es su tío. Cree que creará usted una unión simbólica entre Polonia y Rusia. Una unión que Rusia necesita. Escuchará sus opiniones y las tendrá en cuenta cuando lo considere oportuno, pero confía en que se convierta a la fe ortodoxa. Cuando ingrese en nuestra iglesia, se nos permitirá casarnos.

Al parecer, el emperador ya había empezado a disponer de su vida y todavía no había pisado Rusia. Sabía que, si aceptaba ser gran duquesa, no sería nunca más que un símbolo bordado en la bandera que el emperador tuviera a bien enarbolar. Pero si el emperador creía que podía controlar su persona, sus pensamientos o su fe religiosa, no conocía a las polacas. Y ella seguía siendo polaca, por más que tuviera sangre rusa.

Apretó el pergamino que le había dado Moreland. Extrajo fuerzas de él.

–No tengo nada contra otras iglesias que no sean la mía, pero me rebelo cuando otros creen que mi iglesia vale menos que la suya. Nací católica y moriré católica, como mi madre antes que yo. Y aunque pueda convertirme en gran duquesa, no voy a ser el peón de nadie. Por eso, a pesar del decreto imperial, usted y yo no vamos a casarnos.

Él levantó la mirada y sus ojos verdes se afilaron.

–Tiene un deber para Rusia y para conmigo.

Zosia negó lentamente con la cabeza.

–No. Tengo un deber para con Polonia y para con su pueblo, antes que nada. Rusia va en segundo lugar, y solo por respeto a ese padre al que nunca conocí. Y respecto a usted, Maksim, aunque le debo la vida, por desgracia no hay cabida en ella para usted.

Él se levantó y se sentó a su lado. Inclinándose hacia ella, le apartó la trenza del hombro.

–No he olvidado ese día. No he olvidado lo que compartimos. Me obsesiona. Todavía sueño con usted.

Zosia lo miró y tragó saliva, apartándose.

–Perdió usted su oportunidad cuando me abandonó sin decirme siquiera su nombre.

–¿No recuerda nada? –insistió él–. ¿No recuerda cuando...? –escrutó su cara.

Ella sacudió la cabeza. Deseaba que parara. No quería que hurgara en el pasado. Su corazón pertenecía a Moreland.

–Solo recuerdo que fue muy amable. Nada más.

–No la abandoné voluntariamente –se inclinó más hacia ella y rozó con los dedos la manga de su vestido–. Pregunté muchas, muchas veces, pero su madre me exigió que abandonara mi empeño. Y eso hice. Por respeto al amor que una madre tiene por su hija. Ella sabía lo que le convenía, no yo –la agarró de la mano con la que sostenía el pergamino de Moreland.

A Zosia se le aceleró el corazón cuando intentó retirarla. Tenía la sensación de estar mancillando lo que quedaba de su idilio con Moreland.

Maksim la apretó con más fuerza, arrugando el pergamino.

–Varios meses después, cuando iba a marcharme al extranjero por asuntos militares, el emperador pidió verme y me alabó por el heroísmo que había demostrado al salvarla. Por lo visto estaba al corriente de todo lo que sucedía en su vida y en la de su madre a través de diversos informantes. Supe por él todo lo que necesitaba saber sobre usted, incluido quién era y cómo, pese a mis esfuerzos, le habían amputado la pierna. Alardeó de su fortaleza por haber sobrevivido a una operación que a sus soldados solía costarles la vida y me contó que se había encariñado usted conmigo pese a ser ruso y que incluso había convencido a su madre de que ofreciera una recompensa en Varsovia por quien pudiera darles noticias mías. Me sentí conmovido, al igual que el emperador. El zar pensaba que formaríamos una buena pareja. Y yo estuve de acuerdo –le apretó la mano, arrugando más aún el pergamino.

Zosia la apartó de un tirón.

—Por favor, no me atosigue así. Esa parte de mi vida ya no existe. Sigo confiando en poder casarme con lord Moreland y le pido que lo respete —se guardó la carta de Moreland en el pecho y se corrió hacia el otro lado del carruaje, a pesar de que apenas había sitio.

Maksim se quedó callado un momento.

—Solo podrá acceder al título de gran duquesa si se casa conmigo. Su padre dispuso que, si cuando cumpliera veintitrés años seguía soltera debido a la trágica circunstancia de su amputación, se casaría conmigo y regresaría a la corte rusa.

Zosia dio un respingo. Dios santo... Ahora comprendía por qué su primo Karol había recurrido a aquel antiguo acuerdo privado que su abuelo había hecho con Inglaterra, ofreciendo protección a la familia en tiempos de revuelta: temía que ingresara en la corte rusa, por eso la había enviado a Londres poco antes de que cumpliera veintitrés años.

—¿Para ser gran duquesa he de casarme con usted?
—Sí.
—¿Y Karol sabía lo de ese decreto?
—Sí. Unos meses antes se pusieron en contacto con él y le informaron de la existencia del decreto y de sus consecuencias. Estuvo de acuerdo en cumplirlo, como se esperaba de él, y no comunicó un lugar y una fecha para que pasara usted a manos del emperador. Pero un espía informó al zar de que la habían sacado del país y dejado bajo la tutela de Inglaterra. El emperador no se lo tomó muy bien.

Zosia tragó saliva.

—Karol no habrá sufrido ningún daño, ¿verdad? ¿No habrán tomado represalias contra él?

–No. Por respeto a usted, pedí al zar que fuera clemente con él.

Ella exhaló un suspiro tembloroso.

–Gracias.

Maksim titubeó y añadió en voz baja:

–Deme las gracias permitiéndome devolverla a la posición que le pertenece por derecho.

El miedo paralizó el corazón de Zosia en el instante en que el carruaje pasaba bajo la arcada que daba entrada a Windsor. Si se convertía en gran duquesa, tendría que casarse con Maksim y renunciar para siempre a Moreland. Y no estaba preparada para renunciar a él. Todavía no. Era hora de hacer oír su propia voz. Una voz que se negaba silenciar.

Agarró su guardapelo con manos temblorosas, el guardapelo que no se había quitado desde la muerte de su madre, cuatro años antes, y se lo quitó. Lo besó, se volvió hacia Maksim y se lo pasó por la cabeza. Después se lo ajustó cariñosamente alrededor del cuello.

–Mi padre, el anterior zar, le dio esto a mi madre. Ahora yo se lo doy a usted, Maksim. Con ello quiero decirle que somos amigos y solo amigos y zanjo cualquier deber que mi padre creyera que debía cumplir. Me propongo servir a Polonia de otro modo.

Se abrió la portezuela del carruaje. Los lacayos reales desplegaron los peldaños, anunciando formalmente su llegada a Windsor.

Maksim apretó con fuerza el guardapelo, haciendo crujir suavemente el cuero de su guante. Vaciló antes de decir por fin en polaco:

–¿Está decidida a renunciar a su linaje, a su honor, a su derecho y a su deber por un hombre que no la respeta lo suficiente para decirle la verdad?

Ella asintió con la cabeza y, mirando al frente, respondió en inglés:

—Moreland todavía está aprendiendo a quererse a sí mismo. Es lógico que cometa errores. Por eso no puedo culparlo.

Maksim se inclinó tanto hacia ella que la empuñadura del puñal que llevaba en el fajín del uniforme rozó el muslo de Zosia.

—Venga conmigo a San Petersburgo. Conozca a su gente. Conozca al emperador —sus cálidos labios se deslizaron por la mejilla de Zosia—. Deme la misma oportunidad que le ha dado a él, *Velikaya Knyazha*. ¿Acaso no me lo merezco?

—Basta —dijo con voz ahogada, apartándose de él—. Basta. Deje de tocarme.

Maksim se arrimó más a ella.

—No, no pienso hacerlo hasta que...

Zosia le dio un fuerte empujón, agarró la gruesa empuñadura del puñal, lo sacó de un tirón de su funda y le apuntó al pecho con él.

—No me toque ni intente convencerme de nada o juro que le arrancaré lo que lo convierte en hombre, lo moleré con un barril de avena y se lo daré de comer a su caballo.

Maksim soltó una áspera carcajada y levantó las manos al tiempo que se ponía en pie y se apartaba del puñal.

—Temo sinceramente por mí y por toda Rusia.

—Más le vale.

Sentada en medio de la quietud de la enorme sala gris, roja y dorada cuyas paredes estaban cubiertas con retratos de antiguos reyes enmarcados en oro, Zosia manoseaba el pergamino de Moreland.

Ya había esperado suficiente. Tenía que leerlo.

Temblorosa, desdobló el pergamino amarillento, temiendo lo que estaba a punto de leer. Pestañeó y se quedó mirando el pliego. Aparte de unas cuantas salpicaduras de tinta descolorida, no había escrita en él ni una sola palabra.

Le dio la vuelta una vez y luego otra, desconcertada. Mientras miraba las salpicaduras de tinta intentando comprender, sus ojos se dilataron y contuvo la respiración.

No era tinta.

Era sangre seca.

Sangre de hacía trece años.

Sus dedos se deslizaron hacia el borde del pergamino. No había ninguna carta. Moreland nunca había sabido el porqué del suicidio de su padre.

–¡Ay, Moreland! –susurró entrecortadamente, apretando con fuerza los bordes del pergamino mientras las lágrimas cegaban sus ojos–. Lo siento tanto... Te merecías algo mejor.

Sorbió por la nariz y volvió a doblar cuidadosamente el pliego para no tener que mirarlo. Se limpió las lágrimas con el dorso de la mano. No podía abandonarlo después de que él le hubiera confiado su mayor secreto. Se merecía la oportunidad de redimirse.

–¡Maldita sea mi prima por toda la eternidad! –bramó una voz masculina en la enorme sala, y Zosia se sobresaltó–. Todo esto es obra suya, lo sé. Es para lo único que sirven las mujeres. Para enredar.

Zosia se guardó el pergamino en el pecho y levantó la vista mientras la rechoncha figura de Su Majestad avanzaba hacia ella por la sala. Se secó la cara con las manos y se levantó despacio. Sosteniéndose sobre una sola pierna, se alisó la falda del traje de viaje e inclinó la cabeza ante el rey.

–Majestad, por favor, perdone la interrupción y la hora.

–Siéntese, siéntese –le indicó con un ademán que volviera a tomar asiento y los rubíes y las esmeraldas de sus anillos de oro brillaron entre sus gruesos y blancos dedos–. En todos mis años como rey no me habían interrumpido tanto como esta mañana. Esto es un lío espantoso.

Zosia se sentó y respiró hondo. Se alegraba de que a Maksim lo hubieran hecho esperar en la sala contigua. Su Majestad se apartó el pelo gris de la frente y acercó una silla a la suya. Zosia sintió un tufo a polvo de almendras. El rey exhaló un suspiro al sentarse y se ajustó la larga bata de mañana. Miró a Zosia mientras se alisaba la corbata de lazo.

–Queda usted advertida: los rusos utilizarán sanguijuelas del tamaño de mi cetro para extraerle el amor que le tenga usted a su patria.

Ella sonrió.

–Le agradará saber que voy a renunciar a mis derechos y al título de gran duquesa.

Las cejas hirsutas y grises del monarca se levantaron.

–¿A renunciar, dice? Tonterías. ¿Para qué? Pensaba que le entusiasmaría serlo.

Ella tomó aire, trémula, y exhaló un suspiro al apoyar las puntas de los dedos sobre el pergamino de Moreland, oculto dentro de su corpiño.

–Majestad, desde que llegué a Inglaterra he aprendido algo de incalculable valor gracias a un hombre maravilloso que aún no sabe que lo es. He aprendido que he de librar una sola batalla cada vez, no una docena. Porque a cuantas más batallas me dedique, menos efectiva será mi lucha. Por eso he de aprender a dominar lo que más importa: mi corazón. He venido a darle las gracias por la protección que tan generosamente me ha dispensado, y a pedirle humildemente que me permita permanecer en Inglaterra para que Moreland y yo podamos casarnos. Pienso convertirme a la iglesia protestante.

El rey levantó la barbilla y se quedó mirándola un momento.

–Bromea usted.

Ella se rio.

–No. Sé que mi Dios me perdonará, pues obedezco al amor.

El rey profirió una especie de gorjeo y se removió en su silla, dándose una palmada en el muslo.

–En mi opinión, haría mejor bebiendo arsénico, querida, que convirtiéndose al protestantismo y casándose con ese muchacho. Un truhán es lo que es. Un truhán redomado. ¡Haberla reducido a esto!

–Confieso que siempre he sentido debilidad por los truhanes.

–¿Ah, sí? Pues da la casualidad de que yo lo soy mucho más que él. Así que ¿por qué demonios sigue rechazándome? ¿Eh? ¿Soy demasiado viejo acaso? ¿O es por esto? –se dio una palmada en la barriga–. Le aseguro que lo que hay debajo de mi barriga es aún más grande.

Ella apretó los labios. De pronto, las mejillas le ardían como fuego. Bajó la mirada, negándose a contestar para no dar más pábulo a los comentarios de Su Majestad. Él se rio y se inclinó hacia delante.

–Me enorgullece saber que todavía puedo conseguir que una mujer se sonroje –carraspeó y escudriñó su cara–. Acabemos con esto de una vez. Dado que está dispuesta a renunciar a su título con la esperanza de casarse con Moreland, lamento informarle de que hay una pega. Una pega que atañe a Moreland.

Zosia levantó la mirada. Se le había acelerado el corazón.

–¿Cuál?

–Se pasó por aquí hace menos de una hora y me informó personalmente de todo lo ocurrido –exhaló un suspiro, sacudió la cabeza y se recostó en la silla–. Monté en cólera. Estuve a punto de desposeerlo de todos sus bienes. Y lo habría hecho de no ser porque sé que mi prima no me lo habría perdonado, y, a decir verdad, Camille significa para mí mucho más de lo que significará nunca ese jovenzuelo.

Zosia se inclinó hacia delante.

–¿Moreland sigue aquí? ¿Puedo verlo?

–No. Ya se ha ido a Londres.

Ella se desanimó.

–Con su permiso, Majestad, me gustaría ir a Londres para verlo.

–Me temo, querida, que ha pedido que no haya más contactos entre usted y él. Y yo, por mi parte, lo creo muy sensato. Dejemos que la pasión amaine.

Ella contuvo un gemido de sorpresa.

–¿No quiere verme? ¿Nunca más?

–Bueno, sí. Desde luego que quiere. Solo intenta portarse honorablemente y que decida usted si desea volver a verlo o no.

Zosia exhaló un suspiro.

—Ah, bueno, claro que quiero verlo. Tenemos muchas cosas de que hablar.

—Si dentro de un año sigue sintiendo lo mismo, podrá verlo. Antes, no.

A ella se le agrandaron los ojos.

—¿Qué?

—Moreland ha pedido un año y no desea que sea de otro modo —se frotó la redonda barbilla afeitada con sus gruesos dedos—. Aparte de recorrer Inglaterra y Europa durante el próximo año haciendo campaña, piensa viajar también a Nueva York, Boston, Washington, Filadelfia y sabe Dios dónde más para recabar apoyos para los polacos. Me ha pedido que le asegure que sigue amándola y que le diga que necesita usted tiempo para llevar a cabo lo que más le importa y él para llegar a respetarse a sí mismo. A saber qué habrá querido decir con eso. Así que, para que no caiga usted presa del pánico, si dentro de un año sigue queriendo casarse con él, Moreland se casará con usted de buena gana. Pero antes no. Confía en que lo entienda.

Zosia apretó los labios. Las lágrimas temblaban en sus párpados. Apretó con la mano el pergamino escondido dentro de su pecho. Moreland estaba haciendo aquello por ella. Por sí mismo. Por los dos. Y pensaba salir al mundo para apoyar su causa. Nunca se había sentido tan honrada. Estaba dispuesta a esperar diez años su regreso, si ese era su deseo.

—¿Podré al menos escribirle?

—No. Si hay alguna noticia importante que crea que debe saber, tendrá que comunicármela a mí y yo, a mi vez, se la trasladaré a él. Opina que ha de tener usted completa libertad, y que una comunicación constante solo conseguiría entorpecer ese propósito.

Moreland estaba intentando demostrar su valía y ella no pudo evitar admirarlo. Y aunque sería espantoso vivir un año entero sin verlo, ni tocarlo, ni hablar con él, estaba dispuesta a hacerlo por respeto a él.

Su Majestad levantó una ceja.

—Lo que hay que hacer es evidente. Creo que hemos de respetar a ambas partes y esperar a que pase un año. Pero no podemos permitir que Moreland le haga a usted todo el trabajo, ¿no cree? Sería de muy mala educación. Por eso, a pesar de que renuncie a su título, irá usted a San Petersburgo y procurará aprovechar el año de que dispone. Un año junto al emperador hará progresar considerablemente su causa.

Los labios de Zosia se adelgazaron.

—¿Espera usted que una gallina se meta en una cocina y se desplume ella solita para el cocinero?

El rey soltó una larga carcajada.

—Exagera usted. Conozco bastante bien al zar Nicolás y no tiene usted que preocuparse: no va a desplumarla. En nuestros años mozos, jugamos más de una partida juntos. Vivió en Londres una temporada, junto a Stradford Place, cuando el padre de usted todavía ocupaba el trono. No habrá conocido usted a una persona más inteligente y animada. ¿Cree que ese hombre es solo guerra, política y abolengo? Pues debería haberlo visto bailando en Almack's. Ese hombre tiene encanto.

Zosia se quedó mirándolo con un nudo en la garganta.

—Disculpe mis palabras, Majestad, pero la vida es muy distinta para quienes intentan vivir bajo su gobierno tiránico. Los polacos se están marchitando a ojos vista bajo la fría sombra que proyecta. Mientras él baila, mi pueblo y sus costumbres están siendo pisoteados. Nosotros los polacos no tenemos derechos. ¡Y es nuestro país! ¿Le parece justo?

La sonrisa divertida del rey se desvaneció, dejando al descubierto las arrugas de un hombre muy mayor y muy cansado. Suspiró y asintió con la cabeza.

—Sí, deploro su política y su miedo irracional al progreso intelectual. Su hostilidad hacia el Imperio Otomano es en sí misma rastrera e inaceptable. Pero por eso precisamente debe ir usted. Aproveche el año que le concede Moreland para conseguir que el zar entienda mejor a sus compatriotas. Tiene usted un deber que cumplir, Moreland tiene el suyo y yo el mío. Así pues, está decidido. Usted y nuestros invitados rusos partirán dentro de tres semanas. Se alojará usted aquí, en Windsor, una temporadita para descansar y recobrar fuerzas, y mientras tanto yo la instruiré respecto a lo que va a encontrarse allí. Solo explicarle la etiqueta de la corte rusa me llevará una semana —se levantó con un gruñido y dio un respingo al estirarse—. Me estoy volviendo demasiado viejo para esto. Tengo que morirme.

Zosia refrenó una carcajada y se levantó, inclinando la cabeza para disimular su sonrisa.

—Espero que viva usted indefinidamente, Majestad. Gracias por su ayuda y su consejo.

Él señaló la silla.

—Sí, sí. Pero siéntese. Es agotador verla sostenerse sobre una sola pierna. ¿Cómo lo consigue?

Sonrió y levantó la barbilla, pero no se sentó.

—Con práctica.

—Es impresionante. Yo apenas puedo sostenerme sobre dos piernas —resopló y volvió a cruzar la sala. Se detuvo y dio una palmada, dirigiéndose a los lacayos apostados junto a la pared–. Preparen habitaciones para la condesa y todos nuestros invitados rusos. Ocúpense de que tengan todo lo que necesitan y llévenme un poco de oporto y un plato de salchichas al cuarto de lectura.

Los lacayos se inclinaron y corrieron a cumplir sus órdenes. Su Majestad miró a Zosia.

–No se preocupe por su decisión, querida niña. Escribiré una carta al emperador y la haré enviar enseguida para que pueda recibirla como es debido y esté preparado. Y de paso le recordaré que el rey Jorge se las hará pagar muy caras si no la trata con la misma hospitalidad que mi familia le demostró a él cuando vivió aquí, en Inglaterra.

–Gracias, Majestad. Su infinita generosidad me honra.

–No me extraña, mi querida niña católica. Confieso que me fastidia bastante que Moreland vaya a llevarse el premio, habiendo hecho yo todo el trabajo. Vaya con Dios –dio media vuelta y desapareció por la puerta.

–¡Larga vida al rey! –gritó Zosia a su espalda–. ¡Pues no ha habido hombre mejor! –hizo una pausa y añadió en tono de broma–. ¡Excepto Moreland, claro!

–¡No hace falta blasfemar! –contestó a voces el monarca sin volver a aparecer–. Nos veremos en la cena. Y más vale que se ponga un vestido bonito o no la dejaré sentarse a mi mesa.

Zosia sonrió y repitió en voz baja:

–Larga vida al rey, larga vida a Polonia y larga vida a mi Moreland. Amén.

Escándalo 15

En Londres, el refinamiento del espíritu importa muy poco comparado con el refinamiento de la ropa que uno lleva o del carruaje que conduce. ~~Ah, sí. La aristocracia favorece a todos esos canallas superficiales que merece que se les despelleje hasta por respirar.~~ *Intente lograr en todo la excelencia. De ese modo no solo agradará a Londres, sino a usted misma y a Dios.*

Cómo evitar un escándalo
Manuscrito original de Moreland

Tristan había dado tantas órdenes a sus criados durante esas horas, que empezaba a olvidar cuáles había dado ya y por qué razón.

Poco después de reunirse con su secretario, su administrador y su abogado, reorganizó toda su agenda para incluir en ella la nueva vida que pensaba llevar durante las ocho semanas siguientes, mientras se preparaba para su discurso ante el Parlamento respecto al poder creciente de Rusia, no solo sobre los territorios otomanos sino también, naturalmente, sobre Polonia. Al centrar el debate únicamente en Rusia, sin mencionar lo que podía hacer Inglaterra para salvar a Polonia, confiaba en que todo encajara en su lugar sin que se formara mucho alboroto.

Su nueva agenda incluía reuniones con aristócratas, comerciantes y miembros de la baja nobleza que o bien eran católicos o bien simpatizaban con el catolicismo. También pensaba asistir a todas las sesiones y los debates de la Cámara de los Lores y destinar dos días a su abuela, en vez de uno. Se dio de baja en la academia de esgrima de Angelo y comenzó a practicar un nuevo deporte que requería más valor, más entereza y mucha menos ropa: el boxeo en el gimnasio de Jackson.

Los viernes y sábados los dedicaría por completo al Museo Británico para poder zambullirse en su extensa biblioteca y sus archivos con intención de informarse acerca de la historia, la política y la economía del Imperio Otomano, Polonia y Rusia durante los dos siglos anteriores. Su discurso dependía de ello. Su Majestad le había ofrecido generosamente acceso a su biblioteca personal, en la que había panfletos, mapas y documentos inaccesibles al público en general.

A medida que fue asentándose su nueva rutina, también lo hizo su modo de pensar. Fue recogiendo poco a poco todos los puñales, dagas, navajas de afeitar, espadas, látigos y fustas que había ido coleccionando con los años. Era una colección tan extensa que lo asombraba incluso a él: contenía ciento veintiocho piezas distintas. Solo se quedó con una: un raro puñal de plata y oro procedente de Nepal que algún día confiaba en exhibir en una vitrina de su biblioteca. Después de envolverlo cuidadosamente en terciopelo, lo guardó bajo llave en un cajón, al fondo de su escritorio, y entregó la llave a su mayordomo.

Luego recogió el resto de la colección, la metió en varias sacas de lana, hizo que la llevaran a una casa de empeño y donó todo el dinero a un orfanato local. La única navaja que conservó en la casa fue la de afeitar, y la dejó en manos de su nuevo ayuda de cámara, Winslow, con instrucciones estrictas de sacarla únicamente durante los veinte minutos que le llevaba afeitarlo cada mañana.

Decidió además quitar de su vista todos aquellos objetos relacionados con sus padres: muebles, jarrones, libros, cuadros, papeles, cartas, hasta tinteros y candelabros. Sentía el impulso de hacer una purga y comenzar de nuevo, no para olvidar, pues sus padres no merecían tal falta de respeto, sino para despejar su vida y sus ideas. Con el paso de los días, a medida que iban desapareciendo objetos de las habitaciones, se dio cuenta de que iba a tener que comprar una infinidad de cosas para toda la casa.

Tras donar todo su guardarropa a un asilo, invirtió más de mil libras en levitas, corbatas, botas, pantalones, guantes, gabanes, sombreros, camisas y chalecos nuevos. Optó por menos gris y mucho más color. Dio a su abuela una alegría, y él se sintió mucho más atractivo.

Aunque se sintió raro las primeras veces que lo hizo, acompañó a los demás hombres del gimnasio de Jackson en la rutina de quitarse la levita, la corbata, el chaleco y la camisa de hilo y dejar el pecho desnudo cada vez que entraba en el cuadrilátero. Los hombres miraban sus cicatrices como señoritas mojigatas, pero él se volvió sorprendentemente popular. Sus compañeros rivalizaban por enfrentarse a él en el cuadrilátero, creyendo por sus cicatrices que debía de ser un duro adversario. Y eso lo impulsaba a quitarse la camisa cada vez.

Por desgracia, la tragedia rozó fugazmente su vida cuando recibió la noticia de que el padre de un buen amigo, lord Linford, había fallecido víctima de la sífilis. Tristan envió sus condolencias y varias cestas de flores a lady Victoria y su marido, lord Remington, pero evitó ir al funeral.

Cada vez que visitaba a su abuela la animaba a unirse a él en su camino hacia una nueva forma de pensar y un nuevo modo de vida, saliendo fuera de casa. Pero ella no se mostraba tan entusiasmada como Tristan esperaba.

Al final, consiguió que lady Moreland saliera a la puerta abierta y extendiera el brazo hacia la calle. Él tuvo que quedarse en el umbral y estirarle el brazo, pero hacía diecinueve años que su abuela ni siquiera se atrevía a eso. Ella protestó y se asustó, pero al poco tiempo fue ella misma quien abrió la puerta a regañadientes y extendió el brazo más allá de la entrada para que la dejara en paz. Tristan se apostaba con ella libros antiguos por cada minuto que pasara con la mano extendida, lo cual servía de estímulo para su abuela, y al final consiguió que estuviera más de veinte minutos de pie en la puerta. Naturalmente, cada vez que pasaba un caballero y la saludaba con una inclinación de cabeza, lady Moreland retrocedía asustada y cerraba la puerta echando los ocho cerrojos. Cuando caía en uno de esos accesos de pánico, no solía permitir que Tristan volviera a entrar en la casa, y él tenía que esperar hasta su siguiente visita para volver a verla.

Tenía la esperanza de que, después de su discurso, que tendría lugar dos sesiones antes del cierre del curso parlamentario, pudiera convencer a su abuela de que viajara con él a América para hacer campaña de ciudad en ciudad y de estado en estado. Y de allí, a recorrer toda Europa.

A pesar de que no había garantía alguna de que Zosia lo estuviera esperando al final de ese año, se había prometido a sí mismo contar con ilusión cada uno de esos días, con la esperanza de que lo acercaran poco a poco a su boda con aquella mujer maravillosa que tanto le había servido de inspiración.

El largo viaje de Inglaterra a San Petersburgo había comenzado a bordo del *W. Jolliffe*, un vapor rústico y atestado de gente. Habrían podido contratar un barco más lujoso, pero eso habría demorado el viaje una semana más, y Zosia no quería retrasar lo inevitable.

Las costas de Kent y Essex se redujeron por fin al tamaño de una mano y se fueron difuminando en el vasto horizonte del mar hasta desaparecer, y fue como si Inglaterra y Moreland nunca hubieran existido.

El barco arrojaba por sus chimeneas constantes velos de un humo negro que se elevaba hacia el cielo nublado, arrastrado por los fuertes vientos, mientras enormes olas sacudían incansablemente el navío. Había muy pocas comodidades, aunque su nueva doncella hizo todo lo posible por hacerle más llevadero el viaje. Su camarote, aunque espacioso, era húmedo y de noche estaba iluminado por varios faroles que parpadeaban incesantemente, como si parlotearan entre sí.

La escasez de plazas la había obligado a prescindir de formalidades y ceder parte de su camarote a Maksim, sus cinco soldados de caballería y los cuatro guardias que Su Majestad había enviado para servirle de escolta. Zosia se empeñó en compartir el camarote pese a las protestas horrorizadas de su doncella tras descubrir que los diez hombres habían estado durmiendo en una cubierta empapada por la lluvia, cubriéndose únicamente con sus capas y usando rollos de cuerda por almohadas.

Mucho peor que compartir dormitorio con diez hombres adultos, cuatro de los cuales roncaban con la fuerza de los vientos del norte rompiendo ramas, era tener que soportar el hedor de tantas personas hacinadas en un solo camarote.

La mayoría de las comidas que se servían en el comedor eran insípidas, pastosas y estaban frías cuando llegaban a su boca. Pero curiosamente, cuanto menos comía, mejor se sentía.

Siempre que el tiempo lo permitía pasaba casi todo el día en cubierta, leyendo la maravillosa selección de libros que le había regalado Su Majestad. Su favorito era, con mucho, la edición francesa en dieciocho volúmenes de la *Correspóndanse Secrète, Politique et Littéraire*, de 1787, una crónica periodística ingeniosa y mordaz que, entretejiendo verdades, medias verdades y mentiras, pintaba un fresco fascinante del reinado, la política y la vida privada de Luis XIV. Marcaba las páginas con el viejo pergamino doblado de Moreland con la esperanza de que, el día de su reencuentro, lo quemaran juntos como una celebración simbólica.

Maksim las vigilaba a ella y a su doncella a cada paso, sin perderlas de vista ni un instante, y reprimía a cualquier hombre que intentara trabar amistad con ellas. Desde aquel día en el carruaje, procuraba mantener una distancia respetable entre ellos dos, y Zosia se lo agradecía enormemente.

Sus guardias pasaban la mayor parte de sus horas de aburrimiento jugando a las cartas con los soldados de Maksim. A nadie le gustaba que ella jugara. Entre la suerte que tenía, su espíritu competitivo y su tendencia a contar las cartas, casi siempre ganaba. Así pues, se refrenaba para no estropearles la diversión y se quedaba leyendo.

A pesar de la notable barrera lingüística que había entre los dos grupos de hombres, en lo tocante a la bebida, la comida y las cartas parecían entenderse a las mil maravillas. Hasta se daban codazos los unos a los otros cuando veían pasar una cara bonita por cubierta. Había ciertas cosas comunes a todos los hombres.

Cuando, casi dos semanas después, el barco llegó por fin a Hamburgo, Alemania, contrataron tres carruajes de cuatro caballos para recorrer el resto del trayecto hasta Rusia. Se lo tomaron con calma, parándose a menudo a refrescar a los caballos y a sí mismos y visitando muchas ciudades a lo largo del camino. Cuando llegaron a la frontera del reino de Polonia, donde varios jóvenes centinelas polacos inspeccionaron sus papeles, un sentimiento de paz y orgullo impulsó a Zosia a seguir adelante, recordándole su propósito. Ya no se sentía como una mujer con una sola pierna. Se sentía como una dignataria.

Durante la última semana de su viaje, tras seis largas semanas, Zosia se dio cuenta de una cosa. Los lazos del corsé le molestaban un poco, le dolían extrañamente los pechos y no había tenido el periodo desde Londres. Mucho antes de que Moreland y ella...

Comprendió enseguida que estaba embarazada, y aunque no se le veía la tripa, se la cubría con las manos en un gesto de protección, y se regocijaba en secreto del don que se le había concedido con un solo momento de intimidad. Le hizo feliz saber que el año que iba a pasar separada de Moreland se vería acortado considerablemente, pues pensaba enviar noticias de su estado tan pronto llegara a San Petersburgo. Solo confiaba en que él pudiera correr a reunirse con ella para que se casaran antes de que la hinchazón de su vientre los abocara a ambos al escándalo.

Cuando por fin llegaron al territorio de Polangen, por el que entraron en Rusia, se encontraron con varias barricadas y con incontables centinelas rusos que les pidieron que se apearan del carruaje. Los guardias les registraron, y Zosia temió que le ordenaran quitarse el vestido. Pero por suerte no llegaron a tanto.

El registro se hizo extensivo a sus baúles, que hubo que bajar de la parte de atrás del coche. Para asombro de Zosia, el único baúl que puso nerviosos a los soldados fue el que contenía sus libros. Los centinelas, hombres severos y de cara barbada, hojearon los cincuenta y ocho volúmenes como si fueran cañones cargados. Tras mucho mascullar y cambiar palabras cortantes en ruso, devolvieron los libros al baúl uno por uno. Todos, menos su preciada *Correspondance Secrète, Politique et Littéraire*. Los rusos metieron los dieciocho volúmenes en varias sacas y explicaron que no se permitía la entrada de libros sobre asuntos políticos. Atónita, Zosia les explicó que eran regalo de Su Majestad el rey de Inglaterra, y que su contenido político era de índole satírica, más que realista. Los soldados, sin embargo, le hicieron repetidas señas de que siguiera adelante. Cuando exigió a Maksim que recuperara su edición de 1787, él se limitó a encogerse de hombros y le confesó que no había nada que hacer.

Así pues, Zosia le demostró lo que podía hacerse: ordenó a sus cuatro guardias británicos tender una emboscada a los centinelas y recuperar por la fuerza sus libros franceses. Solo que... a quien tendieron una emboscada fue a ella: Maksim la levantó en brazos y amenazó con darle con las muletas en el trasero si no se montaba inmediatamente en el carruaje.

Y esa fue su primera impresión del gran imperio ruso bajo el gobierno del zar Nicolás.

Escándalo 16

Hay matices que revelan más sobre una persona de lo que revelarán nunca sus palabras. Se manifiestan en sus ademanes, en sus gestos, en las expresiones que cruzan fugazmente su cara y, sobre todo, se dejan ver en lo profundo de sus ojos. A esto se le suele llamar «reconocimiento del alma» o «revelación del alma». Es cuando uno se da cuenta íntimamente de cómo es una persona y ha de decidir si ha llegado la hora de solazarse en su presencia o de salir huyendo. ~~La mayoría de los hombres y las mujeres que conozco entran en la categoría de la huida. Hasta su forma de respirar me molesta, porque sé que invierten cada bocanada de aire que respiran en limitar a sabiendas la respiración de los demás.~~

Cómo evitar un escándalo
Manuscrito original de Moreland

Llegar a San Petersburgo fue como entrar en una ciudad enorme y mítica que hubiera pasado siglos escondida entre la bruma, ajena al resto del mundo. Las gigantescas avenidas empedradas, anchas como ríos, estaban flanqueadas por majestuosos edificios con arcadas griegas e inmensas columnas de granito, estuco blanco, ladrillo y mármol bruñido y tallado que parecían construidas por dioses, no por humanos.

Pero, con mucho, lo más fascinante de San Petersburgo era contemplar tanta magnificencia recortada sobre el suave resplandor grisáceo de la luz del cielo, que parecía susurrar por doquier que no era ni de día ni de noche. Como le explicó Maksim, durante la primavera y el verano la noche desaparecía y durante la mañana, el mediodía y la noche la luz lo invadía todo.

Era una ciudad de noches opalinas.

Cuando su carruaje de cuatro caballos se acercó a las orillas del Neva, donde el Palacio de Invierno pegado al Hermitage, se extendía interminablemente en todo su esplendor arquitectónico, Zosia sintió que acababa de llegar a la puerta del mismísimo Dios Padre. Era tan espeluznante como arrebatador.

Tras pasar por enormes verjas de hierro adornadas con los emblemas de la Rusia imperial, su carruaje desapareció dentro de los confines del Palacio de Invierno. El coche se detuvo y, desde su ventanilla, Zosia vio una suntuosa entrada custodiada por soldados con espadas envainadas colgadas de los fajines del uniforme. Sintió una opresión en la garganta y perdió todo su valor. La portezuela del carruaje se abrió y se desplegaron los peldaños. El aire suave y cálido de la luminosa y gris noche de verano invadió el interior del carruaje, llevando consigo un olor a hojas mojadas.

Maksim salió del carruaje y le tendió la mano enguantada sin decir nada. Ella se levantó, se balanceó hasta conseguir mantenerse en equilibrio y agarró su mano, inclinándose hacia la portezuela abierta. Maksim la agarró por la cintura y la bajó en volandas. Aunque permitió que tocara el suelo con el pie un momento, sin previo aviso volvió a levantarla en brazos. Ella se puso rígida y lo miró.

–No se resista. Mis intenciones son buenas –le dijo él en polaco–. Hay un sinfín de escaleras y no tenemos toda la noche.

Zosia suspiró y permitió que la llevara por la amplia escalinata de piedra alumbrada por antorchas y faroles. Varios telones rojos cubrían el enorme portal, agitándose al viento sin descanso. Varios hombres de tez oscura, ataviados con túnicas turcas de color verde oscuro y gruesos fajines rojos alrededor de la cintura, se apresuraron a abrirles las puertas. Maksim la estrechó con más fuerza al entrar, como si le pidiera en silencio que cooperara sin rechistar. Sus botas de montar resonaron sobre el reluciente suelo de mármol siberiano cuando subió otro tramo de anchas escaleras con barandillas de madera gris labrada. Infinidad de candelabros de pared, provistos de cirios, alumbraban suavemente el blanco vestíbulo ornamentado.

Torcieron hacia un pasillo semejante al de una catedral. Zosia recorrió con la mirada las paredes, que relucían como porcelana de color miel en contraste con los altísimos techos. Enormes cuadros con marco dorado, retratos de cuerpo entero de hombres y mujeres, pasaban flotando a su lado, y sus ojos helados y sus semblantes orgullosos parecían seguirla.

Maksim se detuvo por fin ante un lacayo con peluca y librea con encajes al que dirigió varias órdenes en ruso. El joven criado respondió en voz baja, hizo una reverencia y les condujo hacia una puerta de madera gris que había a la derecha y que alguien abrió con diligencia.

–El emperador ya ha sido informado de su llegada. Pronto vendrá a saludarla –anunció Maksim al llevarla a lo que parecía ser un pequeño despacho. La depositó en un amplio sillón de cuero, le levantó las manos y, para sorpresa de Zosia, le quitó los guantes de cabritilla. Sus ojos de color verde jade sostuvieron un momento los suyos al entregarle los guantes.

–Esperaré en el pasillo, por si me necesita.

Zosia esbozó una sonrisa forzada y le quitó los guantes de la mano.

–Gracias.

Él hizo una rápida y enérgica reverencia, dio media vuelta y salió de la habitación, deteniéndose una última vez para mirarla, como si le preocupara su bienestar. Luego desapareció. El lacayo cerró la puerta a su espalda con un suave chasquido.

Zosia respiró hondo, trémula, y exhaló. El silencio del despacho la ponía nerviosa. Recorrió con la mirada la habitación recubierta con paneles de roble y se fijó en los sillones, en el escritorio francés, en los mapas, en las incontables maquetas de barcos que había en los estantes de madera y en los libros encuadernados en piel guardados en el interior de las relucientes vitrinas. Era una habitación sencilla, ideada para la reflexión, no para la magnificencia.

El eco de unos pasos pesados la dejó paralizada. Pero pasaron de largo y se quedó de nuevo en silencio. Esperó y esperó, y sintió que estaba respirando el poco aire que quedaba en la habitación. El eco de otros pasos la inmovilizó de nuevo. Esta vez, la puerta se abrió de repente.

–El emperador y autócrata de Todas las Rusias –anunció en inglés un lacayo con peluca.

Zosia se levantó e inclinó la cabeza.

Un caballero con bigote, recio pero muy alto, vestido con sencillo uniforme militar gris y botas altas de color negro, entró en la habitación. Junto a él entró un perro grande que se dirigió hacia ella meneando la cola. El emperador le indicó con un gesto expeditivo que tomara asiento. Y eso hizo Zosia.

Una cabeza grande y peluda se apoyó en su regazo y olisqueó sus manos desnudas buscando caricias. Ella sonrió y acarició el pelo suave, gris y blanco, del perro, mirando sus grandes ojos marrones, que la observaban agradecidos por sus muestras de afecto.

—Le gusta usted —anunció el zar en voz baja y relajada al acomodarse en el sillón, frente a ella—. Eso es bueno. Significa que vamos a llevarnos bien, a pesar de que haya llegado en lunes.

Ella levantó la vista sin dejar de acariciar cariñosamente la cabeza del perro.

—¿En lunes?
—Sí.
—No entiendo.
Él sonrió.
—Hoy es lunes, ¿no?
Zosia pestañeó.
—Sigo sin entender. ¿Qué importancia tiene que haya llegado en lunes?

El zar se rio.

—Discúlpeme. Algunos rusos creen que los lunes traen mala suerte y que por tanto cualquier cosa que ocurra ese día también les traerá mala suerte.

—Ah —aquello no pintaba bien.

—Sí, pero yo ceñí la corona de Rusia un lunes —le guiñó un ojo—. Así que esas patochadas supersticiosas no tienen ningún valor, ¿no le parece? –chasqueó los dedos, dirigiéndose al perro–. Húsar, ya basta. Va a cansarse de ti.

El perro dio media vuelta y se acercó a su amo, echándose sobre sus pies. El emperador observó a Zosia con expresión pensativa mientras acariciaba con sus largos dedos la punta de su bigote encerado. Una sonrisilla afloró a sus labios cuando asintió con la cabeza.

–Veo el parecido –murmuró, más para sí mismo que para ella.

Aquellas palabras suaves y aquellos suaves ojos castaños, rebosantes de calor, no eran en absoluto lo que esperaba encontrar en un hombre que ostentaba un poder tan mortífero. Zosia juntó las manos y se recordó que hacía falta mucho más que una impresión momentánea para comprender verdaderamente a un hombre.

–Le estoy muy agradecida por estar dispuesto a acogerme a pesar de haberme negado a cumplir el decreto.

–¿Y por qué no iba a acogerla? –se apartó la mano del bigote y arrugó el entrecejo–. Deseo conocer mejor a mi sobrina. A pesar de su deplorable educación católica, somos familia.

Ella lo miró fijamente, asombrada por la franqueza con que denostaba su religión. ¿Acaso no había nada sagrado para aquel hombre?

El zar vaciló como si percibiera su incomodidad.

–Me decepciona que vaya a rechazar su título. ¿Sabía usted que Maksim ha rechazado varios matrimonios muy ventajosos con la esperanza de que el decreto de mi hermano le permitiera entrar en la corte rusa?

Ella bajó la mirada.

–No, no lo sabía.

Su tío suspiró.

–Le hace usted a él y a toda Rusia una gran injusticia, *Velikaya Knyazha*. Una gran injusticia. Ya he hablado con él un momento sobre la posibilidad de obligarla a acatar el decreto, pero no desea insistir. Temo que le gusta usted demasiado para forzarla a nada.

Zosia se sintió como si el emperador estuviera clavándole un tridente de culpa en el costado, intentando que se sometiera.

–Maksim ha demostrado ser todo un caballero.

–Sí. Es un defecto que tiene, en mi opinión –se rio–. Es capaz de apuntar con una pistola a cualquier cosa, menos al corazón de una mujer.

Ella no pudo evitar sonreír.

–Si eso es un defecto, tío, ojalá lo tuviera todo el mundo.

El zar se inclinó hacia delante y acarició la panza extendida de Húsar. El gran anillo de oro y ónice de su dedo apareció y desapareció entre el pelaje del animal. Levantó la mirada.

–Dentro de un par de semanas celebraremos una velada en su honor. La habría organizado antes, pero *madame* Nicolás y yo llegamos de Antichkoff hace apenas una semana y apenas hemos tenido tiempo para nada.

Ella arrugó las cejas.

–¿*Madame* Nicolás es su...?

Él sonrió y sus ojos y su cara se iluminaron.

–Mi esposa, sí. Su tía –bajó el mentón y dijo en tono juguetón–: Aunque yo que usted no la llamaría *madame* Nicolás. Solo conseguiría molestarla, y eso no le conviene. Puede que parezca callada, responsable y majestuosa, pero no lo es en absoluto –volvió a recostarse en su sillón, apoyando la cabeza de cabello castaño y gris contra el cojín de piel–. Me gustaría despejar cualquier duda que tenga. He oído hablar de su patriotismo. Lo entiendo muy bien, pero los polacos no son su pueblo. Lo somos nosotros, los rusos. No lo olvide nunca.

Ella lo miró a los ojos y contestó en tono enérgico:

–Los polacos tampoco son su pueblo, tío, así que ¿por qué intenta mantener como rehén su país entero y su modo de vida? Es como si un elefante ordena a un rebaño de ovejas que les salgan colmillos. Es improbable. Absurdo. Inútil. Tal vez debería ocuparse de su propio pueblo primero, antes de anexionarse otras naciones. He oído decir que los rusos son tan infelices como los polacos. ¿Por qué cree usted que será?

El zar levantó las cejas y enderezó la cabeza.

–Parece haber heredado la lengua de su madre –se movió hacia ella–. Permítame explicarle una cosa, *Velikaya Knyazha*. En una posición como la mía, es necesario gobernar apretando con un dedo la vena del cuello de todo el mundo. Si no, es mi cuello el que aprietan, estrujan y cortan. ¿Entiende?

Ella fingió reír.

–Tal vez la gente no estaría tan dispuesta a hacer esas cosas si no estuviera usted tan ocupado en apretar, estrujar y cortarles el cuello a ellos. ¿Lo ha pensado alguna vez?

Su tío chasqueó la lengua y meneó un dedo.

–No me entiende usted, ni entiende mi política.

–Estoy aquí para intentar entenderlo, tío. Pero solo si usted está dispuesto a intentar entenderme a mí.

–Bien. Eso es bueno. Voy a contarle una cosa –carraspeó–. El mismo día que subí al trono como emperador de Rusia, sin que me hubieran dado siquiera la oportunidad de demostrar mi valía, hubo tumultos en las calles que se extendieron rápidamente a otras regiones. Desde ese momento fue mi deber demostrar que desafiar mi poder solo se traduciría en derramamiento de sangre. Verá, las palabras con las que intenté tranquilizarles no significaban nada para los rebeldes. Se mofaban de ellas. Pero ¿el miedo? Ah, nadie se atreve a mofarse del miedo, ni de la muerte. Porque saben que es permanente. Salta a la vista que pretende usted educarme, *Velikaya Knyazha*, y yo lo respeto. De veras. Confío en que me ilustre en todo lo que les importa a usted y a su pueblo. Cuando esté preparada, le concederé graciosamente una hora para expresarme todas esas preocupaciones y luego usted y yo no volveremos a hablar de este asunto. Así será como zanjaremos nuestras diferencias.

Lo que significaba que no iban a zanjarlas y que el tiempo que pasara en presencia del zar solo le traería frustración y angustia. ¿Su tío esperaba que le explicara en una hora un conflicto que afectaba a millones de personas? ¡Ridículo!

–Le suplico que me conceda más que una hora, tío –insistió–. Aparte de que los nobles rusos controlan demasiados escaños, sofocando así el voto de los polacos, hay una larga lista de derechos elementales que deben revisarse. Le pido seis meses de discusiones continuas. En esos meses podré explicarle por completo las penurias de mi país, que van desde la educación elemental al funcionamiento del ejército, pasando por el reparto de tierras, todo ello controlado absolutamente por los rusos y para su beneficio exclusivo. Es necesario un equilibrio de poder.

El zar la observó pensativamente un momento, pasándose las yemas de los dedos por los labios.

–Entiende de política.
Ella negó con la cabeza.
–No. Era mi madre quien entendía, tío, no yo. Yo solo entiendo al pueblo. Me he pasado la vida entera escuchando su descontento. El descontento de un estudiante universitario cuya educación es censurada o acotada para impedir que llegue a ser algo más. El descontento de un profesor al que no se permite cultivar la mente de quienes le rodean sin ser castigado o amenazado. El descontento de un soldado al que se obliga a saludar a una bandera que no es la suya. El descontento de un sacerdote que no puede rezar dentro de su propia iglesia sin arriesgarse a perder la vida. Esa es la política de la que entiendo yo.
Los ojos del zar brillaron. La señaló con el dedo.
–Necesito a alguien como usted. De veras. Necesito a alguien capaz de entender el desasosiego de los polacos, como acaba de hacer usted. Su pasión, sobrina, es brillante. Absolutamente brillante –cambió de postura en su sillón–. ¿Qué le parece si hacemos una cosa? Estoy dispuesto a negociar ciertos derechos para su pueblo por el periodo de tiempo que desee si usted me da lo que quiero. ¿Qué me dice? ¿Eh?
Ella lo miró con fijeza.
–¿Y qué es lo que quiere?
El zar la miró mientras se frotaba lentamente las palmas de las manos como si estuviera a punto de tirar un par de dados.
–Quiero que ocupe el lugar que le corresponde en esta corte, como ordenó mi hermano. Su presencia aquí es de gran importancia para mí y para Rusia. Como gran duquesa, esperaría que empleara su comprensión de los polacos y su posición para eliminar hasta el últi-

mo rumor de revuelta. Deseo instaurar la estabilidad sin desembolso de dinero y sin derramamiento de sangre. A cambio, estoy dispuesto a negociar ciertos derechos para aplacarles a usted y a ellos.

Zosia se sintió como si aquel hombre tuviera en la mano su corazón palpitante y lo estrujara poco a poco. ¿Cómo iba a jugarse su felicidad y la de Moreland por algo que no le ofrecía ninguna garantía?

—¿Qué clase de derechos estaría dispuesto a negociar? ¿Y qué garantías tendrían?

El zar se encogió de hombros.

—Eso lo discutiremos cuando se convierta en gran duquesa. Antes no hay nada que discutir.

Ay, Dios. Ay, santo Dios. ¿Cómo iba a...?

—Estoy más que dispuesta a convertirme en gran duquesa y a ocupar mi puesto en esta corte, pero solo si se me permite casarme con un hombre de mi elección. En caso contrario, estaría sacrificando lo que más me importa, tío. Mi corazón.

Él la miró con frialdad.

—Me traen sin cuidado los sacrificios que tenga que hacer. Como emperador, yo hago sacrificios constantemente. Es lo que ha de hacer un dirigente. Y lo que ha de hacer usted.

Zosia sintió que le ardía la respiración en la garganta. El zar apoyó los codos en los brazos del sillón y juntó las manos bajo el mentón.

—¿Hemos acabado, sobrina? Es tarde y deseo retirarme.

Intentando mantener la voz firme y serena, ella contestó:

—Si hay algo que pueda hacer para aplacar al pueblo e impedir que se levante, es poner fin a la tiranía que ejerce sobre nuestros ciudadanos. Nadie sabe más de esa tiranía que yo. Perdí la pierna después de que unos soldados rusos quemaran una casa que no tenían derecho a quemar.

El zar masculló:

—Tuvo usted suerte de que solo fuera la pierna.

Zosia se refrenó para no saltar hacia delante y darle una bofetada. Respiró hondo para calmarse, dejó que su rostro se relajara y repuso en un tono que no era ni afectuoso ni recriminatorio:

—Tío, le ruego por la bondad que posea que piense en dar a los polacos, que son católicos, la oportunidad de vivir en su propio país, separados de su imperio ortodoxo. Hay demasiadas diferencias entre su pueblo y el mío y ello no genera más que un continuo descontento. Si no desea concederles la libertad, al menos permítales conservar su dignidad y sus derechos elementales. Permítales regirse por la constitución que estableció el Congreso de Viena. Es una constitución digna que todos los polacos apoyarán, y que sin embargo se ve violada a cada paso.

—Prefiero reducir a Polonia a provincia que poner en vigor una constitución que nunca debería haber existido —se irguió en toda su imponente estatura—. Sé que se avecina una revuelta, *Velikaya Knyazha*. Usted no es más que un pétalo de su inminente capullo. Por eso la necesito. Si le preocupa su pueblo, lo guiará aceptando su puesto como gran duquesa y advertirá a los polacos de que el guantelete que cubre mi mano aplastará sus espinas si deciden sublevarse. Se convertirá usted en mi portavoz y ambos nos granjearemos su respeto.

Ella sofocó un gemido de indignación.

—Si me convirtiera en gran duquesa, jamás accedería a ser su portavoz. Solo podría ser la voz de mi pueblo.

–¡Basta! –se quedó mirándola desde su altura con expresión amarga–. Durante el tiempo que pase aquí, y mientras siga rehusando su deber, mostrará a su tío el debido respeto absteniéndose de hablar de aquello a lo que está dispuesta a acceder y a lo que no. Si decide volver a retarme cara a cara o ante cualquier persona de esta corte, desaparecerá en Siberia para siempre. Y nadie, ni siquiera el bondadoso Jorge de Inglaterra, se enterará si muere. ¿Nos entendemos ahora?

Zosia se levantó sobre su única pierna y, manteniéndose firme, le susurró con vehemencia:

–Si es capaz de aterrorizar, de intimidar y condenar a muerte a su propia sobrina para servir a sus viles propósitos, no hay esperanzas para ningún polaco mientras usted gobierne. ¿No es así?

El zar la señaló con el dedo.

–Exacto. Ahora nos entendemos –sonrió, le dio unas palmaditas entusiastas en la mejilla, se volvió y se dirigió hacia la puerta.

El perro la miró con desconfianza, como si le dijera que más le valía respetar a su amo. Después salió al trote tras él. El emperador se detuvo en la puerta. Se volvió y la señaló.

–Voy a pedirle a Maksim que la escolte personalmente a sus habitaciones. Tal vez puedan llegar a un entendimiento amoroso que nos beneficie a todos. ¿Verdad? Ha sido un placer, sobrina. Buenas noches –desapareció y el eco de sus pasos se oyó en el corredor.

Zosia se dejó caer en el sillón, cerró los ojos con fuerza y se llevó los temblorosos dedos a las sienes, que empezaban a latirle. No debería haber ido a San Petersburgo. No debería haber creído posible forjar una alianza con un hombre que se enorgullecía de aplastar sin piedad a cualquiera que se opusiera a sus puntos de vista.

Por la oportunidad de liderar a su pueblo sin garantía alguna de que fuera a servir de algo, tendría que renunciar a todo. Incluido Moreland. Tendría que renunciar al padre de su bebé antes siquiera de que su vientre comenzara a abultarse. ¿Y si sacrificaba su felicidad solo para hallarse sin nada, despojada incluso del respeto de su propio pueblo? No estaba preparada para algo así.

Ahogó un sollozo y las lágrimas se abrieron paso entre sus párpados cerrados. Era horrible saber que ella, Zosia Urszula Kwiatkowska, era una cobarde y una fracasada. Nunca se había considerado ni una cosa ni la otra. Hasta ahora. Hasta hallarse frente a frente con la certeza de que no estaba destinada a ser una líder, ni la voz de su pueblo. Dejó escapar otro sollozo.

—¿*Velikaya Knyazha?* —dijo una suave voz masculina.

Sobresaltada, bajó las manos y miró a Maksim, que estaba junto a ella. Sorbió por la nariz y se enjugó las lágrimas, intentando calmarse.

—Discúlpeme.

Él se inclinó y arrugó el entrecejo, preocupado.

—No ha ido tan bien como esperaba, ¿verdad?

Zosia bajó la mirada y negó con la cabeza.

—No.

Maksim suspiró.

—Todos somos peones hasta que nos hacen reyes. Así funciona el mundo. Venga —deslizó una mano bajo sus muslos y con el otro brazo enlazó su cintura—. Ya ha soportado suficiente. Es hora de retirarse.

Zosia rodeó sus hombros con los brazos y dejó que

la sacara del despacho y la llevara por interminables pasillos, llenos de vueltas y revueltas.

Por fin llegaron a una suite.

Zosia rezó por que Maksim no tuviera ninguna esperanza.

Él pasó por la puerta abierta de una alcoba enorme y recargada. Los abigarrados techos los sostenían no columnas, sino cariátides griegas, cada una de ellas en posición distinta, y todas ellas paralizadas y condenadas para siempre a no moverse ni hablar.

Zosia parpadeó al ver sus miradas estoicas y sus grandes caras de piedra, se aferró instintivamente a Maksim y se preguntó cómo iba a dormir rodeada de aquellas imponentes monstruosidades. ¿No era ya suficientemente inquietante verse obligada a dormir durante meses bajo el mismo techo que su tío?

Maksim la llevó más allá de la cama, hasta el interior de un cuarto contiguo que parecía ser una biblioteca. Ella lo miró.

–¿Adónde vamos?

–Ya lo verá –se detuvo ante una gran librería. La dejó en el suelo asegurándose de que estuviera bien apoyada sobre su pie y luego sacó un libro de un estante y lo dejó a un lado. Metió la mano en el hueco, agarró un pomo escondido y toda la librería se desplazó hacia atrás, dejando al descubierto una estrecha escalera alumbrada por un solo farol dorado.

Los ojos de Zosia se dilataron cuando, saltando hacia delante, se asomó a la escalera alfombrada que bajaba hacia lo que parecía ser una sala cuyo final no se vislumbraba. Maksim sonrió y le tendió la mano.

–El emperador ha insistido en que se lo enseñara. Perteneció a su abuela. Por aquí escapaba de la presión de sus responsabilidades y se permitía disfrutar de su humanidad. Ahora es suya, para que se solace en ella todo el tiempo que quiera, mientras permanezca entre nosotros.

Zosia miró su mano tendida y las velas que iluminaban aquel reino secreto. Sacudió la cabeza. Aunque Maksim había demostrado ser un caballero durante el viaje, ahora estaba en su territorio y en el del emperador, y no se fiaba de ninguno de ellos.

—La veré en otro momento. Deseo retirarme.

Él señaló la puerta.

—Aquí es donde va a alojarse, *Velikaya Knyazha*.

Ella sofocó un gemido de sorpresa.

—¿Detrás de una estantería? No creo —señaló la alcoba contigua, más allá de la biblioteca—. Prefiero dormir en esa cama, con todas esas mujeres.

Maksim se rio.

—Eso ha sonado mucho más excitante de lo que sin duda pretendía usted —sacudió la cabeza morena y se inclinó hacia ella. Mirándola fijamente, señaló sus propios ojos—. Confíe en mí —su voz baja tenía una nota de desafío—. Se verá recompensada por dejar a un lado sus prejuicios, que solo se basan en lo que ve y no en lo que sabe. ¿No es cierto?

A Zosia se le aceleró el corazón. Demostrando una confianza de la que esperaba no arrepentirse, agarró su mano grande y cálida y permitió que la condujera por los treinta escalones, asiéndola de la mano y la cintura, salto a salto. Un olor a aceite de jazmines impregnaba el aire fresco.

Zosia contuvo la respiración al ver una enorme estancia rodeada de grandes espejos, tanto en las paredes como en el techo, que reflejaban la luz de las velas con un resplandor suave y sensual. Había un sofá bordado de color burdeos, redondeado y grande como una cama, cargado de mullidos cojines y colchas, en el que se podía dormir y descansar. La estancia estaba adornada con coloridos farolillos chinos, pagodas, grifos esculpidos y dragones, y parecía comunicarse con otras dos salas semejantes. Era... increíble.

Su abuela, Catalina la Grande, había caminado en otro tiempo por aquellas habitaciones. Y teniendo en cuenta su reputación, sin duda había hecho también otras cosas en ellas. Seguramente se había encontrado allí con incontables amantes y los había visto retorcerse bajo su poder, reflejados en aquellos espejos.

Maksim rodeó a Zosia y se acercó a ella. La miró intensamente, como si quisiera hacer o decir algo. Ella tragó saliva, incómoda.

–No me mire de esa manera tan íntima.
–Se equivoca usted.
–¿Sí?
–Quiero ser su amigo.
–Confío sinceramente en que esas sean sus intenciones, Maksim, porque mi situación ya es bastante complicada sin necesidad de que insista usted en cumplir sus deseos.

Él suspiró, como si estuviera harto de escuchar sus razones para resistirse.

–Por favor, permítame darle un consejo.
–¿Un consejo? ¿Sobre qué? ¿Va a aconsejarme que me convierta y me case con usted? ¿Que me convierta en gran duquesa porque millones de personas dependen de mí, incluido usted, que ha renunciado a oportunidades ventajosas por tener una ocasión que le estoy negando? –fue levantando cada vez más la voz, enojada–.

¿O quizá quiere aconsejarme que deje a un lado mi felicidad y toda mi vida sin ninguna garantía de que vaya a obtener algo a cambio? ¿Y todo por un emperador que es el mismo diablo? ¿Es eso lo que va a aconsejarme?

Él chasqueó la lengua. Sacudiendo la cabeza, se inclinó hacia ella y bajó la voz:

−Yo no soy como el emperador. No me trate como si lo fuera. El zar tiene grandes expectativas, sí, y está dispuesto a sacar provecho de ellas en beneficio propio. Le recomiendo que no le dé ninguna oportunidad. Ese es mi consejo.

Ella tragó saliva.

−¿Qué debo hacer?

−Ha de escribir a su inglesito y pedirle que venga a defender su honor. Ha de hacerlo antes de que su vientre la delate y el emperador crea que es obra mía. Aunque el emperador creyera otra cosa, nos obligará a casarnos para asegurarse de que se convierte usted en gran duquesa. Lo conozco. Se servirá de ese escándalo contra usted.

Ella lo miró boquiabierta, con las mejillas encendidas, y se llevó una mano a la tripa.

−¿Cómo... cómo lo ha sabido? Todavía no se me nota.

Una sonrisa coqueta se dibujó en sus labios.

−Tengo ocho hermanas, dos de las cuales se descarriaron. Era evidente lo que ya había ocurrido entre lord Moreland y usted, a pesar de que él defendiera valerosamente su honor ante mis soldados. Empezaron a preocuparme sus constantes mareos y pregunté a su doncella si había tenido usted el menstruo durante el viaje. Me dijo que no.

Ella dio un respingo, avergonzada. Maksim sonrió y le tocó la mejilla con el dedo.

–Descuide, conmigo su secreto está a salvo, *Velikaya Knyazha*. Hasta que llegue Moreland y pueda velar por su honor en persona.

Zosia bajó la mirada.

–Gracias.

–Vendrá si le escribe, ¿verdad?

–Sí, sé que vendrá –¡ah, cómo rezaba por que Moreland acudiera antes de que la obligaran a tomar un camino del que no podría escapar!

–Venga –Maksim la levantó en brazos y la llevó al enorme sofá redondo. La depositó sobre los mullidos cojines, se tumbó a su lado y se apoyó en un codo, estirando las largas piernas–. Bueno, ¿qué le gustaría hacer con Maksim esta noche? Soy suyo para que haga conmigo lo que quiera.

Ella se apartó de él, corriéndose hacia el borde del sofá.

–Quisiera retirarme. Sin Maksim.

Él se rio.

–¿Sabía usted que los rusos somos mucho mejores amantes de lo que serán nunca los británicos? Estoy dispuesto a demostrárselo si me deja.

Los ojos de Zosia se agrandaron y señaló la escalera enérgicamente.

–¡No me hace ninguna gracia! Márchese.

Sus ojos verdes brillaron, divertidos. Chasqueó la lengua.

–Yo puedo entretenerla mientras espera a su inglesito. Él no tiene por qué enterarse y nosotros no tendremos que preocuparnos por el desliz que ya se ha cometido.

Zosia contuvo un gemido de indignación, agarró un cojín y le golpeó con él en la cabeza.

—Maldito...

Maksim se rio alegremente, quitándole el cojín.

—¿Es que no tiene sentido del humor? —apartó el cojín, riendo, la agarró y tiró de ella suavemente hacia el sofá. Sonrió—. A nosotros los oficiales rusos nos vuelven locas las polacas. ¿Por qué cree que seguimos ocupando su país?

Zosia sofocó una risa, exasperada, le apartó las manos y le dio un empujón.

—Márchese. Fuera de mi cama, ruso loco.

Maksim se levantó de un salto y se enderezó el uniforme. La señaló con expresión severa.

—Escriba esa carta esta misma noche. Me aseguraré de que sea enviada por correo militar urgente, así llegará antes a Londres.

Ella lo miró atónita y se sentó.

—Maksim, ¿de veras puedo confiar en usted? ¿Somos amigos? ¿Amigos de verdad?

—Alguien tiene que impedir que la manden a Siberia. Muy bien puedo ser yo. Así que, sí, somos amigos. Lo único que le pido es que bautice a su primer hijo en mi honor. Maksim es un nombre bonito.

Ella sonrió.

—Dudo mucho que Moreland me permita ponerle a nuestro primogénito el nombre de un ruso con el que yo fantaseaba.

Él bajó el mentón y levantó las cejas.

—¿Usted...?

—Fantaseaba, en pasado, Maksim. Hace tiempo que descubrí que los británicos son mucho más de fiar de lo que lo serán nunca ustedes, los rusos.

Escándalo 17

Una dama que desee ser admirada ha de saber, por encima de todas las cosas, bailar bien. El baile es un trasunto de la vida: exige ritmo innato y comprensión de los pasos necesarios para alcanzar el éxito. Ese ritmo innato solo puede extraerse del propio yo. Ni siquiera los mejores maestros de danza pueden enseñárselo a un corazón y un alma que no lo lleven dentro de sí. Ese ritmo tiene como guía la música, que lo impulsa a deslizarse hacia delante y a someterse a la danza. Ese ritmo interno es lo más importante. Porque cuando la música exterior para de repente, por la razón que fuere, uno puede tropezarse y quedar en ridículo ~~y destrozarse la vida~~*, o puede sonreír y seguir danzando mientras espera a que retorne la música.*

Cómo evitar un escándalo
Manuscrito original de Moreland

18 de septiembre, primera hora de la tarde

Tristan abrió los ojos al oir un golpe enérgico en la

puerta. Parpadeó al darse cuenta de que tenía apoyado un lado de la cara sobre el pergamino de un libro abierto que había colocado un rato antes sobre su escritorio. Se incorporó, se pasó la mano por la cara y exhaló un suspiro de cansancio.

A pesar de que su cruzada con el fin de recabar apoyos para Polonia había concluido semanas antes, su cuerpo y su mente estaban aún recobrándose del estrés. Su discurso ante el Parlamento había salido bien, había sido con mucho el mejor de los suyos hasta entonces, pero había despertado pocas simpatías entre los miembros de la cámara, que seguían intentando asimilar la entrada de nobles católicos en sus dominios. Solo confiaba en obtener mejores resultados en Norteamérica.

Llamaron de nuevo a la puerta cerrada de su despacho y recordó que era así como había despertado de su sopor. Carraspeó.

–¿Es urgente?

–Acaba de llegar una carta por correo real urgente –contestó el mayordomo–. Su Majestad ha ordenado que se la entreguen en mano inmediatamente.

Noticias de Su Majestad. Zosia... Tenía que ser algo relacionado con ella. Era la primera vez que tenía noticias suyas desde hacía cuatro meses.

Se levantó de un salto, rodeó corriendo su escritorio, cruzó la habitación y abrió de golpe la puerta.

–¿Dónde está?

El mayordomo le presentó una bandeja de plata con la carta. Tristan estaba a punto de agarrarla cuando se detuvo. Retiró la mano. En el centro de la bandeja había un viejo pergamino doblado, arrugado y salpicado con manchas descoloridas, que alguien había vuelto a doblar cuidadosamente para convertirlo en una carta y había sellado con un gran lacre rojo que llevaba grabado el escudo del águila imperial rusa.

Contuvo la respiración al reconocer el pergamino. Era el pliego que había recogido de la mesa ensangrentada de su padre trece años antes, poco después de que el doctor y las autoridades retiraran su cadáver. El pergamino que había doblado y guardado, deseando que contuviera los últimos pensamientos de su padre. El pergamino que le había dado a Zosia. ¿Qué significaba? ¿Se habría cansado ella de esperar? ¿Se había casado ya con su ruso y había ocupado su lugar como gran duquesa? Miró al mayordomo pero no recogió la carta.

—¿Venía con alguna instrucción?

—Tiene que leerlo, milord —repuso el mayordomo, sosteniendo todavía la bandeja.

Tristan se removió, nervioso.

—Sí, eso ya lo supongo. Pero ¿debo responder? ¿Han solicitado respuesta?

—No, milord.

Tristan se giró y se pasó una mano por la cara. No sabía si tenía fuerzas para tocar el pergamino, y mucho menos para leer lo que Zosia hubiera escrito en él. Santo Dios. Le había escrito una carta en el pergamino que llevaba aún la sangre de su padre. ¡Maldita fuera! Se volvió hacia la bandeja y agarró la carta.

—Retírese.

El mayordomo hizo una reverencia y se marchó. Tristan cerró la puerta y comenzó a pasearse por la habitación, dándose golpecitos con el pergamino en la mano abierta.

—Solo hace cuatro meses, Zosia —gruñó en voz alta—. Si no eres capaz de consagrarte a mí ese tiempo, no hay esperanzas para nosotros. Ninguna.

Se acercó al escritorio y dejó la carta sobre él. Se pasó la mano por el pelo y, dando media vuelta, se acercó al aparador más cercano para intentar no pensar en la navaja.

Coñac. Necesitaba un coñac. Se merecía una copa después de haberse pasado semanas y semanas atiborrándose de política e historia de los católicos. Qué demonios, de no haber sido por los chicos del Jackson, donde desfogaba su frustración por que a nadie le importara un bledo Polonia, no habría sobrevivido a aquello.

Agarró la botella de coñac, la llevó al escritorio, miró la carta y dejó la botella a su lado. Sintió un nudo en la garganta y de pronto notó que se le inflamaba la piel, llena de calor.

No podía respirar.

Retrocedió, levantó el mentón y se deshizo la corbata todo lo rápido que pudo. Se la quitó y la arrojó a un lado. Se quitó a continuación la levita, el chaleco y la camisa y los dejó caer. Aunque su piel desnuda se enfrió rápidamente, siguió sintiéndose nervioso cuando rodeó el escritorio. Recogió todos sus libros de cuentas, los amontonó y se detuvo ante la fila de cajones de madera. Se quedó mirando el cajón de abajo, donde había guardado su puñal nepalí. Lo único que tenía que hacer era pedirle la llave al mayordomo.

Sintió una opresión en el pecho mientras luchaba por aquietar su respiración. Meneó la cabeza, consciente de que era lo bastante fuerte para superar aquella tentación. Podía prescindir de la navaja. Se lo había demostrado a sí mismo una y otra vez en los últimos tiempos, cada vez que había sentido el impulso de cortarse por pura frustración.

Iba a tomarse una copa, como haría un hombre corriente después de un largo día.

Se inclinó, agarró la botella, le quitó el tapón y, acercándose el borde de cristal a los labios, la inclinó y bebió un largo trago del líquido ardiente. Tragó y tragó, intentando beber todo lo posible sin pararse a tomar aire.

Pero... sintió que se estaba ahogando, en vez de afrontar la realidad. Aquello no era más que otra navaja.

Apartó de sí la botella, pero el coñac se derramó por su pecho y sus pantalones. Hizo una mueca y tomó una bocanada de aire.

—Cretino —masculló—. Ni siquiera sabes beber —dejó la botella casi vacía sobre la mesa y se limpió el líquido que manchaba su pecho desnudo. Arrugó el entrecejo al notar que la piel cicatrizada de su pecho parecía más... suave.

Miró hacia abajo, apartando las manos. No parecía el mismo, y había estado tan absorto que ni siquiera se había dado cuenta. A pesar de las cicatrices descoloridas, su torso tenía un aspecto muy... decente. Estaba mucho más musculado, mucho más tenso y mucho más definido por las incontables horas que pasaba boxeando. Era como si su piel se hubiera tensado, difuminando las cicatrices. Nunca había estado tan en forma. Y aquello era obra suya. Lo había hecho él solo, sin que nadie, ni Zosia, ni su abuela, lo llevaran de la oreja.

Por fin era dueño de sí mismo. Lo sentía. Lo sabía.

Miró el escritorio, donde esperaba la carta de Zosia, y las aletas de su nariz se hincharon. Recordó el cuerpo y el rostro de Zosia y, aunque todavía la necesitaba desesperadamente y ansiaba estar con ella, una parte de su ser sintió el impulso de desafiarla. Ahora era dueño de sí mismo y podía afrontar cualquier cosa. Dijera lo que dijese aquella carta, sobreviviría.

Apretó los dientes, rodeó el escritorio y recogió la carta. Respiró hondo para calmarse, rompió el sello de lacre rojo y desdobló el pergamino. Se quedó mirando la letra esmerada que llenaba casi por completo el pliego amarillento y salpicado de sangre.

Mój Kochany:
Aunque tengo muchas cosas que contarte, la mayoría de ellas desfavorables para mi pueblo, solo deseo expresar aquí lo que más me importa: el amor que te tengo. No tuvimos oportunidad de asimilar verdaderamente todo lo que nos ocurrió, pero quiero que sepas que está todo perdonado. Me conmueve todo lo que has hecho ya. Me llena de ternura tu intento de demostrar tu valía ante ti mismo y ante mí. Te pido disculpas por escribir sobre este pergamino, tan sagrado para ti, pero me ha parecido adecuado darte mi maravillosa noticia en él, confiando en que de ese modo queden borradas todas las penas que has conocido. Has de venir al Palacio de Invierno de San Petersburgo de inmediato. Estoy encinta. De ti. Debemos casarnos antes de que mi estado sea evidente y los rusos comiencen a pensar que soy la Virgen María reencarnada. Lo cierto es que, si no vienes, el emperador insistirá en que me case con Maksim para asegurarse de que ocupe mi puesto en la corte rusa. Debes venir. No deseo ser la esposa de otro, solo la tuya. Por favor, por favor, ven. Te esperan todo mi amor y nuestro hijo.

Twoja zauwsze,

Zosia Urszula Kwiatkowska

Tristan se tambaleó, estupefacto. Zosia estaba... Maldita sea... Él iba... ¿Iba a tener un hijo? ¿Después de un solo encuentro íntimo?

¡Por todo lo sagrado!

Las palabras del pergamino se emborronaron al llenársele los ojos de lágrimas. Iba a ser padre. Él. Padre. Iba a ser padre.

Sollozó con fuerza y luego soltó una risa exasperada y sacudió la cabeza, incapaz de refrenar las emociones que lo embargaban. ¡Iba a ser padre! Y él que pensaba que...

Soltó un suspiro y miró a su alrededor. ¡Al diablo el resto de su campaña! Tenía que llegar cuanto antes a San Petersburgo para salvaguardar el honor de Zosia. Antes de que el emperador...

Dobló atropelladamente el pergamino y salió a toda prisa del despacho.

–¡Winslow! –gritó a voz en cuello, llamando a su ayuda de cámara–. ¡Winslow!

Subió corriendo por la escalera, subiendo los peldaños de tres en tres.

–¡Winslow! ¿Dónde rayos se ha metido? Santo cielo, tenemos que hacer las maletas. ¿Winslow? ¡Winslow!

–¿Sí, milord? –respondió su criado desde el fondo del pasillo.

Tristan se detuvo en lo alto de la escalera y se dirigió hacia él, señalándolo con el pergamino.

–Guarde en los baúles mis mejores trajes, botas, sombreros y guantes. Ponga también alguna ropa de verano, pero sobre todo ropa de abrigo. Ah, y meta también mi sombrero de castor. Y prepárese usted también. Se viene conmigo.

Winslow lo miró extrañado.
—¿Adónde, milord?
—A Rusia.
—¿A Rusia? —carraspeó y levantó el mentón—. Señor, lamento informarle de que... necesito tiempo para informar a mi esposa y por tanto no puedo marcharme aún.
—Envíele una carta diciéndole que, si lo deja marchar, recibirán cada uno mil libras extra, además de sus salarios.
Winslow sonrió lentamente y su rostro se iluminó.
—Enviaré la carta de inmediato, milord, y me pondré con el equipaje.
—Bien. En cuanto termine, dígale a Benson que saque los baúles y los coloque en el carruaje. Ah, y pídale al mayordomo que reúna todos mis papeles de viaje. Yo me ocuparé del resto. Ahora, vaya. ¡Vamos! Tenemos que marcharnos dentro de una hora. Una hora, nada menos.
Winslow parpadeó apretando los labios.
—¿Qué ocurre? —preguntó Tristan—. ¿Demasiadas instrucciones?
El ayuda de cámara carraspeó otra vez.
—No, en absoluto, milord. Pero ¿necesita que lo ayude a ponerse la ropa de viaje antes de que empiece a hacer el equipaje?
—¡No hay tiempo para eso! —respondió Tristan, exasperado—. Iré como estoy. Ahora, váyase. Empiece a hacer las maletas.
Winslow sonrió, divertido.
—Como quiera milord —hizo una reverencia y se alejó con paso alegre.
Tristan pestañeó, preguntándose qué demonios signi-

ficaba aquella sonrisilla. Luego se miró y se dio cuenta de que solo llevaba unas botas y unos pantalones manchados de coñac. Hizo una mueca. Por lo visto iba a tener que ponerse ropa de viaje, después de todo.

–¿Milord? –dijo la señorita Henderson al abrir la puerta que Tristan había estado aporreando–. ¿Qué...?

Pasó a toda prisa a su lado y entró en el vestíbulo, girándose hacia ella.

–¿Dónde está mi abuela? –preguntó–. ¿Dónde está? Debo hablar con ella inmediatamente.

La señorita Henderson le indicó la escalera sin decir nada. Tristan se giró y levantó la vista hacia el piso de arriba. Su abuela estaba allí, con la mano pálida sobre la barandilla. Su vestido de mañana, de color crema y lila, murmuraba suavemente con cada uno de sus movimientos.

–¿Moreland? –dijo, frunciendo el ceño. Comenzó a descender lentamente las escaleras para saludarlo–. ¿Se puede saber qué pasa? –chasqueó la lengua–. Con tantos golpes, creía que mi difunto marido se había levantado de la tumba.

Él refrenó una sonrisa y esperó a que llegara al último escalón. Entonces corrió hacia ella, la levantó en brazos y comenzó a dar vueltas por el vestíbulo, incapaz de contenerse.

–¡Moreland! –su abuela se echó a reír–. ¿Qué...?

La dejó en el suelo, se ajustó la chaqueta de viaje y le dijo en voz muy baja y con tono orgulloso:

–Voy a ser padre. Me marcho a Rusia en el primer barco que salga para asegurarme de que el bebé no nazca sin mí.

Ella se tapó la boca con las yemas de los dedos.
—Moreland... —sofocó una risilla—. Voy a ser...
—Sí, bisabuela. Enhorabuena.
Lady Moreland se quedó parada un momento.
—Pero ¿cómo es...? —sus ojos se agrandaron. Lo miró con pasmo y se puso colorada—. Moreland, ¿de verdad...?
Él hizo una mueca.
—Sí.
Ella sofocó un gemido escandalizado, se inclinó hacia él y le dio una palmada en el brazo.
—Esto, por ser un libertino y un sinvergüenza de la peor especie. ¿Así es como yo te he educado?
Él soltó una risa avergonzada y levantó las manos mientras retrocedía.
—No tengo excusa, como no sea que estaba y sigo estando locamente enamorado de ella.
Su abuela levantó los ojos al cielo y le indicó la puerta meneando la mano.
—¡Largo! ¡Márchate a Rusia, granuja! ¡Vamos! En cuanto llegues, cásate con esa chica en cualquier iglesia, espera a que nazca el bebé y luego tráelos enseguida aquí. Rusia no es sitio para mi bisnieto. Me horroriza pensar que nuestro querido bebé pueda criarse con ese frío que, según he oído, te congela las narices.
Tristan vaciló, consciente de que su abuela estaba a punto de sufrir un acceso de pánico. Porque no había ido solamente a anunciarle que iba a ser padre. Se giró hacia la señorita Henderson.
—Señorita Henderson, reúna a todos los criados, recoja los papeles de lady Moreland y ordene que sus baúles estén preparados dentro de una hora. Nos vamos a Rusia.

La señorita Henderson sonrió y pasó a toda prisa a su lado.

—Sí, desde luego, milord.

Su abuela dejó escapar un gemido ahogado y comenzó a retroceder, sacudiendo la blanca cabeza una y otra vez.

—No... Moreland, no, yo no... No puedo... No.

Tristan se acercó a ella y la agarró de los hombros, obligándola a mirarlo a los ojos.

—Solo tienes que hacerlo una vez. Una sola vez. El tiempo necesario para ir a Rusia y volver. Es lo único que te pido. Si yo puedo vivir sin mi navaja después de trece años, tú puedes salir por esa puerta. Tienes que hacerlo. Si no lo haces por ti, hazlo por mí, por Zosia y por nuestro hijo. Quiero que formes parte de esto. ¿Tú no quieres? ¿No quieres asistir a mi boda? ¿No quieres ser la primera en sostener en brazos a tu bisnieto?

Ella apretó los labios temblorosos. Las lágrimas corrían por sus mejillas. Tristan apretó con más fuerza sus hombros y susurró:

—Puedes hacerlo. Sé que puedes. Y yo estaré en todo momento a tu lado. Por favor, necesito que lo hagas. Te necesito a mi lado. No sé nada de bebés, ni de partos. Nada. ¿No vas a apiadarte de mí?

Ella soltó una risa angustiada. Asintió a medias y cerró los ojos. Respiró hondo, exhaló y dijo en voz baja:

—Está bien, voy a hacerlo por ti, por Zosia y por el bebé. Puedo hacerlo. Sé que puedo. Tengo que hacerlo.

—Cuántas cosas me has dado siempre, bendita seas —tomó la cara entre las manos y besó con ternura su frente—. Prometo no apartarme nunca de tu lado.

Escándalo 18

El mundo está ya lleno de aflicción, de desaliento e infortunio. No hay necesidad de aumentar tanta desgracia amedrentando el propio espíritu. Recomiendo practicar el arte de la felicidad y consagrarse a perfeccionarlo. Puede que a uno le cueste toda la vida, en eso estamos de acuerdo, pero, ¡ay!, dominar la verdadera felicidad sería como dominar el propio latido del corazón. Hacedlo, y será entonces cuando empiece la verdadera vida. ~~*Un día yo también conoceré la verdadera felicidad. No sé cuándo ni cómo, pero algún día será toda mía, lo prometo*~~.

Cómo evitar un escándalo
Manuscrito original de Moreland

29 de octubre, por la noche
Palacio de Invierno

A Zosia no le cabía ninguna duda de que el emperador empezaba a sospechar algo, a pesar de que intentaba ocultar su vientre, que empezaba a hincharse como un globo. Temía que irrumpiera en cualquier momento en su habitación, que la señalara con el dedo y anunciara su compromiso con Maksim, y resultaba agotador tener que preocuparse constantemente.

Lo único tolerable de su estancia en el palacio había sido Maksim, y lo bien que comía, aunque procuraba no comer demasiado en la mesa, por si el emperador sospechaba de su apetito. Comía, en cambio, recostada en la suntuosa cama de su abuela, rodeada por espejos iluminados por la luz de las velas y envuelta en una bata de encaje francés bordada con perlas, mientras leía los libros que Maksim le llevaba a escondidas desde la biblioteca secreta de su tío. Era una biblioteca de más de cien mil volúmenes en la que el emperador había reunido todos los libros que había mandado confiscar, y Zosia tenía prohibida terminantemente la entrada. No le cabía ninguna duda de que los dieciocho volúmenes de la *Correspondance Secrète, Politique et Littéraire* estaban en aquella biblioteca, pero Maksim no los había encontrado aún.

Alargando una mano hacia el aparador situado junto a su cama oval, tomó otro pastel de mermelada de los que se amontonaban sobre el plato de porcelana y oro y volvió a fijar la mirada en el segundo volumen del *Tadeus de Varsovia*, de la señorita Porter, un libro bastante bueno. Entendía perfectamente por qué lo había confiscado su tío.

Abrió el cajón en el que guardaba sus escasas posesiones de valor. Con mano temblorosa, las sacó una a una. Había varias baratijas que le había regalado su madre y un par de pistolas que su abuelo le había puesto en el cinto la mañana de aquel aciago diez de octubre.

Se metió el pastelillo entero en la boca y se incorporó, acercándose el libro mientras se preguntaba si Tadeus iba a usar de verdad las pistolas de aquel aciago diez de octubre.

–Santo cielo –dijo una voz grave, con acento británico–, y yo que pensaba que me echabas de menos.

Dio un respingo, el libro se le cayó de las manos y estuvo a punto de atragantarse con el pastel. ¿Era... Moreland? Se quedó paralizada. A su alrededor, los espejos reflejaban ocho imágenes de un hombre musculoso y ataviado con pantalón negro, levita a juego, chaleco de color verde musgo y corbata del mismo tono. El recién llegado se apoyaba tranquilamente contra la escalera, frente a ella, y la observaba intensamente. El cabello castaño rojizo, más largo y desordenado por el viento, le caía sobre los ojos marrones.

Los ojos de Zosia se agrandaron. ¡Moreland!

De buena gana habría gritado su nombre a voz en cuello para que lo oyera toda Rusia, pero tenía la boca llena. Se giró hacia él e intentó frenéticamente acabar de masticar el pastelillo. Señaló sus mejillas, exasperada. Él sonrió y se llevó un dedo desnudo a los labios. Sostuvo su mirada mientras cruzaba la estancia llena de espejos con paso lento y enérgico.

Zosia le miró estupefacta. De pronto se sentía como Catalina la Grande a punto de reunirse con el mejor amante de todos los tiempos, mientras acababa de masticar aquel estúpido pastelillo de mermelada.

Él se detuvo, colocándose junto al lecho. Zosia se tragó por fin el pastel y se impulsó hacia él.

–¡Moreland! *¡Kochanie!*

Él se llevó de nuevo un dedo a los labios, pidiéndole silencio. La miró a los ojos y dijo con voz aterciopelada:

—Las palabras no pueden describir este momento increíble que estamos compartiendo. Así pues, callémonos durante un rato.

Se sentó sobre el cojín bordado que rodeaba a Zosia y tomó su mano. Acercó la cabeza a ella, besó sus nudillos y deslizó la boca hacia su muñeca. Cerró los ojos y pareció regodearse en lo que hacía.

Zosia contuvo la respiración mientras veía a aquellos labios hacerle el amor a su mano. ¡Ah, cuánto lo había echado de menos! Tragó saliva y sintió temblar su mano de alegría. ¡Por fin estaba a su lado! Recordaría aquel instante el resto de su vida.

Tristan abrió los ojos y soltó su mano. La miró un momento a los ojos. Sonrió y se inclinó hacia su vientre, oculto bajo la bata. Un vientre redondeado que sobresalía de manera evidente. Puso las manos sobre él y lo besó una y otra vez, con la misma pasión que acababa de dedicar a su mano.

Ella acarició los mechones sedosos de su pelo, disfrutando de lo que por fin era suyo. Solo suyo. Había tantas cosas que quería decirle y tantas que quería compartir con él... Pero de momento tendría que conformarse con lo único que se le vino a la cabeza:

—*Kocham cię* —susurró.

Tristan se apartó de su vientre y se incorporó lentamente, hasta que sus caras y sus labios estuvieron apenas a unos centímetros de distancia.

—Acabas de decir que me quieres en polaco, ¿verdad?

Ella esbozó una sonrisa, poniendo una mano sobre su mandíbula afeitada.

—Sí.

—Bien. Ahora dilo en mi idioma para que te entienda.

Zosia frotó la nariz contra la suya y los mechones sueltos de su pelo negro acariciaron las caras de ambos. Deslizó las manos hasta sus anchos hombros y susurró:
–Te quiero.
–Y cómo te quiero yo a ti –susurró él–. Por favor, dime que de verdad me perdonas por lo que hice.
Ella sonrió.
–Desnúdame.
–Eso está hecho –vaciló–. ¿Significa eso...?
–No hace falta demorarse en un asunto que hace tiempo que se resolvió por sí solo.
–Lo sé, pero...
–Tócame, Moreland. Es la única disculpa que pienso aceptar.
Él sonrió.
–Debería hacerte enfadar más a menudo.
–Deja de perder el tiempo.
–De mil amores –ladeó la cabeza y fijó los ojos en sus labios. Se arrimó a ella y Zosia sintió el calor de su boca–. ¿Qué hay de nuestro bebé?
–Sé que vas a tener cuidado.
–No sé si podré –gruñó él.
–Debes hacerlo –rozó suavemente el labio inferior contra el suyo–. Tu bebé depende de ello.
–Y yo dependo de ti –dijo antes de besarla. Deslizó la lengua húmeda por su labio inferior, y Zosia sintió un sabor dulce a champán.
Refrenó una carcajada y frotó sus hombros.
–Sabes a champán.
–Umm –pasó la lengua por su mejilla–. Llevo aquí casi una hora –murmuró entre lametones–. He tenido que ocuparme de que mi abuela estuviera bien instalada e intentar adecentarme para la madre de mi hijo, y

mientras tanto me he visto obligado a compartir una botella de champán con Maksim para celebrar mi paternidad. Se ha negado a enseñarme dónde estabas si no bebía con él.

Ella pestañeó.

−¿Tu abuela? ¿Ha...?

−Sí. No solo he conseguido que salga de casa, sino incluso del país. Y además ha sobrevivido. Aunque por poco −mordisqueó su mejilla−. Ahora mismo no quiero hablar. A no ser que sea sobre lo que estamos haciendo.

Agarró su cara y le echó la cabeza hacia atrás para dejar al descubierto su garganta y obligarla a mirar hacia el techo de espejos, donde vio reflejado su rostro sofocado y el cuerpo fornido de Tristan inclinado sobre el suyo. Lamió toda la curva de su cuello y escondió la cara contra ella mientras chupaba con ansia su piel delicada. Ella gimió al sentir un torrente inesperado de sensaciones y observó lo que sucedía, presa de un aturdimiento hipnótico.

Tristan chupó con más y más fuerza, haciéndola gemir una y otra vez mientras acariciaba sus pechos. Dejó escapar un gruñido al desatar el cinturón de seda que sujetaba su bata. Tiró el cinturón a un lado y se inclinó hacia ella sobre el enorme cojín. Le abrió por completo la bata, se la bajó por los brazos desnudos y la apartó de su cuerpo.

Acarició sus hombros, sus pechos, su cintura, oprimiendo su piel con una intensidad que hizo que Zosia sintiera que estaba modelando de nuevo su cuerpo con las manos. Apretó los dientes al deslizar la mano y la mirada por su pierna sana y a continuación por la amputada.

–No quiera el cielo que vuelva a apartarme de tu lado –dijo con voz ronca.

Zosia se inclinó hacia él y acercó los dedos a su corbata, preguntándose si la dejaría desvestirlo.

–Moreland...

La miró a los ojos y levantó las cejas.

–¿Sí?

Ella tiró de la corbata sin dejar de mirarlo.

–No vas a impedir que te vea, ¿verdad?

Él sonrió y chasqueó la lengua.

–Estás bastante excitada, ¿verdad? Igual que la primera vez.

A ella le ardieron las mejillas.

–Yo me lo he quitado todo.

Él la recorrió con la mirada, deteniéndose en sus pechos. Exhaló un lento suspiro.

–Es verdad –se levantó y rodeó el gran lecho ovalado. Se detuvo junto a su pie desnudo y la miró fijamente.

Azorada, ella agarró su bata para cubrirse.

–No te tapes –dijo él roncamente, y siguió mirándola mientras se quitaba la levita. Sostuvo la levita a un lado, levantó una ceja y la dejó caer al suelo. El bulto de su erección se veía claramente, apretado contra sus pantalones–. Si quieres ver todo lo que tengo, tienes que enseñarme todo lo que tienes. Abre las piernas. Del todo.

Zosia sintió arder su cuerpo con un cosquilleo casi insoportable. Mientras separaba los muslos, la embargó una sensación de vulnerabilidad que no había experimentado nunca antes.

–Dime lo que quieres que me quite –dijo él en tono seductor–. Dímelo y me lo quitaré por orden tuya.

Ella se humedeció los labios.

—Estoy esperando —insistió él bajando el mentón.

—El chaleco.

Él se desabrochó la hilera de botones plateados. Se quitó el chaleco y lo sostuvo para que ella lo viera. Después lo dejó caer al suelo.

—¿Qué más?

Zosia miró su camisa de hilo y notó que no veía ni un asomo de su pecho por el hueco que mantenía cerrado la corbata.

Tristan bajó de nuevo la barbilla.

—Estás tardando demasiado. A este paso, cuando acabe de desvestirme nuestro hijo tendrá tres años.

Ella soltó una carcajada, se aclaró la garganta y dijo rápidamente:

—Las botas.

—¿Las botas? —se miró los pies y volvió a levantar la mirada—. Mis pies no son ni mucho menos tan excitantes como el resto de mi cuerpo, mujer.

Ella rio de nuevo y levantó los ojos al cielo.

—La corbata, entonces.

—Has dicho primero las botas, y yo debo obedecer a mi dama —se inclinó y se quitó las botas de un tirón, arrancándose de paso las medias, y lo dejó caer todo al suelo—. Me he quitado también las medias, o no acabaremos nunca —se irguió, levantó la barbilla y se deshizo el nudo de la corbata sin dejar de mirarla a los ojos—. Ahora, la corbata —se la quitó y la arrojó a un lado. Luego se giró hacia Zosia, desafiándola a continuar.

—La camisa —dijo ella—. Y luego todo lo demás. Solo que más deprisa. Mucho más deprisa. Estás yendo demasiado lento.

Tristan sonrió.

—Tenemos el resto de nuestras vidas. Así que no voy a ir más deprisa de lo absolutamente necesario.

—¡Moreland! –juntó los muslos, agarró la bata y se tapó–. Ya está. Pienso castigarte. ¿Y ahora qué?

—Que yo te castigaré a mi vez, cuando acabe –desabrochó los dos botones del cuello de su camisa y dejó ver la parte superior de su pecho. Sin vacilar, se quitó la camisa de hilo, dejando todo su pecho desnudo. Puso los brazos en jarras y exhaló un suspiro mientras la miraba–. He estado boxeando.

—No me digas –ronroneó ella.

Tristan carraspeó.

—Bueno, ¿qué te parece? ¿Tolerable? –hablaba como si necesitara una respuesta.

Respiró hondo y dejó escapar un profundo suspiro de admiración. Las cicatrices descoloridas de su pecho y sus brazos realzaban cada músculo de su fornido pecho y su vientre esculpido. Era como contemplar a su propio guerrero.

—Moreland –musitó, ansiosa por tocarlo–, la perfección que veo me está torturando. Ahora quítate los pantalones y ven aquí. Necesito asegurarme de que no eres un espejismo.

Él se pasó una mano por el pecho mientras se inclinaba hacia ella.

—Entonces, ¿te gusto?

Ella gruñó, atónita por la pregunta.

—Estoy locamente enamorada de ti. Ahora déjame tocarte o llamo a los guardias rusos para que te traigan a rastras aquí.

Él se rio y se desabrochó el botón de los pantalones. Se los quitó junto con la ropa interior, y su gruesa erección quedó al descubierto. Después se arrodilló sobre el cojín y avanzó a gatas hacia ella, lentamente, como si ya no fuera un hombre sino un animal.

–Cuánto te he echado de menos.

La rodeó con los brazos y la atrajo hacia el brazo de madera labrada del sofá.

–Después de un largo beso, vas a darte la vuelta para no golpear al bebé. ¿De acuerdo?

–De acuerdo –pasó las manos por su piel tersa, tocando las cicatrices diseminadas por su pecho.

Tristan pasó un brazo alrededor de su cuello y agarró su cara con la otra mano. Besó suavemente sus labios.

–No hace falta tanta suavidad, Moreland –agarró un puñado de su pelo y lo obligó a besarla con más fuerza, introduciéndole la lengua en la boca.

Él dejó escapar un gruñido que resonó en el silencio de la habitación. Devoró la boca de Zosia mientras deslizaba la mano hasta su pecho derecho. Frotó y pellizcó su pezón y hundió tan profundamente la lengua en su boca que ella apenas pudo respirar. La apretó contra su cuerpo duro hasta clavarle el miembro erecto en el costado. Ella dejó resbalar la mano por su pecho, por su vientre, hasta su...

Agarró con los dedos su verga dura. Tristan gruñó. Movió las caderas contra su mano, restregando el glande contra su palma. Ella lo acarició arriba y abajo, disfrutando de su tacto terso pero rígido.

Tristan dejó de besarla. Respiraba agitadamente. Zosia sintió su aliento fresco en los labios y por unos instantes no pudo abrir los ojos, ni moverse. Solo pudo concentrarse en los jadeos de ambos y en el contacto del cuerpo y de las cálidas manos de Tristan.

–Voy a darte la vuelta –dijo él en voz baja, y, levantándola, la giró.

Zosia abrió los ojos y se arrodilló, apoyando las manos en el brazo de madera labrada. Vio el reflejo de ambos en el enorme espejo de marco dorado colocado directamente ante ella. Tristan se arrodilló a su espalda. Miró hacia abajo y le separó los muslos. La hizo echarse un poco hacia delante, deslizó los dedos entre los pliegues de su sexo y comenzó a frotarlos despacio. Ella gimió, clavando las uñas en la madera, y cerró los ojos, embargada por el placer.

–Mira todo lo que hago –ordenó Tristan mientras la frotaba cada vez más aprisa, hasta que Zosia sintió que desfallecía.

Jadeando, abrió los ojos. Se encontró con su mirada ardiente en el espejo en el instante en que él se colocaba y clavaba su verga entre sus muslos.

–Lo haremos despacio –susurró.

–Despacio –repitió ella en voz baja.

Vio que colocaba con la mano su miembro en la húmeda abertura de su sexo. Siguieron mirándose a los ojos en el espejo cuando la penetró lentamente, hasta el final. Los dos gimieron al mismo tiempo y entreabrieron los labios al unísono.

Tristan la asió por la cintura y se quedó quieto, respirando agitadamente.

–¿Qué tal te sientes?

Zosia sentía presión, pero estaba tan mojada que también...

–Divinamente.

Él sacó su verga y volvió a introducirla lentamente, una y otra vez, repitiendo aquel movimiento hasta que los dos comenzaron a jadear agitadamente.

–¿Quieres que vaya más rápido?

–Sí –respondió ella con voz ahogada.

Tristan aceleró el ritmo, penetrándola una y otra vez hasta que en la habitación solo se oyó el eco de sus gemidos y sus jadeos, y el ruido de la carne de ambos al entrechocar. Zosia vio oscilar sus pechos con cada suave empellón, al echarse hacia atrás para apretarse contra él, intentando mantener el equilibrio. A su alrededor, los espejos parecían girar en un torbellino, y ya no podía ver nada, solo podía sentir. Se fue acercando poco a poco a la felicidad absoluta. Gimió sintiendo que el centro de su ser se tensaba, y bajó la cabeza.

–Levanta la cabeza –gruñó él desde atrás mientras la penetraba cada vez más aprisa–. Quiero ver tu bello rostro. Quiero que te veas y que me veas a mí cuando gritemos de placer. Hazlo.

Zosia levantó la cabeza y lo miró mientras Tristan seguía empujándola hacia ese éxtasis perfecto que se apoderaría de ella en cualquier momento. Tenía las mejillas sofocadas y el pelo le caía sobre los hombros y a los lados de la cara. Apenas se reconoció. De pronto, su cuerpo y su aliento se fundieron en uno y gritó, arrollada por una oleada de placer que se reflejó a su alrededor, por todas partes. Gritó de nuevo, maravillada, cuando Moreland siguió penetrándola, prolongando todo lo posible el orgasmo. Pronto se desvaneció y, aunque débil y casi incapaz de sostenerse, Zosia no se movió y esperó a que él acabara.

Tristan clavó los dedos en sus caderas, la miró ferozmente a los ojos y se hundió en ella una última vez. Un gruñido gutural escapó de sus labios. Su cuerpo se tensó. Zosia sintió derramarse su simiente dentro de sí y lo vio jadear entre dientes, intentando sostenerle la mirada en el espejo.

Era lo más erótico que había visto nunca: él, en el

momento culminante del placer, queriendo ansiosamente que lo viera gozar.

Tristan se detuvo, agitado, y bajó la cabeza como si él tampoco pudiera sostenerse erguido.

Zosia sonrió cuando se retiró y le dio la vuelta con delicadeza, tumbándose ambos sobre el enorme y suave cojín. Ella se acurrucó contra su pecho y él la rodeó con los brazos.

Los dedos de Zosia siguieron el trazado de las cicatrices por las curvas de su pecho musculoso.

—Algún día —musitó— ni siquiera notarás que existen.

Él la estrechó entre sus brazos.

—Ese día ha llegado, te lo aseguro.

Zosia siguió acariciándolo.

—¿No llevas tu navaja encima, Moreland?

—No. ¿Por qué crees que mi cuerpo tiene un aspecto tan estupendo?

Ella dejó escapar una risa suave.

—Eres un poco presumido, ¿no?

—Un poco —se rio, acariciando su pelo—. Iba a preguntarte si te han tratado bien, pero a juzgar por la cantidad de pasteles que hay en esa bandeja, creo que sobra la pregunta.

Zosia suspiró y le confesó:

—Esos pasteles me han hecho la vida más soportable mientras te esperaba. El cocinero ha sido de lo más amable. Los hace todas las semanas solo para mí.

Tristan vaciló.

—¿Y qué tal te va con el emperador? ¿Algún progreso?

Ella se desanimó al contestar en tono afligido:

—He tenido la oportunidad de hacer algún progreso, pero él está empeñado en que nada cambie. Es posible que, si el pueblo polaco busca el cambio, solo pueda recurrir a la revuelta. Lo cual es absurdo. ¿Por qué nunca bastan las palabras para zanjar los conflictos de este mundo? ¿Por qué no bastan para hacer que salga el arcoíris?

Tristan respiró hondo y besó con ternura su coronilla. Pasado un rato contestó:

–*Non sine sole iris*, amor mío.

Ella pestañeó y tradujo del latín en voz alta:

–Sin sol no hay arcoíris –suspiró y asintió a medias, cerrando los ojos–. Tienes razón. Ahora mismo no hay sol. Solo nubarrones de tormenta, lluvia y truenos.

–No puede llover eternamente –la apretó con más fuerza–. Cuando nos casemos, esperaremos aquí a que nazca nuestro bebé. Luego nosotros tres y mi querida abuela tomaremos un barco y nos marcharemos a América, dispuestos a hacernos oír por todo aquel que quiera escucharnos. ¿Qué me dices?

Ella sonrió contra su pecho.

–Sí y sí.

–Bien –frotó sus hombros–. Lamento informarte de que, si tenemos una hija, su nombre ya está decidido.

–¿Ah, sí? ¿Y cuál es?

–Camille. Por mi abuela. No ha hablado de otra cosa durante el viaje. La pequeña Camille esto y la pequeña Camille lo otro. Más vale que tengamos una niña o es capaz de ponerle su nombre a nuestro pobre hijo.

Ella se rio.

–¿Y si es niño?

–Entonces te cedo el honor de ponerle nombre.

Zosia cambió de postura para poder mirarlo a los ojos.

–Maksim.

Tristan levantó una ceja.

–Ah, ya veo. ¿Y también va a ser su padrino?

–Se ha ganado ambos privilegios. Eso no me lo puedes negar.

Él se encogió de hombros.

–Maksim, entonces.

Zosia besó su pecho amorosamente.

–¿Podemos marcharnos de Rusia?

–¿En tu estado? Santo cielo, no. Debemos quedarnos hasta que nazca el bebé.

Ella suspiró, comprendiendo que tenía razón.

–¿Podemos al menos marcharnos del Palacio de Invierno, antes de que el emperador se empeñe en que le pongamos su nombre a nuestro hijo?

Tristan soltó una carcajada y la besó en la coronilla.

–Nos vamos mañana mismo. ¿Te parece lo bastante pronto?

Zosia exhaló un enorme suspiro y cerró los ojos. Por fin se sentía en paz.

–Sí. Me parece perfecto.

Nota histórica de la autora

Aunque los personajes principales de esta historia (Maksim, Zosia, Tristan y lady Moreland) son producto de mi hiperactiva imaginación, los hechos históricos que le sirven de telón de fondo son auténticos en su mayor parte. Antes de que el conde Poniatowski se convirtiera en rey de Polonia en una ceremonia de coronación que tuvo lugar en Varsovia en 1764, fue, en efecto, el amante de Catalina la Grande. La emperatriz, a pesar de estar ya casada, dio a luz a una niña hija de Poniatowski: Anna Petrovna (no confundir con la hija de Catalina la Grande, la gran duquesa Anna Petrovna, que murió a la edad de veinte años).

Como se afirma en el relato, el nacimiento de la pequeña quedó consignado en los registros, donde se afirma que nació en San Petersburgo en 1757. Anna Petrovna murió misteriosamente quince meses después de su alumbramiento y, cosa rara, hay muy poca información sobre ella. Este hecho me inspiró una historia semejante a la de Anastasia, llena de posibilidades hipotéticas: ¿y si su misteriosa muerte hubiera sido en realidad una farsa? Sin duda había motivos para ello, y era una idea cargada de posibilidades. Posibilidades con las que jugué para inventar la historia de Zosia.

Cuando no había pasado ni una década desde que la emperatriz ayudara a Poniatowski a hacerse con el trono, el país se descompuso rápidamente bajo su gobierno y Prusia, Austria y Rusia se repartieron sus territorios. La primera partición tuvo lugar en 1772, la segunda en 1793 y la tercera y última, la que borró a Polonia del mapa como nación independiente, ocurrió en 1795.

El rey Poniatowksi fue derrocado poco después. Cosa curiosa, Poniatowski fue sometido a una estrecha vigilancia en San Petersburgo y la emperatriz, que murió de repente dos años antes que él, le concedió una pensión vitalicia.

Con la última repartición de Polonia en 1795, las libertades que se ofrecieron a lo poco que quedaba del país y a su pueblo quedaron recogidas en una nueva constitución establecida por el Congreso de Viena y regulada por el imperio ruso. Esas libertades se erosionaron rápidamente. La libertad de pensamiento y expresión dejó de existir debido al temor del emperador al progreso intelectual. Los nobles polacos que no se sometían de inmediato a los deseos del zar fueron sustituidos sin tardanza por aristócratas rusos mucho más dispuestos a cooperar.

En 1825, ser un patriota polaco equivalía a ser un rebelde perseguido por los rusos a través de organizaciones secretas similares al KGB. La tensión fue aumentando debido a la opresión implacable de los rusos, hasta producirse un levantamiento desencadenado por los planes imperiales de utilizar a oficiales polacos y a sus tropas para someter a otros países.

El 29 de noviembre de 1830, en Varsovia, un joven cadete polaco llamado Piotr Wysocki, de la Academia Militar Imperial Rusa, se levantó en armas junto con otros compañeros. Asaltaron el palacio Belvedere, la sede del gobierno ruso, mandando así un claro mensaje a todo el imperio.

Los rebeldes tomaron el mayor arsenal de la ciudad,

se hicieron con el control de Varsovia y pronto buscaron reconquistar todo el país. Más y más polacos se fueron uniendo a la revuelta y en diciembre de 1830 todo el consejo rector de la Sejm se unió a los rebeldes y proclamó el Levantamiento Nacional contra Rusia.

El emperador Nicolás I mandó cerca de ciento ochenta mil soldados a aplastar al ejército rebelde polaco, formado por unos setenta mil. De esos setenta mil polacos, aproximadamente un cuarto carecía de adiestramiento militar. Solo les impulsaba el deseo de luchar por la libertad. Cuando Polonia se rindió a Rusia, el 5 de octubre de 1831, quedaban unos veinte mil soldados del ejército rebelde. Después de la rendición, los polacos se vieron despojados de todos sus derechos y muchos huyeron a otros países. A las mujeres polacas se las conocía por llevar símbolos negros en señal de duelo por sus hombres y su país perdido.

Durante aquella carnicería, los británicos prestaron muy escasa o nula atención a los polacos. Solo después del aplastamiento de la revuelta surgiría en Inglaterra el interés por la causa y la cultura polacas, y en 1832 se creó en Londres la Asociación Literaria de Amigos de Polonia.

Debido al triste resultado del levantamiento, imposible de reflejar en esta historia puesto que no hubo final feliz para Polonia, situé la acción de *El escándalo perfecto* un año antes de la revuelta para rendir homenaje al bullente patriotismo que estaba a punto de estallar.

Tras otro conato de levantamiento contra los rusos en 1864, que también fracasó, Polonia no recuperó su independencia como país hasta ciento veintitrés años después, durante la I Guerra Mundial. Pero, por desgracia, el país solo pudo disfrutar de su independencia veintiún años escasos (1918-1939).

Los nazis pusieron un brusco final a su efímera independencia cuando invadieron el país apoyados por una Rusia gobernada ahora por Stalin. Juntos, se adueñaron del todavía frágil estado polaco y volvieron a borrar a Polonia del mapa, mientras Inglaterra y el resto del mundo daban un paso atrás y dejaban que Hitler y Stalin aplastaran el país sin ofrecerle ayuda hasta que fue ya demasiado tarde.

Stalin ayudó a Hitler a ocupar Polonia llevando a cabo asesinatos masivos en paralelo a los planes de Hitler de exterminar a los judíos. Fue él personalmente quien orquestó la masacre de Katyn, en la que unos veintidós mil oficiales, médicos, policías, profesores y funcionarios públicos fueron ejecutados como medio de erradicar la resistencia intelectual dentro del país y conseguir con ello su control total. Stalin proporcionó asimismo a Hitler todos los recursos que necesitaba para que Alemania pudiera seguir luchando contra el resto del mundo.

A pesar de actuar como cómplice de Hitler durante la mayor parte de la II Guerra Mundial, cuando cayó el dictador alemán, Stalin se alineó estratégicamente con los británicos (Churchill) y los estadounidenses (Franklin D. Roosevelt) y obtuvo por ello una sustanciosa recompensa. Acabada la guerra, pese a que Polonia suplicó al mundo su libertad del régimen estalinista, el país fue entregado de nuevo a Rusia.

Solo en 1989, con el surgimiento del movimiento Solidaridad y la caída del Muro de Berlín, pudo Polonia obtener por fin su libertad tras un total de ciento setenta y tres años de opresión bajo el Gran Imperio Ruso.

ÚLTIMOS TÍTULOS PUBLICADOS EN HQN

Sin salida de Brenda Novak

La misteriosa dama de Julia Justiss

Solo un chico más de Kristan Higgins

Difícil perdón de Mercedes Santos

Promesas a medianoche de Sherryl Woods

Noches perversas de Gena Showalter

La caricia de un beso de Susan Mallery

Una sonata para ti de Erica Fiorucci

Después de la tormenta de Brenda Novak

Noche de amor furtivo de Nicola Cornick

Cálido amor de verano de Susan Andersen

El maestro y sus musas de Amanda McIntyre

No reclames al amor de Carla Crespo

Secretos prohibidos de Kasey Michaels

Noche de luciérnagas de Sherryl Woods

Viaje al pasado de Megan Hart

www.ingramcontent.com/pod-product-compliance
Lightning Source LLC
LaVergne TN
LVHW030339070526
838199LV00067B/6360